L'APPEL DE CTHULHU

DU MÊME AUTEUR
CHEZ POCKET

LES PAPIERS DU LOVECRAFT CLUB

1. L'HORREUR DANS LE MUSÉE
2. L'HORREUR DANS LE CIMETIÈRE
3. LE RÔDEUR DEVANT LE SEUIL
4. L'OMBRE VENUE DE L'ESPACE
5. LE MASQUE DE CTHULHU
6. LA TRACE DE CTHULHU

LÉGENDES DU MYTHE DE CTHULHU

1. L'APPEL DE CTHULHU
2. LA CHOSE DES TÉNÈBRES

AVEC RAMSEY CAMPBELL :

NOUVELLES LÉGENDES DU MYTHE DE CTHULHU

3. LE LIVRE NOIR

PSAUMES POUR H. P. LOVECRAFT

R. Weinberg et M. Greenberg présentent :
L'OMBRE DU MAÎTRE

SCIENCE-FICTION
Collection dirigée par Jacques Goimard

H. P. LOVECRAFT ET A. DERLETH
présentent

LÉGENDES DU MYTHE DE CTHULHU

ÉDITION INTÉGRALE TOME 1

L'APPEL DE CTHULHU

Traduit de l'américain
par Claude Gilbert

CHRISTIAN BOURGOIS
POCKET

ISBN : 2-266-10811-5

LE MYTHE DE CTHULHU

« Toutes mes histoires, écrivait H. P. Lovecraft, même si elles n'ont aucun rapport entre elles, se rattachent à une tradition, une légende fondamentale selon laquelle ce monde a été peuplé autrefois par les êtres d'une autre race ; adeptes de la magie noire, ils ont perdu leur emprise sur cet univers et en ont été bannis mais ils continuent à vivre au-dehors et sont toujours prêts à reprendre possession de la terre. » Quand les lecteurs de Lovecraft se rendirent compte de la persistance avec laquelle ce thème était repris, et surtout quand ils prirent connaissance des nouvelles postérieures à la parution de *l'Appel de Cthulhu,* dans le numéro de février 1928 de *Weird Tales,* les correspondants et écrivains d'alors lui donnèrent le nom de « Mythe de Cthulhu », bien que Lovecraft lui-même ne l'ait jamais désigné ainsi.

Il est indéniable qu'il existe dans les conceptions de Lovecraft une profonde ressemblance avec le mythe chrétien, en particulier en ce qui concerne l'expulsion de Satan du paradis et l'importance de la puissance du mal. Cependant, tout examen des œuvres qui se rattachent au Mythe révèle aussi la présence de certaines analogies avec d'autres mythes ou avec l'œuvre d'autres écrivains, en particulier, celles de Poe, Ambrose Bierce, Arthur Machen, Lord Dunsany et Robert W. Chambers. Ce dernier a offert à Lovecraft quelques clés utiles, bien que ce soit chez Dunsany que Lovecraft ait admis avoir découvert « l'idée d'un panthéon imaginaire et d'une structure mythique fondés autour d'entités comme Cthulhu, Yog-Sothoth, Yuggoth, etc. » ; il ne devait pourtant lui emprunter que l'idée, car aucune des grandes figures du Mythe, telles que les a vues Lovecraft, n'a la moindre existence dans l'œuvre de Dunsany. Il arrive cependant que l'on voie reparaître dans certaines nouvelles de Lovecraft des noms de lieux qu'avait créés Dunsany.

Dans la conception par Lovecraft des déités ou des forces de son mythe, il y avait, à l'origine, les Dieux Très Anciens dont aucun, sauf Nodens, le Seigneur du Grand Abîme, n'est jamais identifié par un nom ; ces Dieux Très Anciens étaient des divinités débonnaires qui représentaient les forces du bien et demeuraient en paix sur Bételgeuse ou près de là, dans la constellation d'Orion, et dont ils ne sortaient que rarement pour intervenir dans la lutte incessante qui opposait les puissances du mal aux races de la Terre. Ces puissances du mal étaient diversement connues sous le nom de Grands Anciens ou simplement Anciens, encore que ce dernier terme ait plus souvent été appliqué à la manifestation de l'un des Grands Anciens sur la Terre. Les Grands Anciens, à la différence des Dieux Très Anciens, portent des noms et font des apparitions terrifiantes dans certaines des nouvelles. Le plus important d'entre eux est le dieu aveugle et idiot, Azathoth, « fléau-amorphe de la confusion la plus profonde, qui blasphème et bouillonne au centre de toute infinitude ». Yog-Sothoth, le « Tout-en-un et l'Un-en-tout », partage l'empire d'Azathoth et il n'est pas soumis aux lois du temps et de l'espace, car il a la durée du temps et l'étendue de l'espace tout entier. Nyarlathotep est probablement le messager des Grands Anciens ; le grand Cthulhu vit dans la cité cachée de R'lyeh, au fond de la mer ; Hastur, l'Indiscible, occupe l'air et les espaces interstellaires ; c'est le demi-frère de Cthulhu ; Shub-Niggurath, « la Chèvre noire aux Mille Chevreaux », vient compléter la liste des Grands Anciens telle qu'elle a été tout d'abord conçue. Il est aussitôt évident que l'on peut établir des parallèles avec toute la littérature fantastique, car Nyarlathotep correspond à un esprit élémentaire de la terre, Cthulhu, à un esprit de l'eau, Hastur, à un esprit de l'air, tandis que Shub-Niggurath représente la conception que se faisait Lovecraft de la divinité de la fertilité.

A ce groupe originel des Grands Anciens, Lovecraft devait adjoindre ensuite bien d'autres déités, mais en général d'un rang inférieur. Ainsi trouve-t-on Hypnos, le dieu du sommeil (cela correspond à une tentative de rattachement au Mythe d'un conte ancien ; Lovecraft fera de même en représentant Yog-Sothoth comme 'Umr At-Tawil' dans un récit dû à sa collaboration avec Price, *A travers les Portes de la Clé d'Argent*), Dagon, le souverain de Ceux des Profondeurs, créatures qui vivent dans les fonds océaniques et sont alliées à Cthulhu, les « Abominables Hommes des Neiges de Mi-Go », Yig, le prototype de Quetzalcoatl, etc. Sont également venus enrichir le Mythe de façon appréciable d'autres êtres, nés de la fertile imagination des écrivains qui correspondaient avec Lovecraft : Les Chiens de Tindalos et Chaugnar Faugn, de Frank Belknap Long ; Nygotha, d'Henry Kuttner ; Tsathoggua et Atlach-Nacha, de Clark Ashton Smith ; les Lloigors, Zhar, le peuple Tcho-Tcho, Ithaqua et Cthuga sont de mon invention ; sans compter les additions plus récentes, telles Glaaki et Daoloth, de Ramsey Campbell, Yibb-Tstll et Shudde-M'ell, de Brian Lumley et les Parasites de l'Esprit, de Colin Wilson.

C'est alors que se fit l'introduction d'éléments nouveaux nécessaires à l'embellissement d'une mythologie. Des races préhumaines furent engendrées pour servir les Anciens ; des noms de lieux furent inventés pour établir les « demeures » de ces êtres — noms de lieux parfois déjà connus, tels ceux d'Aldébaran ou des Hyades, mais parfois aussi création de lieux mythiques, comme le plateau de Leng, ou bien de villes et de villages de l'Etat du Massachusetts, ainsi Arkham (qui correspond à Salem), Kingsport (qui correspond à Marblehead), Dunwich (correspondant à la région de Wilbraham, Monson et Hampden), etc. Pour enrichir encore le Mythe, Lovecraft fit mention d'un livre terrible dont il donna quelques fois des citations : il était dû à l'Arabe dément, Abdul Alhazred et contenait des allusions effrayantes et terribles aux Grands Anciens qui se tiennent cachés juste au-delà de la conscience humaine et qui se rendent visibles ou bien se manifestent de temps à autre au cours des continuelles tentatives qu'ils font pour regagner le pouvoir qu'ils ont eu sur la Terre et ses races. Pour ce livre, Lovecraft composa une « histoire et une chronologie » si convaincantes que l'on a plus d'une fois demandé aux bibliothécaires et aux libraires d'en communiquer des exemplaires. En bref, ce livre, intitulé à l'origine *Al Azif*, fut écrit aux environs de 730 de l'ère chrétienne, à Damas, par Abdul Alhazred, « un poète dément de Sanaa, capitale du Yémen, dont on a dit qu'il avait connu la gloire sous la dynastie des califes Umayyades. Dès lors son histoire est la suivante :

— Traduit en grec sous le titre de *Necronomicon* (Code des Morts) en 950, par Theodoros Philetas.

— Brûlé par le patriarche Michel en 1050 (c'est-à-dire, le texte grec... le texte arabe est alors perdu).

— Olaus Wormius le traduit du grec en latin, en 1228.

— Versions latine et grecque interdites par le pape Grégoire IX, en 1232.

— Version en caractères gothiques. Allemagne (1440 ?).

— Texte grec imprimé en Italie (1500-1550).

— Traduction espagnole du texte latin (1600 ?).

— Traduction anglaise au début du XVIIe siècle par le Dr John Dee.

Pour compléter cette remarquable création, Lovecraft inventa les fragments de documents concernant la « Grand'Race », les *Manuscrits Pnakotiques ;* les écrits blasphématoires des favoris du Cthulhu, le *Texte de R'lyeh ;* le *Livre de Dzyan,* les *Sept Livres Cryptiques de Hsan et les Chants des Dholes*. Les membres du Cercle Lovecraft ont apporté leur contribution à cette bibliographie — Clark Ashton Smith avec le *Livre d'Eibon* (ou *Liber Ivoris*), Robert E. Howard, *l'Unaussprechtlichen Kulten* de von Junzt, Robert Bloch, le *De Vermis Mysteriis* de Ludvig Prinn, et moi-même, les *Fragments de Celaeno* et le *Culte des Goules* du comte d'Erlette. Brian Lumley devait ajouter plus tard les *Fragments de*

G'harne et le *Ctaat Aquadingen,* puis J. Ramsey Campbell, les *Révélations de Glaaki.*

Pour l'essentiel, les récits appartenant au Mythe de Cthulhu, qu'ils soient dus aux écrivains qui ont suivi la tradition de Lovecraft ou à Lovecraft lui-même, se rapportent aux entreprises ingénieuses et terribles des Grands Anciens visant à ramener à nouveau les peuples de la Terre sous leur férule, soit qu'ils se manifestent en des lieux étranges et écartés, soit qu'ils laissent entrevoir des horreurs impies, — ces perturbations du temps et de l'espace si chères à Lovecraft — ou encore, à un niveau secondaire, ils offrent quelque témoignage concernant l'existence des Grands Anciens et de leurs favoris terrestres.

Les premiers récits du Mythe de Cthulhu composés par Lovecraft comprennent treize titres distincts : *la Cité sans Nom, le Festival, l'Appel de Cthulhu, la Couleur Tombée du Ciel, l'Abomination de Dunwich, Celui qui chuchotait dans les Ténèbres, la Maison de la Sorcière, La Chose des Ténèbres, le Cauchemar d'Innsmouth, l'Ombre venue de l'Espace, les Montagnes Hallucinées, l'Affaire Charles Dexter Ward* et *le Monstre sur le Seuil.* En outre, Lovecraft devait inclure dans un grand nombre de manuscrits qu'il « révisait » (en réalité, bien plus l'œuvre de Lovecraft que celle de ses clients) bien des allusions au Mythe ; ces contes « révisés » par Lovecraft tels *la Malédiction de Yig* et *le Tertre,* de Zealia Brown-Reed, *l'Horreur dans le Musée* et *Venu des Eons,* d'Hazel Heald, et quelques autres, peuvent à juste titre prendre une place de deuxième plan dans le Mythe de Cthulhu, car ils s'inscrivent dans la lignée des récits des écrivains contemporains de Lovecraft ou de ceux qui l'ont suivi — des récits tels que ceux qui sont rassemblés ici et qui vont du *Retour de Salim,* de Smith, au plus récent d'entre eux, le *Retour des Lloigors,* de Colin Wilson. Un roman inachevé, *le Rôdeur devant le Seuil,* que j'ai complété et publié en 1945, appartient également au Mythe.

Il est intéressant de noter que, tandis que la plupart des écrivains choisissaient d'utiliser le décor dressé par Lovecraft, certains — et notamment J. Ramsey Campbell et Brian Lumley — ont simplement transplanté le

Mythe dans la campagne anglaise et l'ont replacé dans des milieux qui leur étaient propres. Ainsi, au corps croissant de documents s'ajoutant de l'intérieur aux œuvres de Lovecraft, se sont ajoutés des livres tels que *le Masque de Cthulhu et la Trace de Cthulhu,* que j'ai composés moi-même, *l'Habitant du Lac* et *les Occupants Moins Appréciés,* de J. Ramsey Campbell, *les Parasites de l'Esprit,* de Colin Wilson, et le *Visiteur du Noir,* de Brian Lumley.

Il serait erroné de penser que le Mythe de Cthulhu a été délibérément projeté dans l'œuvre de Lovecraft. Tout indique au contraire qu'il n'avait pas la moindre intention d'élaborer pareil Mythe jusqu'à ce que le thème se dégage dans son œuvre, ce qui explique d'ailleurs les incohérences que l'on peut relever d'un récit à l'autre. Les racines du Mythe de Cthulhu sont aisément reconnaissables : ce sont les *Aventures d'Arthur Gordon Pym,* de Poe, dont il faut approcher l'être qui s'écrie *Tekeli! Tekeli-li!* dans les solitudes antarctiques des *Montagnes Hallucinées* (bien que le spécialiste de Poe qu'est J. O. Bailey souligne que Lovecraft, comme Jules Verne, a commis une erreur au sujet de la destination que Poe réservait à Pym, tout en lui reconnaissant comme circonstances atténuantes que « fort peu de gens savaient ce que Poe avait dans l'esprit quant au reste de son histoire jusqu'au moment où la parenté de cette dernière avec Symzonia a été découverte et publiée ») ; *l'Emblème Jaune* dans *le Roi de Jaune vêtu,* de Robert W. Chambers, qui nous a donné un Hastur et un Hali sous une forme mystique avant Lovecraft, en les adoptant, ne leur confère plus de substance : *Un Habitant de Carcosa,* d'Ambrose Bierce, à qui l'on doit l'introduction de Carcosa dans le Mythe ; enfin, les contes d'Arthur Machen, *le Peuple Blanc* surtout, d'où ont été tirées les lettres Aklo, les Dols (Lovecraft en a fait les Dholes), le Jeelo, les voolas. Petit à petit, tous ces éléments allaient être assimilés dans la structure du Mythe de Cthulhu que Lovecraft élaborait lentement. En ce qui concerne la question du temps, l'Arabe dément, Abdul Alhazred, fut le premier personnage du Mythe de Cthulhu à faire son apparition ; c'était dans un conte fortement influencé par Dunsany, *la Cité sans Nom* (1921), construit autour de « l'inexplicable distique » :

« N'est pas mort ce qui à jamais dort
Et au long des ères peut mourir même la mort. »

Le second récit reprenant ce thème était *le Festival* (1923), dans lequel Lovecraft faisait pour la première fois appel au cadre plus familier de la Nouvelle-Angleterre ; il y rattachait le Kingsport des contes influencés par Dunsany, réintroduisait l'Arabe dément et incorporait la première mention du *Necronomicon.*

Le conte suivant, par ordre chronologique, était *l'Appel de Cthulhu* (1926), dans lequel pour la première fois le thème du Mythe commençait à émerger. Lovecraft place au début de ce récit une citation significative d'Algernon Blackwood : « De telles grandes puissances, ou de tels êtres, il est concevable qu'il y ait eu une survivance... une survivance d'une période infiniment lointaine où... la conscience se manifestait, peut-être en apparitions et formes qui se sont depuis longtemps retirées devant la marée de l'humanité... des formes dont seules la poésie et la légende ont gardé un souvenir fugitif et auxquelles elles ont donné les noms de dieux, de monstres, d'êtres mythiques de toutes sortes et de tous genres. » Le concept de Cthulhu, le premier des Grands Anciens, provient dans ce récit d'une horreur sortant de la mer. Là aussi, on voit apparaître le *Necronomicon ;* c'est là enfin que le distique de l'Arabe dément reçoit pour la première fois en écho le rituel psalmodié « Ph'nglui mglw'nafh Cthulhu R'lyeh wgah'nagl fhtagn », que Lovecraft traduit par : « Dans sa demeure de R'lyeh la morte Cthulhu rêve et attend. » L'antique « Irem, la Cité des Pilliers » dont il est question dans la *Cité sans Nom,* réapparaît brièvement dans *l'Appel de Cthulhu.* C'est à partir de cette histoire que Lovecraft se mit délibérément à échafauder le Mythe de Cthulhu et, jusqu'à la fin de sa vie, son œuvre majeure allait être consacrée au développement du Mythe.

Ce recueil débute donc par *l'Appel de Cthulhu* et comprend, en ordre sensiblement chronologique, les développements ultérieurs qu'ont apportés au Mythe les amis et correspondants de Lovecraft, de même que ceux des écrivains plus récents dont les contes publiés dans cette anthologie ne l'avaient jamais été auparavant. Un autre récit de Lovecraft a été également inclus : il s'agit de *la Chose des Ténèbres,* écrit pour répondre au pastiche que Robert Bloch avait fait de Lovecraft dans son conte *le Tueur stellaire* et dont la publication devait être suivie de celle de l'*Ombre du Clocher,* du même auteur ; ces trois nouvelles, qui sont liées les unes aux autres, sont présentées ici pour la première fois ensemble, dans l'ordre chronologique. Les autres récits groupés dans ce recueil ne représentent qu'une fraction de la multitude de ceux qui ont été composés pour enrichir le Mythe par Clarck Ashton Smith, Frank Belknap Long (notamment, son court roman, *l'Horreur des Collines,* développant un rêve de Lovecraft), Robert Bloch, Henry Kuttner, Robert E. Howard, moi-même et quelques autres. Les nouvelles de J. Vernon Shea, J. Ramsey Campbell, Brian Lumley, James Wade et Colin Wilson paraissent ici pour la toute première fois.

Le Mythe de Cthulhu, pourrait-on dire, en l'examinant de manière rétrospective — car il est sans doute probable que le Mythe, en tant que source d'inspiration pour une nouvelle littérature d'imagination, pourra difficilement offrir quelque chose de neuf et d'assez différent dans sa conception et sa réalisation pour que se crée une demande croissante et prolongée en sa faveur —, représentait pour H. P. Lovecraft une sorte d'univers de rêve. Et il faut souligner que Lovecraft a vécu par substitution dans une suite d'univers de rêves qui n'étaient parfois rattachés que de manière purement périphérique à la réalité — de la Grèce antique, de la Rome antique, de l'Angleterre du XVIIIe siècle (il a été toute sa vie un anglophile fervent) — ainsi que dans le domaine de l'imagination pure et des « merveilles lointaines » qui l'ont fait pénétrer dans le monde du Mythe de Cthulhu, où il a pu satisfaire sa prédilection pour le fantastique, l'étrange et le terrifiant, en composant une série de nouvelles mémorables dont la puissance est si grande qu'aujourd'hui encore, plus de trente ans après sa mort, elles commandent le respect et l'admiration chez les lecteurs du monde entier.

August DERLETH

Sauk City, Wisconsin
27 novembre 1968.

L'APPEL DE CTHULHU

PAR HOWARD PHILLIPS LOVECRAFT

1

L'HORREUR D'ARGILE

Ce qu'il y a de plus pitoyable au monde, c'est, je crois l'incapacité de l'esprit humain à relier tout ce qu'il renferme. Nous vivons sur une île placide d'ignorance, environnée de noirs océans d'infinitude que nous n'avons pas été destinés à parcourir bien loin. Les sciences, chacune s'évertuant dans sa propre direction, nous ont jusqu'à présent peu nui. Un jour, cependant, la coordination des connaissances éparses nous ouvrira des perspectives si terrifiantes sur le réel et sur l'effroyable position que nous y occupons qu'il ne nous restera plus qu'à sombrer dans la folie devant cette révélation ou à fuir cette lumière mortelle pour nous réfugier dans la paix et la sécurité d'un nouvel obscurantisme.

Les théosophes ont eu l'intuition de la grandeur effrayante du cycle cosmique à l'intérieur duquel notre univers et la race humaine ne sont que des incidents éphémères. Ils ont fait allusion à d'étranges survivances en des termes qui devraient glacer le sang si un aimable optimisme ne les masquait. Mais ce n'est pas d'eux que me vint l'unique vision fugitive des ères interdites qui me glace quand j'y songe et me rend fou quand j'en rêve. Cette vision, comme toutes les visions redoutables de la vérité, surgit brusquement de la juxtaposition accidentelle d'éléments distincts — en l'occurrence, un fait divers tiré d'un vieux journal et les notes d'un professeur défunt. Je souhaite qu'il n'y ait jamais personne pour effectuer à nouveau ce rapprochement. Il est certain que, si je vis, je n'ajouterai plus sciemment d'anneau à une chaîne aussi hideuse. Je suis persuadé que le professeur avait lui aussi l'intention de garder le silence sur ce qu'il savait et qu'il aurait détruit ses notes si une mort soudaine ne l'avait emporté.

Je pris connaissance de cette affaire au cours de l'hiver 1926-1927, à la mort de mon grand-oncle, George Gammell Angell, professeur honoraire de langues sémitiques à l'université Brown, de Providence, dans l'Etat de Rhode Island. L'autorité du professeur Angell en matière d'inscriptions anciennes était largement reconnue et il était souvent consulté par les responsables des grands musées. Aussi sa disparition, à l'âge de quatre-vingt-douze ans, est-elle demeurée dans la mémoire de nombreuses personnes. Localement, l'émotion qu'elle suscita s'accrut du fait de l'obscurité de la cause de sa mort. Le professeur avait succombé alors qu'il revenait du bateau de Newport. Il était tombé brusquement, disaient les témoins, après avoir été bousculé par un Noir à l'allure de marin, sorti de l'une des curieuses et sombres cours qui s'ouvraient sur le flanc abrupt de la colline et offraient un raccourci entre le port et la maison du défunt, dans Williams Street. Les médecins n'avaient pu découvrir d'affection visible et avaient conclu, à la suite d'une délibération embarrassée, que quelque obscure défaillance cardiaque, produite par la montée rapide d'une pente aussi raide pour un homme de cet âge, avait été responsable de sa fin. A l'époque, je ne vis aucune raison de ne pas me ranger à cette opinion, mais, depuis quelque temps, j'ai commencé à me poser des questions — et même plus que cela.

En tant qu'héritier et exécuteur testamentaire de mon grand-oncle, étant donné qu'il était mort veuf et sans enfants, j'étais censé examiner ses papiers de manière assez approfondie. C'est dans ce but que j'emportai ses fiches et ses dossiers au grand complet dans mon appartement de Boston. La plus grande partie du matériel que je classai était destinée à la Société Américaine d'Archéologie qui la publierait un jour, mais l'un des dossiers m'intriguait infiniment et je n'avais pas du tout envie de le communiquer à qui que ce soit. Il était fermé et je n'en trouvais pas la clé ; l'idée me vint alors d'examiner l'anneau que mon oncle portait toujours dans sa poche. Et je réussis, en effet, à l'ouvrir ; mais cela fait, ce fut pour me retrouver, me sembla-t-il, devant une barrière encore plus haute et plus hermétiquement close. Que pouvaient signifier l'étrange bas-relief d'argile, les notes, les récits incohérents et les coupures de presse que j'y trouvais ? Mon oncle, dans les dernières années de sa vie, avait-il ajouté foi aux impostures les plus superficielles ? Je résolus de rechercher le sculpteur excentrique, responsable du trouble apparent de la paix de l'esprit du vieil homme.

Ce bas-relief était un rectangle grossier de deux centimètres et demi d'épaisseur et d'environ douze centimètres sur quinze, manifestement récent. Les dessins, pourtant, n'avaient rien de récent, ni dans leur harmonie, ni dans ce qu'ils suggéraient. En effet, si les fantaisies du cubisme et du futurisme ont été nombreuses et désordonnées, elles n'ont pas souvent répété la régularité secrète qui se dissimule dans le graphisme préhistorique. Or, pour l'essentiel, ces dessins paraissaient bien être les symboles d'une écriture. Ma mémoire, pourtant, en dépit de la connaissance approfondie que j'avais désormais acquise des papiers et des collections de mon oncle, ne me fut d'aucun secours quand il s'agit d'identifier cette catégorie particulière ou même de deviner ses affiliations les plus lointaines.

Au-dessus de ce qui, apparemment, était des hiéroglyphes, se trouvait une figure, placée là dans une intention d'illustration évidente, même si l'exécution impressionniste n'autorisait pas que l'on se fît une idée très nette de sa nature. On aurait dit une sorte de monstre, ou de symbole représentant un monstre, d'une forme telle que seul un esprit morbide avait pu le concevoir. Si je dis que mon imagination quelque peu extravagante se laissa aller à y voir tout à la fois les formes d'une pieuvre, d'un dragon et d'une caricature humaine, ce ne sera pas trahir l'esprit de la chose. Une tête molle, tentaculée, surmontait un corps grotesque et écailleux, équipé d'ailes rudimentaires, mais c'était la ligne générale de l'ensemble qui provoquait le choc le plus violent et le rendait plus effrayant. Derrière la figure, à l'arrière-plan, on devinait la vague suggestion d'une architecture cyclopéenne.

Les textes qui accompagnaient cet objet bizarre étaient de la main du professeur Angell et semblaient avoir été rédigés tout récemment, à l'exception d'un paquet de coupures de presse. C'était des notes, sans aucune prétention littéraire. Le document apparemment le plus important portait le titre *Culte de Cthulhu*, soigneusement écrit en caractères d'imprimerie, comme pour éviter toute erreur de lecture sur un mot aussi inhabituel. Ce manuscrit était divisé en deux sections, dont la première était intitulée « 1925 — Rêves et Œuvre d'Après-Rêves d'H.A. Wilcox, 7 Thomas Street, Providence, Rhode Island », et la seconde, « Récit de l'inspecteur John R. Legrasse, 121 Bienville Street, La Nouvelle-Orléans, Louisiane, à la conférence de 1908 de la S.A.A. — Notes à propos de ce dernier et de la relation du prof. Webb ». Les autres documents manuscrits n'étaient que des notes brèves ; certaines relatant les rêves étranges faits par diverses personnes, d'autres comportant des citations tirées de livres et de revues de théosophie (notamment, *l'Atlantide* et *la Lémure perdue* de W. Scott-Elliott). Quant au reste, il s'agissait de commentaires sur quelques passages de classiques de la mythologie et de l'anthropologie, tels que *le Rameau d'Or*, de Frazer, ou *le Culte des Sorcières en Europe occidentale*, de Miss Murray. Les coupures faisaient essentiellement allusion aux maladies mentales et aux épidémies extraordinaires de folie ou de délire collectif que l'on avait pu constater au printemps de l'année 1925.

La première partie du manuscrit principal contait une très étrange histoire. Il semble que, le premier mars 1925, un jeune homme mince et brun, l'air névrosé et surexcité, soit venu rendre visite au professeur Angell en lui apportant le singulier bas-relief d'argile, encore tout humide et tout frais. Sa carte portait le nom d'Henry Anthony Wilcox et mon oncle sut ainsi qu'il était le plus jeune fils d'une excellente famille qu'il connaissait un peu. Ce garçon avait étudié la sculpture peu de temps auparavant à l'Ecole des Beaux-Arts de Rhode Island et vivait seul dans une grande maison du nom de Fleur-de-Lys, non loin de cette institution. Wilcox était un jeune homme précoce, dont les dons étaient reconnus, mais aussi la grande excentricité car, depuis l'enfance, il avait attiré l'attention sur lui pour l'habitude qu'il avait de raconter des histoires curieuses et des rêves étranges. Il disait de lui-même qu'il était « hypersensible sur le plan psychique », mais les habitants de cette ancienne cité commerciale, des hommes posés, se contentaient de le considérer simplement comme un « original ». Se mêlant rarement aux gens de son milieu, il avait peu à peu cessé de fréquenter la société et il n'était plus à présent connu que d'un petit groupe d'esthètes, originaires d'autres villes. Le Club d'Art de Providence lui-même, soucieux de préserver son conservatisme, l'avait jugé tout à fait désespérant.

Lors de sa visite, poursuivait le manuscrit du professeur, le sculpteur avait subitement fait appel aux connaissances archéologiques de son hôte en lui demandant d'identifier les hiéroglyphes du bas-relief. Il s'était exprimé de façon rêveuse, tendue, ce qui suggérait l'affectation et aliénait toute sympathie. Mon oncle avait d'ailleurs mis quelque brusquerie à lui répondre, car la fraîcheur manifeste de l'état de la tablette pouvait tout impliquer, sauf un rapport avec l'archéologie. La réplique du jeune Wilcox, qui avait assez impressionné mon oncle pour qu'il s'en souvienne et la note *verbatim*, avait été faite sur un ton de poésie fantastique, qui avait dû être imprimé à toute la conversation et dont je me suis aperçu, depuis, qu'il était hautement caractéristiques du personnage. Il avait dit : « C'est neuf, c'est exact, car je l'ai fait la nuit dernière au cours d'un rêve de cités étranges ; et ces rêves sont plus anciens que la sombre Tyr, le Sphinx contemplatif ou la Babylone ceinturée de jardins. »

C'est alors qu'il avait commencé ce récit incohérent qui avait soudain réveillé quelque chose dans la mémoire endormie de mon oncle et fait que celui-ci l'avait écouté avec un intérêt passionné. Il y avait eu un léger tremblement de terre, la nuit précédente, le plus considérable qui ait été ressenti en Nouvelle-Angleterre depuis plusieurs années. Or, l'imagination de Wilcox en avait été vivement affectée. Après s'être endormi, il avait fait un rêve comme il n'en avait encore jamais fait, avec des cités cyclopéennes, faites de blocs de pierre titanesques et de monolithes qui s'élançaient vers le ciel, le tout dégoulinant de vase verte et sinistre d'horreur latente. Des hiéroglyphes couvraient murailles et piliers, et d'un point indéterminé, au-dessous de lui, était sortie une voix qui n'était pas une voix ; une sensation chaotique que seule l'imagination permettait de traduire en sons, mais qu'il avait tenté de rendre par l'enchevêtrement presque imprononçable de ces lettres : « Cthulhu fhtagn. »

Cet entremêlement verbal avait été la clé du souvenir qui avait excité et troublé le professeur Angell. Il avait questionné le sculpteur avec une minutie toute scientifique. Il avait ensuite examiné avec une intensité presque frénétique le bas-relief auquel le jeune homme s'était retrouvé en train de travailler, glacé et simplement vêtu de ses vêtements de nuit, quand le réveil l'avait surpris, stupéfait. Mon oncle avait accusé son grand âge, devait dire plus tard Wilcox, de la lenteur avec laquelle il avait identifié les hiéroglyphes et le dessin qui les illustrait. Nombre de ses questions parurent très déplacées à son visiteur, surtout celles qui tendaient à l'associer avec des cultes ou des sociétés étranges. Wilcox ne parvenait pas à comprendre les adjurations répétées de silence qu'il se voyait présenter, en échange d'une admission à quelque vaste savoir religieux, mystique ou païen. Quand le professeur Angell fut persuadé que le sculpteur ignorait en réalité tout culte ou tout système de tradition cryptique, il assiégea son visiteur de prières pour qu'à l'avenir il vienne lui raconter ses rêves. Le résultat fut positif, car après la première entrevue, le manuscrit mentionne les visites quotidiennes du jeune homme, visites au cours desquelles il rapportait de surprenants lambeaux d'une imagerie nocturne dont la substance demeurait toujours quelque terrible vision cyclopéenne de pierre noire et stillante, accompagnée d'une voix ou d'une intelligence souterraine qui criait, monotone, des messages énigmatiques que l'on pouvait tout au plus qualifier de sons inarticulés. Les deux vocables les plus fréquemment répétés étaient ceux que rendent les lettres « Cthulhu » et « R'lyeh ».

Le 23 mars, disait encore le manuscrit, Wilcox n'était pas venu. Une visite à son domicile permit de savoir qu'il avait été pris d'une obscure sorte de fièvre et transporté dans sa famille, à Waterman Street. Il avait appelé dans la nuit, réveillant divers autres artistes qui logeaient dans le même bâtiment que lui, et il n'avait plus manifesté depuis lors que des alternances d'inconscience et de délire. Mon oncle avait aussitôt appelé la famille par téléphone et, dès lors, avait accordé une attention sans relâche à cette affaire, se rendant souvent au cabinet de Thayer Street du docteur Tobey, auquel on avait fait appel. L'esprit fébrile du jeune homme explorait manifestement d'étranges domaines et le docteur frissonnait parfois quand il en parlait. Il y avait, certes, ce dont il avait déjà rêvé, mais aussi des allusions désordonnées à une chose gigantesque qui avait « des kilomètres de haut » et qui marchait ou montait à pas pesants. Il ne devait jamais décrire complètement cette chose, mais certaines paroles prononcées dans son délire et répétées par le docteur Tobey convainquirent le professeur qu'il devait s'agir de la monstruosité sans nom qu'il s'était efforcé de reproduire dans sa sculpture de rêve. Toute référence à cet objet, ajoutait le docteur, était invariablement le prélude à une léthargie dans laquelle sombrait le jeune homme. Chose curieuse, sa température ne s'élevait guère au-dessus de la normale ; par ailleurs, l'état général était tel qu'il suggérait la présence d'une fièvre véritable, plutôt que celle d'un trouble mental.

Le 2 avril, vers trois heures de l'après-midi, toutes traces de la maladie de Wilcox disparurent soudain. Il s'assit bien droit dans son lit, fut surpris de se retrouver chez ses parents et parut tout ignorer de ce qui s'était passé, en rêve ou dans la réalité, au cours de la nuit du 22 mars. Comme le docteur le jugeait rétabli, il retourna au bout de trois jours dans son appartement. Il ne devait plus être d'aucune assistance pour le professeur Angell. Les rêves étranges s'étaient évanouis au moment où il avait guéri et mon oncle cessa de recueillir ses pensées nocturnes au bout d'une semaine de récits de visions des plus ordinaires sans grand sens ni intérêt.

C'est ici que s'arrêtait la première partie du manuscrit, mais les références qui étaient faites à certaines des notes en désordre me donnèrent beaucoup à penser — tant, même, que seul le scepticisme invétéré qui était alors à la base de ma philosophie peut expliquer la défiance prolongée que j'éprouvais à l'égard de l'artiste. Les notes en question décrivaient les rêves de diverses personnes pendant la période où le jeune Wilcox avait ses étranges visitations. Mon oncle, semble-t-il, avait rapidement mis en place un corps d'enquête d'une ampleur prodigieuse auprès de la majeure partie des amis qu'il pouvait interroger sans impertinence. Il les priait de lui envoyer le récit des rêves qu'ils faisaient chaque nuit et la date de toutes les visions notables qu'ils avaient eues depuis quelque temps. Sa requête paraissait avoir été reçue de façons fort diverses. Pourtant, il avait très certainement dû recevoir plus de réponses qu'il n'en pouvait examiner sans secrétaire. Cette correspondance originale n'avait pas été conservée, mais ses notes en constituait un résumé très complet et profondément significatif. La plupart des gens appartenant à la haute société et au monde des affaires — le traditionnel « sel de la terre » de la Nouvelle-Angleterre — avaient fourni un résultat presque entièrement négatif, encore que, dans certains cas isolés, des impressions nocturnes, inquiètes bien qu'à peine ébauchées, eussent été ressenties ici ou là, toujours entre le 23 mars et le 2 avril — période du délire du jeune Wilcox. Les scientifiques n'avaient guère été affectés non plus, bien que, dans quatre cas, de vagues descriptions eussent suggéré qu'il y avait eu une découverte fugitive de paysages étranges et que, dans un autre cas, il eût été fait mention d'une appréhension à l'égard de quelque chose d'anormal.

Ce fut des artistes et des poètes que vinrent les réponses pertinentes et je suis convaincu qu'ils auraient été pris de panique s'ils avaient pu comparer leurs témoignages. Quoi qu'il en soit, comme je ne pouvais consulter les originaux, je soupçonnais à demi celui qui les avait analysés d'avoir posé des questions allant dans le sens qu'il souhaitait ou de n'avoir gardé de cette correspondance que ce qui venait appuyer ce qu'il avait depuis peu résolu de chercher. Voilà pourquoi je demeurais persuadé que, ayant eu d'une manière ou d'une autre connaissance de données plus anciennes que mon oncle auraient eues en sa possession, Wilcox avait trompé le vieux savant. Les réponses des artistes révélaient une histoire bien troublante. Entre le 28 février et le 2 avril, beaucoup d'entre eux avaient fait des rêves très bizarres, ces rêves ayant été infiniment plus fréquents pendant la période où le jeune sculpteur avait déliré. Un quart de ceux qui avaient envoyé un compte rendu témoignait avoir assisté à des scènes et perçu des quasisons pas très différents de ceux que Wilcox avaient décrits. Et certains de ces rêveurs avouaient avoir eu une peur intense de la chose gigantesque et indicible qui était devenue visible vers la fin. L'un des cas, qu'une note décrivait en détail, était tout à fait attristant. Le sujet, un architecte très connu qui avait un penchant pour la théosophie et l'occultisme, avait été pris de folie violente le jour où Wilcox avait été lui-même frappé et il était mort quelques mois plus tard, après avoir poussé des cris incessants pour demander qu'on le sauve de quelque lieu infernal. Si mon oncle avait utilisé les noms au lieu d'employer simplement une numérotation, j'aurais entrepris à mon tour une enquête et procédé à quelques vérifications. Malheureusement, je ne parvins à retrouver que quelques témoins. Ces derniers, cependant, confirmèrent tous absolument le contenu des notes. Je me suis souvent demandé si tous les sujets interrogés par le professeur avaient été aussi intrigués que ceux que je rencontrai. Il est préférable qu'aucune explication ne leur parvienne jamais.

Les coupures de presse, comme je l'ai laissé entendre, faisaient allusion à certains cas de panique, de manie ou d'excentricité constatés au cours de la même période. Le professeur Angell avait sans doute fait appel à une agence de coupures de journaux, car le nombre d'articles dont il disposait était prodigieux et ils provenaient du monde entier. Ici, c'était un suicide, qui s'était produit la nuit à Londres, parce qu'un dormeur solitaire avait sauté par la fenêtre en poussant un cri terrifiant. Là, dans une lettre incohérente adressée au directeur d'un journal d'Amérique latine, un fanatique déduisait des visions qu'il avait eues que l'avenir serait atroce. Une dépêche de Californie décrivait une colonie de théosophes qui revêtaient *en masse* des robes blanches, dans l'attente de quelque « accomplissement glorieux » qui ne se réalisa jamais, tandis que des entrefilets venus des Indes évoquaient à mots couverts de sérieux troubles indigènes qui s'étaient produits vers la fin du mois de mars. Des orgies vaudou s'étaient multipliées à Haïti et, des postes avancés qu'ils occupaient en Afrique, certains Blancs faisaient état de murmures inquiétants. Des officiers américains servant aux Philippines constataient l'existence d'une agitation dans quelques tribus, toujours à la même époque, et des policiers new-yorkais étaient harcelés par des Levantins hystériques dans la nuit du 22 au 23 mars. L'ouest de l'Irlande, lui aussi, était plein de rumeurs incontrôlables et légendaires, tandis qu'un peintre fantastique du nom d'Ardois-Bonnot accrochait un *Paysage de Rêve* blasphématoire au Salon de Printemps de Paris, en 1926. Si nombreux étaient les troubles enregistrés dans les asiles de fous que seul un miracle pouvait avoir empêché la confrérie médicale d'établir de curieux parallèles et de tirer des conclusions embarrassantes. Un étrange paquet de coupures de presse, en définitive. Et je comprends mal, aujourd'hui, le rationalisme insensible avec lequel je les écartai. Cependant, j'étais alors convaincu que le jeune Wilcox avait eu connaissance de problèmes plus anciens, également mentionnés par le professeur.

2

Le récit de l'inspecteur Legrasse

Les problèmes plus anciens qui avaient chargé de signification le rêve et le bas-relief du sculpteur pour mon oncle étaient examinés dans la seconde moitié de son long manuscrit. Il apparaissait qu'une fois déjà le professeur Angell avait vu les contours infernaux de la monstruosité sans nom, qu'il s'était interrogé au sujet des hiéroglyphes inconnus et qu'il avait entendu les syllabes menaçantes qu'on ne peut rendre que par « Cthulhu », tout cela dans un contexte si troublant et si horrible qu'il ne faut guère s'étonner qu'il ait assailli le jeune Wilcox de ses questions et de ses demandes de renseignements.

Cette expérience antérieure s'était produite en 1908, dix-sept ans plus tôt, alors que la Société Américaine d'Archéologie tenait sa conférence annuelle à Saint Louis. Le professeur Angell, comme il convenait à un homme ayant son autorité et son savoir, avait joué un rôle prédominant dans les délibérations. Aussi avait-il été l'un des premiers à être approché par diverses personnes extérieures qui avaient profité de cette réunion pour venir poser des questions et demander qu'on y fournisse des réponses exactes ou présenter des problèmes afin d'y voir apporter une solution par des spécialistes.

Le plus important de ces curieux, celui qui en peu de temps allait devenir le point de mire de toute l'assemblée, était un homme d'âge moyen et d'aspect quelconque qui avait fait le long voyage de La Nouvelle-Orléans pour demander certaine information particulière qu'il n'avait pu obtenir nulle part. Il s'appelait John Raymond Legrasse et exerçait la profession d'inspecteur de police. Avec lui, il apportait l'objet de sa visite, une statuette de pierre, grotesque, repoussante et apparemment très ancienne, dont il était incapable de préciser l'origine.

Il ne faut pas s'imaginer que l'inspecteur Legrasse témoignait du moindre intérêt pour l'archéologie. Son désir d'être éclairé ne provenait en effet que de considérations purement professionnelles. La statuette, une idole, un fétiche ou Dieu sait quoi, avait été saisie quelques mois auparavant dans les marais boisés du sud de La Nouvelle-Orléans, lors d'une descente dans une réunion de soi-disant adeptes du culte vaudou. Pourtant, les rites qui s'y pratiquaient étaient si singuliers et si atroces que la police s'était aussitôt rendu compte qu'elle était tombée par hasard sur un culte obscur dont elle ignorait tout, infiniment plus diabolique que le plus noir de tous ceux pratiqués dans les milieux africains. Il avait été absolument impossible de découvrir quoi que ce fût quant à son origine, mis à part les extravagantes, les incroyables fables arrachées aux participants appréhendés. Telle était la raison du souci des policiers de se renseigner auprès de spécialistes des questions anciennes, afin de pouvoir situer l'effrayant symbole et remonter, grâce à lui, jusqu'à la source du culte.

L'inspecteur Legrasse était bien mal préparé à la sensation qu'allait créer ce qu'il apportait. Un coup d'œil sur l'objet avait suffi pour jeter l'assemblée des hommes de sciences dans un état d'excitation intense et tous s'étaient regroupés en hâte autour de lui pour contempler la figurine dont l'absolue étrangeté et l'aspect de véritable antiquité abyssale paraissaient devoir ouvrir avec tant de force des voies archaïques encore inexplorées. Aucune école de sculpture connue n'avait donné naissance à un objet aussi terrifiant et pourtant des centaines, des milliers d'années même paraissaient inscrites sur la surface indistincte et verdâtre de l'inclassable pierre.

La figurine, qui passa ensuite lentement de l'un à l'autre afin que chacun puisse l'examiner de près avec attention, avait entre dix-huit et vingt centimètres de haut et était d'un travail raffiné. Elle représentait un monstre à la silhouette vaguement anthropoïde, avec une tête de pieuvre dont la face n'aurait été qu'une masse de tentacules, un corps écailleux, d'une grande élasticité, semblait-il, des griffes prodigieuses aux pattes postérieures et antérieures, de longues et étroites ailes dans le dos. Cette chose, qui paraissait distiller une malignité redoutable et dénaturée, était d'une corpulence presque boursouflée et paraissait tassée sur un bloc rectangulaire, une sorte de piédestal, couvert de caractères indéchiffrables. La pointe de ses ailes touchait la partie postérieure du bloc, l'arrière-train occupait le centre, tandis que les longues griffes recourbées des pattes postérieures, repliées, ramassées, agrippaient le bord antérieur et s'étiraient en direction de la base jusqu'au quart de la hauteur du socle. La tête céphalopode était inclinée en avant de telle sorte que les extrémités des tentacules faciaux allaient effleurer par-derrière les énormes pattes antérieures qui étreignaient les genoux de la créature accroupie. L'ensemble était empreint d'une vie extraordinaire et d'autant plus subtilement redoutable que l'origine en était aussi totalement inconnue. Il était indubitable qu'elle avait un âge extraordinaire, angoissant, incalculable. Rien cependant ne la rattachait au moindre type d'art caractéristique de l'aube de la civilisation — ni même, à vrai dire, à celui de n'importe quelle autre époque.

Totalement originale, unique, sa matière même constituait un mystère. La pierre savonneuse, d'un noir verdâtre, parsemée de petites taches et de stries dorées ou iridescentes, ne ressemblait en effet à rien de ce qui est familier à la géologie ou à la minéralogie. Les caractères de la base étaient tout aussi déroutants. Aucun savant dans l'assistance, en dépit de la présence de spécialistes de la moitié du globe, n'avait la moindre idée de leur parenté linguistique, fût-ce la plus lointaine. Ces signes, comme le sujet et la matière, appartenaient à quelque chose d'atrocement lointain et différent de l'humanité telle que nous la connaissons. Quelque chose qui suggérait de manière effroyable d'anciens cycles de vie impie où notre univers et nos conceptions n'avaient aucune part.

Et pourtant, tandis que les membres de l'assemblée hochaient la tête et s'avouaient battus devant le problème de l'inspecteur, il y avait un homme qui suspectait une touche de bizarre familiarité dans la forme monstrueuse comme dans l'écriture et qui, au bout d'un moment, dit avec quelque hésitation les choses singulières dont il se souvenait. Cette personne était William Channing Webb, disparu depuis. Professeur d'anthropologie à l'université de Princeton, c'était un explorateur fort réputé.

Le professeur Webb avait accompli quarante-huit ans auparavant un voyage au Groenland et en Islande au cours duquel il avait recherché certaines inscriptions runiques qu'il n'avait pu découvrir. Très au nord, sur la côte occidentale du Groenland, il avait rencontré une singulière tribu, ou une assemblée culturelle d'Esquimaux dégénérés dont la religion, une curieuse forme de démonolâtrie, l'avait glacé par la soif de sang et le caractère repoussant qui s'y trouvaient délibérément accentués. C'était une croyance dont les autres Esquimaux ne savaient presque rien et qu'ils ne mentionnaient qu'en frissonnant, tout en disant qu'elle était venue de temps infiniment anciens, antérieurs à la création du monde. Outre des rites et des sacrifices humains innommables, certains rituels transmis de génération en génération à un démon suprême, ou *tornasuk*, plus ancien que tous les autres. Le professeur Webb avait alors noté phonétiquement avec soin ce que lui disait un vieillard, un *angekok* ou prêtre-sorcier, et traduit les sons en lettres romaines du mieux qu'il l'avait pu. Cependant, ce qui prenait à présent une signification toute particulière, c'est le fétiche que ce culte honorait et autour duquel ses adeptes dansaient au moment où l'aurore jaillissait très haut par-dessus les falaises. Il s'agissait, expliquait le professeur, d'un bas-relief très grossier qui présentait une image hideuse et une écriture secrète. Selon lui, c'était quelque chose de très comparable dans toutes les lignes essentielles à la chose bestiale qui se trouvait à présent soumise à l'examen de la conférence.

Ces renseignements, reçus avec attention et surprise par les assistants, parurent deux fois plus passionnants à l'inspecteur Legrasse. Il se mit aussitôt à assaillir de questions son informateur. Ayant noté et copié un rituel oral des adorateurs du culte des marais que ses hommes avaient arrêtés, il supplia le professeur de se souvenir du mieux qu'il le pouvait des syllabes qu'il avait relevées chez les Esquimaux sataniques. Il s'ensuivit alors une comparaison complète des détails et il y eut un instant de silence véritablement angoissé quand le détective et le savant convinrent de l'identité virtuelle de la phrase commune aux deux rituels infernaux, observés à tant de mondes de distance. Qu'avaient psalmodié à leurs idoles apparentées les sorciers esquimaux et les prêtres des marais de la Louisiane ? Quelque chose de très proche de ceci — la division en mots étant supposée être celle-là, étant donné les coupures que la tradition maintenait dans la phrase — telle qu'elle était récitée à haute voix :

« Ph'nglui mglw'nafh Cthulhu R'lyeh wgah'nagl fhtagn. »

Sur un point, Legrasse était en avance sur le professeur Webb, car plusieurs de ses prisonniers métis lui avaient répété ce que des célébrants plus âgés leur avaient dit au sujet du sens des mots. Ce texte, tel qu'il était donné, correspondait à quelque chose comme ceci :

« Dans sa demeure de R'lyeh la morte Cthulhu rêve et attend. »

Pour répondre alors à une demande pressante et générale, l'inspecteur Legrasse dut raconter aussi complètement que possible l'expérience qu'il avait vécue chez les adorateurs des marais. Il fit ainsi connaître une histoire à laquelle, je m'en rendais compte, mon oncle avait attaché une très grande importance. Elle tenait des rêves les plus fous des faiseurs de mythes et des théosophes, révélant qu'il existait un degré d'imagination cosmique surprenant chez ces demi-castes et ces parias, chez qui on se serait le moins attendu à le rencontrer.

Le 1er novembre 1907, un appel frénétique était parvenu à la police de la région des marécages et des lagunes du sud de La Nouvelle-Orléans. Les squatters qui y vivaient, pour la plupart descendants primitifs mais au caractère facile des hommes de Laffite, étaient sous l'emprise d'une terreur noire à propos d'une chose inconnue qui était arrivée sur eux au cours de la nuit. Il s'agissait sans doute de vaudou, mais d'un vaudou d'un genre plus terrible que tout ce qu'ils avaient connu. Quelques-uns des leurs, femmes ou enfants, avaient disparu depuis qu'un tam-tam malveillant avait entamé une mélopée incessante, au loin, dans les bois hantés par les Noirs, là où aucun de ces hommes ne s'aventurait. On entendait des hurlements fous, des cris déchirants, des mélopées à vous glacer l'âme et on voyait danser les flammes du diable. Et, ajoutait le messager terrorisé, les gens ne pouvaient plus le supporter.

Voilà pourquoi un détachement de vingt policiers, entassés dans deux voitures à cheval et une automobile, était parti à la fin de l'après-midi en compagnie du squatter tremblant de peur qui lui servait de guide. Au bout de la route carrossable, ils mirent pied à terre et continuèrent à avancer en silence dans la boue, sous le couvert de ces terribles bois de cyprès où jamais le jour ne pénètre. De monstrueuses racines et d'hostiles murs de mousse espagnole les retardaient. De temps à autre, un monceau de pierres humides et froides, les pans d'un mur croulant intensifiaient par leur évocation d'habitation morbide l'impression déprimante que chaque arbre difforme et chaque îlot fongeux contribuaient à faire naître. Enfin, la colonie des squatters — quelques misérables huttes — leur apparut. Les habitants, hystériques, sortirent alors en courant et se pressèrent autour des lanternes réunies qui dansaient. A présent, le son étouffé des tam-tams était faiblement audible, loin, très loin en avant et quand le vent tournait, un hurlement à vous glacer perçait à intervalles irréguliers. Un rougeoiement paraissait aussi filtrer à travers les pâles sous-bois, au-delà des avenues sans fin de la nuit de la forêt. Comme ils répugnaient à l'idée même de se retrouver à nouveau seuls, les squatters apeurés refusèrent l'un après l'autre tout net de faire un pas de plus vers l'endroit où se tenait la cérémonie impie ; aussi l'inspecteur Legrasse et ses dix-neuf collègues durent-ils s'élancer droit devant eux, sans guide, vers les noires arcades de l'abomination sous lesquelles aucun n'était encore jamais passé.

La région dans laquelle les policiers pénétraient à présent avait traditionnellement mauvaise réputation, était en grande partie inconnue et n'était jamais traversée par les Blancs. Il courait des légendes au sujet d'un lac caché sur lequel jamais le regard d'un mortel ne s'était posé et sous lequel aurait vécu une énorme créature blanche, polypeuse, informe, aux yeux luisants. Les squatters murmuraient que des démons aux ailes de chauve-souris prenaient leur essor à minuit et quittaient leurs cavernes du fond de la terre pour aller l'adorer. Ils disaient qu'elle s'était trouvée là avant d'Iberville, avant La Salle, avant les Indiens et même avant les bêtes et les oiseaux de ces bois. C'était un cauchemar en soi et le fait de la voir signifiait la mort. Elle faisait pourtant naître des rêves chez les hommes, aussi en savaient-ils assez pour se tenir à l'écart. L'orgie vaudou qui s'accomplissait alors avait en réalité lieu sur la frange de cette zone abhorrée, mais l'endroit où elle se déroulait était déjà très dangereux ; il s'ensuivait que c'était peut-être le point choisi pour cette adoration qui avait plus terrifié les squatters que les sons ou les incidents troublants.

Seules la poésie ou la folie pourraient rendre vraiment les bruits perçus par les hommes de Legrasse, tandis qu'ils progressaient avec difficulté dans la boue noire vers la lueur rouge et le son étouffé des tam-tams. Il y a des qualités vocales qui sont particulières aux hommes et d'autres, particulières aux bêtes. Or, il est effrayant d'entendre l'une quand la source dont elle provient devrait produire l'autre. La furie animale et la licence orgiaque se stimulaient l'une l'autre vers des sommets démoniaques à l'aide de hurlements et d'extase rauques qui déchiraient ces bois nuiteux et s'y réverbéraient comme autant de tempêtes pestilentielles venues des gouffres de l'enfer. De temps en temps, les ululements les plus disparates cessaient et, de ce qui paraissait être un chœur bien entraîné de voix rauques, naissait, en cette psalmodie, cette phrase ou ce rituel hideux :

— Ph'nglui mglw'nafh Cthulhu R'lyeh wgah'nagl fhtagn.

Les hommes ayant alors atteint un endroit où les arbres étaient moins serrés, ils découvrirent brusquement le spectacle lui-même. Quatre d'entre eux reculèrent en chancelant, un autre s'évanouit et deux furent bouleversés au point de pousser un cri frénétique que la folle cacophonie de l'orgie couvrit heureusement. Legrasse aspergea d'eau du marécage le visage de l'homme évanoui et tous demeurèrent tremblants, presque hypnotisés par l'horreur.

Dans une clairière naturelle du marais se dressait une île herbeuse d'un demi-hectare, peut-être, dépouillée de tout arbre et à peu près sèche. Là-dessus, la horde d'anormaux humains la plus indescriptible était en train de sauter et de se contorsionner. Dépouillée de tous vêtements, cette semence hybride poussait des braiments, hurlait et se tordait autour d'un feu monstrueux qui brûlait en forme d'anneau ; au centre de cet anneau, révélé par d'occasionnelles déchirures du rideau des flammes, se dressait un grand monolithe de granit de quelque deux mètres cinquante de haut. Au sommet, incongrue par sa petitesse, la pernicieuse statuette sculptée reposait. Sur un grand cercle de dix échafauds, dressés à intervalles réguliers du monolithe ceinturé de flammes qui en constituait le centre, pendaient la tête en bas, les corps extraordinairement meurtris des squatters sans défense qui avaient disparu. C'est à l'intérieur de ce cercle que la ronde d'adorateurs sautait et rugissait, leur mouvement de masse se portant essentiellement de la gauche vers la droite en une bacchanale sans fin entre le cercle des victimes et l'anneau de feu.

Ce n'était peut-être qu'un effet de l'imagination et peut-être n'étaient-ce simplement que des phénomènes d'écho, mais l'un des hommes, un Espagnol nerveux, se dit être persuadé de percevoir des réponses antiphonales au rituel provenant de quelque point lointain et sombre, plus au cœur de ce bois de légendes et d'horreurs anciennes. Je rencontrai plus tard cet homme, Joseph D. Galvez, et je l'interrogeai. Il se révéla doué d'une imagination si vive qu'elle frisait la distraction. Il alla même jusqu'à suggérer qu'il avait entendu le faible battement de grandes ailes, qu'il avait entrevu des yeux luisants, une forme montagneuse et blanche derrière les arbres les plus distants — mais je suppose que lui aussi avait trop prêté l'oreille aux superstitions locales.

La pause horrifiée des hommes fut en réalité d'assez courte durée. Le devoir passait avant tout. Et bien qu'il ait pu y avoir près d'une centaine de célébrants métis, la police, comptant sur ses armes à feu, plongea, décidée, au milieu de cette bande immonde. Pendant cinq minutes, le tintamarre et le chaos qui en résultèrent défièrent toute description. On donnait des coups à l'aveuglette, on tirait, certains parvenaient à s'enfuir. A la fin, pourtant, Legrasse put compter quelque quarante-sept prisonniers moroses qu'il contraignit à se vêtir en hâte et à se regrouper entre deux files de policiers. Cinq des adorateurs gisaient morts, deux étaient grièvement blessés et furent emportés sur des brancards improvisés par leurs compagnons prisonniers. La figurine perchée sur le monolithe fut, bien entendu, soigneusement récupérée, puis rapportée par Legrasse.

Interrogés au quartier général après un voyage comportant des efforts et des fatigues intenses, les prisonniers se révélèrent tous être des hommes de très humble origine, des sang-mêlé à l'esprit aberrant. La plupart étaient des marins et ce ramassis de nègres et de mulâtres, antillais ou portugais bravas des îles du Cap-

Vert surtout, faisait paraître leur culte hétérogène fortement teinté de vaudou. Sans qu'il fût besoin de pousser très loin l'interrogatoire, il devint pourtant manifeste que l'on avait affaire à quelque chose de beaucoup plus profond et de beaucoup plus ancien qu'un fétichisme nègre. Bien que dégradées et ignorantes, ces créatures défendaient avec une fermeté surprenante l'idée fondamentale de leur exécrable croyance.

Ils adoraient, déclaraient-ils, les Grands Anciens, qui avaient existé bien des âges avant qu'il n'y ait eu des hommes et qui étaient descendus du ciel pour occuper le jeune monde. Ces Anciens avaient à présent disparu dans la terre et sous la mer ; mais bien que morts, leurs corps avaient révélé leurs secrets au cours de rêves envoyés au premier homme et celui-ci avait créé un culte qui ne s'était plus jamais éteint. Ce culte était le leur et les prisonniers disaient qu'il avait toujours existé et qu'il existerait toujours, observé en cachette en des immensités lointaines ou en des lieux obscurs du monde entier, en attendant le moment où le grand prêtre Cthulhu s'élèverait de sa sombre demeure de la puissante cité engloutie de R'lyeh et réduirait à nouveau la terre à sa merci. Un jour, il appellerait, lorsque les étoiles seraient prêtes, et le culte secret, qui attendrait toujours, le libérerait.

D'ici là, rien ne devait être dit de plus. Il existait un secret que la torture même ne saurait arracher. Il n'y avait pas que l'humanité parmi les choses conscientes de la terre puisque des formes sortaient de l'ombre pour visiter les rares fidèles. Il ne s'agissait pas des Grands Anciens. Aucun homme n'avait jamais vu les Anciens. L'idole gravée était le grand Cthulhu, mais personne ne pouvait dire si oui ou non les autres déités étaient précisément comme lui. Nul ne pouvait plus lire, aujourd'hui, l'ancienne écriture, mais les choses se transmettaient de bouche à oreille. Le rituel psalmodié n'était pas un secret — il n'était jamais prononcé à voix haute, mais murmuré. La mélopée signifiait simplement : « Dans sa demeure de R'lyeh la morte Cthulhu rêve et attend. »

Seuls, deux des prisonniers furent jugés assez sains d'esprit pour être pendus, tandis que le reste était envoyé dans diverses institutions. Tous nièrent avoir eu une part dans les meurtres rituels et affirmèrent que la tuerie était l'œuvre de créatures aux ailes noires, venues les rejoindre depuis leur lieu de rencontre immémorial dans le bois hanté. De ces mystérieux alliés, pourtant, aucune description cohérente ne put être recueillie. Ce que la police parvint à apprendre lui fut surtout communiqué par un métis extrêmement âgé du nom de Castro qui prétendait avoir gagné d'étranges ports à la voile et s'être entretenu, dans les montagnes de la Chine, avec des chefs immortels du culte.

Le vieux Castro se souvenait de fragments de légendes hideuses qui auraient fait pâlir les spéculations des théosophes et ressortir ce que l'homme et le monde avaient de récent et d'éphémère. Des temps avaient existé où d'autres Choses avaient régné sur la Terre et où Elles avaient eu de grandes cités. Leurs restes, prétendait-il avoir appris des Chinois qui ne connaissaient pas la mort, pouvaient encore être retrouvés sous forme de pierres cyclopéennes dans les îles du Pacifique. Toutes étaient mortes à des époques très lointaines, avant l'arrivée de l'homme, mais il existait des procédés magiques qui permettraient de les faire revivre quand les étoiles auraient retrouvé les positions qui convenaient dans le cycle de l'éternité. Elles étaient, à dire vrai, venues elles-mêmes des étoiles et avaient apporté Leurs représentations avec Elles sous formes de figurines.

Ces Grands Anciens, poursuivait Castro, n'étaient pas entièrement faits de chair et de sang. Ils avaient une forme — cette figurine faite dans les étoiles ne le prouvait-elle pas, d'ailleurs ? — mais cette forme n'était pas faite de matière. Ils pouvaient plonger à travers le ciel pour passer d'un univers à l'autre ; mais quand les étoiles leur étaient défavorables, Ils ne pouvaient vivre. Cependant, bien qu'Ils n'aient plus été en vie, Ils ne mourraient jamais vraiment. Ils demeuraient tous dans leurs maisons de pierre de la grande cité de R'lyeh, préservés par les charmes du puissant Cthulhu et attendant une résurrection glorieuse, au moment où les étoiles et la terre seraient une fois de plus prêtes pour Eux: Alors, pourtant, il faudrait qu'une force intervienne de l'extérieur pour libérer Leurs corps. Les charmes qui Les préservaient intacts Leur interdisaient aussi de faire une démarche initiale, et Ils gisaient simplement, en éveil, dans l'obscurité, et Ils réfléchissaient, tandis que d'innombrables millions d'années continuaient à se dérouler. Ils savaient tout ce qui se passait dans notre univers, car Leur mode de discours était la transmission de pensée. En ce moment même, Ils parlaient dans Leurs tombeaux. Quand, après des temps infinis de chaos, les premiers hommes étaient apparus, les Grands Anciens s'étaient adressés aux plus sensibles d'entre eux en modelant leurs rêves. Car c'est ainsi seulement que Leur langage pouvait atteindre les esprits attachés à la chair des mammifères.

A cette époque, disait Castro à voix basse, les premiers hommes avaient organisé le culte autour de petites idoles que les Grands Anciens leur avaient révélées. C'étaient des idoles apportées en des ères indistinctes d'obscures étoiles. Ce culte ne disparaîtrait qu'au moment où les étoiles seraient à nouveau comme il le fallait et que les prêtres secrets pourraient aller chercher le grand Cthulhu dans Sa tombe pour qu'il redonne vie à Ses sujets et Se remette à gouverner la terre. Il ne serait pas difficile de savoir quand ce temps serait venu car, alors, l'humanité serait tout à fait semblable aux Grands Anciens ; libre et fougueuse, au-delà du bien et du mal, les lois et les morales rejetées, tous ses membres criant, tuant, se divertissant joyeusement. C'est alors que les Anciens, libérés, leur enseigneraient de nouvelles manières de crier et de tuer, de se divertir et de jouir de leur existence ; puis toute la terre s'enflammerait dans un holocauste d'extase et de liberté. En attendant, le culte, par des rites appropriés, devait maintenir vivant le souvenir de ces voies anciennes et faire pressentir la prophétie qui annonçait leur retour.

En des temps plus anciens, au cours de leurs rêves, des hommes choisis s'étaient adressés aux Anciens enfermés dans leur tombeau, puis il s'était passé quelque chose. La grande cité de pierre de R'lyeh, avec ses monolithes et ses sépulcres, s'était engloutie sous les vagues. Les eaux profondes, pleines de ce mystère primitif que la pensée même ne pouvait traverser, avaient interrompu toute communication spectrale. Le souvenir, cependant, n'en était jamais mort et les grands prêtres affirmaient que la cité resurgirait à nouveau lorsque les étoiles seraient dans la position voulue. C'est alors qu'étaient sortis du sol les noirs esprits de la terre, chancis et ombreux, pleins de rumeurs obscures recueillies dans les cavernes, sous des fonds marins inexplorés. D'eux, cependant, le vieux Castro n'osait beaucoup parler. Il s'interrompit d'ailleurs brusquement et nulle persuasion, nulle ruse ne purent l'entraîner plus loin dans cette voie. Quant à la *taille* des Grands Anciens, il refusa aussi curieusement de la préciser. Du culte, il dit qu'il pensait que le centre s'en trouvait au milieu des déserts dénués de pistes de l'Arabie, là où Irem, la Cité des Piliers, rêve, cachée et intacte. Il n'avait aucune parenté avec le culte européen des sorcières et était virtuellement inconnu, si ce n'est de l'assemblée de ses membres. Nul livre n'y avait véritablement fait allusion, bien que les Chinois immortels aient déclaré qu'il existait des phrases à double sens dans le *Necronomicon* de l'Arabe dément, Abdul Alhazred, que les initiés pouvaient lire comme ils l'entendaient, et en particulier, ce distique très discuté:

N'est pas mort ce qui à jamais dort
Et au long des ères peut mourir même la mort.

Legrasse, profondément impressionné et fort désorienté, avait enquêté en vain au sujet de la filiation historique de ce culte. Castro avait sans doute dit la vérité quand il avait affirmé qu'il s'agissait d'un secret absolu. Les spécialistes de l'université de Tulane n'ayant pu faire la moindre lumière sur le culte ou sur la figurine, le détective était venu consulter les plus hautes autorités du pays et n'avait rien pu entendre de plus que le récit du professeur Webb au sujet du Groenland.

L'intérêt fiévreux qu'éveilla au sein de l'assemblée le récit de Legrasse, corroboré, en quelque sorte, par la statuette, eut pour suite toute une correspondance échangée entre les participants. La publication officielle de la Société n'en fit toutefois guère mention. La prudence doit être le premier souci de ceux qui doivent parfois faire face au charlatanisme et aux impostures. Legrasse laissa quelque temps sa figurine au professeur Webb, mais à la mort de ce dernier, elle lui fut retournée et demeura en sa possession, où je l'ai vue, il n'y a pas très longtemps. C'était, il faut l'avouer, un objet terrifiant et proche, sans aucun doute, de la sculpteur de rêve du jeune Wilcox.

Que le récit du sculpteur eût plongé mon oncle dans un grand état d'excitation, je n'en étais pas surpris, car quelles pensées avaient pu naître en lui quand il avait entendu, lui qui avait connaissance de ce que Legrasse avait appris du culte, ce jeune homme sensible qui avait *rêvé* la figurine et les hiéroglyphes exacts de la statuette trouvée dans les marais et de la tablette diabolique du Groenland, lui raconter comment il était parvenu, *au cours de ses rêves*, à retrouver trois des mots mêmes de la formule récitée par les Esquimaux démonologiques et les métis de Louisiane? Que le professeur Angell ait aussitôt entrepris une enquête aussi complète que possible était éminemment naturel; personnellement, je soupçonnais pourtant le jeune Wilcox d'avoir entendu parler du culte de manière indirecte et d'avoir inventé une série de rêves pour rehausser et relancer le mystère aux dépens de mon oncle. Les relations de rêves et les coupures de presse rassemblées par le professeur paraissaient, certes, corroborer l'authenticité de ce culte; le rationalisme de mon esprit et l'extravagance du sujet me poussaient cependant à adopter ce que je pensais être les conclusions les plus raisonnables. C'est ainsi qu'après avoir attentivement étudié le manuscrit une fois encore, puis comparé les notes théosophiques et anthropologiques avec le récit de Legrasse concernant le culte, je me rendis à Providence afin d'aller trouver le sculpteur et de lui adresser des reproches que je considérais comme justifiés pour en avoir imposé avec tant d'audace à un savant âgé.

Wilcox vivait toujours seul dans la maison « Fleur-de-Lys » de Thomas Street, affreuse imitation victorienne de l'architecture bretonne du XVIIe siècle, dont la façade de stuc était trop ostensible au milieu des jolies demeures de style colonial de la vieille colline ainsi qu'à l'ombre du plus beau clocher georgien de toute l'Amérique. Je le trouvai au travail dans son appartement et j'admis aussitôt, en voyant les pièces éparpillées çà et là, que son talent avait véritablement quelque chose de profond et d'authentique. On parlera de lui, je crois, un jour ou l'autre, comme de l'un des grands décadents, car il a su cristalliser en argile et saura bientôt traduire dans le marbre les cauchemars et les visions fantastiques qu'Arthur Machen évoque en prose et que Clark Ashton Smith nous dévoile dans ses poèmes et sa peinture.

Brun, très mince et d'aspect quelque peu négligé, il se contenta de se retourner lorsque je frappai et me demanda ce qui m'amenait, sans se lever. Lorsque je lui eus dit qui j'étais, il manifesta un peu plus d'intérêt, car mon oncle avait excité sa curiosité en l'interrogeant sur ses étranges rêves, sans jamais lui expliquer la raison de ses préoccupations. Je ne fis rien pour l'éclairer plus avant sur ce plan, mais tentai, en usant d'un peu de finesse, de lui tirer quelque chose de plus.

En peu de temps, je fus convaincu de son absolue sincérité, car on ne pouvait se méprendre sur la façon dont il parlait de ses rêves. Ceux-ci et les traces qu'ils avaient laissé dans son subconscient avaient profondément influencé son art, et il me montra une statue morbide dont les courbes me firent presque frissonner, tant était grande la puissance de leur noire suggestion. Il ne pouvait se rappeler avoir vu l'original de cet objet ailleurs que dans son propre bas-relief de rêve, et d'ailleurs les lignes s'étaient insensiblement définies sous ses doigts. C'était, sans aucun doute, la forme géante dont il avait parlé au cours de son délire. Qu'il n'ait véritablement rien su du culte secret, excepté ce que le discours incessant de mon oncle en avait laissé échapper, je m'en rendis très vite compte ; aussi, une fois de plus, je tentais de découvrir de quelle manière il avait bien pu recevoir ces bizarres impressions.

Il évoqua ses rêves de façon étrangement poétique. Il me fit voir avec une infinie et terrible précision la cité cyclopéenne de pierres vertes et gluantes, dont la géométrie, dit-il curieusement, était tout à fait *erronée*, puis il me laissa entendre, après une attente apeurée, l'appel constant, à demi mental, qui provenait de sous la terre : « *Cthulhu fhtagn* », « *Cthulhu fhtagn* ».

Ces mots avaient fait partie du rituel redoutable qui disait la veille de rêve de Cthulhu à l'intérieur de son tombeau de pierre dans R'lyeh la morte, et en dépit de mes convictions rationalistes, je me sentais profondément troublé. Wilcox, j'en étais certain, avait dû entendre parler du culte par hasard et en avait aussitôt perdu le souvenir dans le flot de ses lectures et de ses rêveries d'une égale étrangeté. Plus tard, étant donné l'impressionnabilité de sa nature, cette idée s'était exprimée de manière subconsciente dans le cours de ses rêves, puis dans le bas-relief et la terrible statue que je contemplais à présent ; son imposture à l'égard de mon oncle avait donc été bien innocente. Ce jeune homme avait tout à la fois quelque chose d'un peu affecté et d'un peu cavalier qui m'aurait empêché de jamais sympathiser avec lui, mais je consentais volontiers maintenant à lui reconnaître une personnalité vraie et de l'honnêteté. J'étais donc bien disposé à son égard quand je pris congé de lui et je lui souhaitais tout le succès que son talent lui promettait.

La question du culte continuait toujours à me passionner et j'imaginais parfois que j'allais devenir célèbre pour avoir entrepris des recherches sur son origine et sur ce qui le rattachait aux autres. Je me rendis à La Nouvelle-Orléans, m'entretins avec Legrasse et d'autres membres du groupe de l'expédition d'autrefois ; je vis l'effrayante figurine et interrogeai même les prisonniers métis qui survivaient encore. Le vieux Castro, malheureusement, était mort depuis quelques années. Ce que je tins alors de manière si vivante et de première main, bien qu'il n'y eût rien eu là de plus, en réalité, qu'une confirmation détaillée de ce que mon oncle avait écrit, excita plus encore ma curiosité ; j'étais persuadé, en effet, de me trouver sur la trace d'une religion très réelle, très secrète et très ancienne, dont la découverte allait peut-être faire de moi un anthropologue de renom. Je conservais encore une attitude d'absolu matérialisme, *comme je souhaiterais qu'elle le fût encore*, et je repoussais avec une perversité inexplicable, la coïncidence qui existait entre les notes de rêves et les curieuses coupures rassemblées par le professeur Angell.

L'une des choses que je commençais à soupçonner, et que je crains à présent de *savoir*, c'est que la mort de mon oncle avait été loin d'être naturelle. Il était tombé dans une rue étroite et pentue qui prenait naissance près d'anciens quais où grouillaient des métis étrangers, après avoir été bousculé avec insouciance par un marin noir. Je n'oubliais pas le sang-mêlé et les inclinations marines des membres du culte de la Louisiane et je n'aurais pas été surpris d'entendre parler de méthodes secrètes et d'aiguilles empoisonnées, utilisées avec aussi peu de scrupules et connues depuis aussi longtemps que les croyances et les rites occultes. Legrasse et ses hommes, il est vrai, avaient été laissés en paix ; en Norvège, en revanche, un marin était mort, qui avait vu certaines choses. La nouvelle que mon oncle entreprenait des enquêtes approfondies, après avoir eu en main les renseignements fournis par le sculpteur, n'était-elle pas parvenue à de sinistres oreilles? Je crois que le professeur Angell est mort parce qu'il en savait trop ou parce qu'il était susceptible d'en apprendre trop. Il reste à savoir si je partirais comme il l'a fait, car je sais bien des choses, à présent.

3

La folie venue de la mer

Si le ciel souhaite jamais m'accorder une faveur, ce sera d'effacer totalement les conséquences du simple hasard qui me fit jeter un regard sur un fragment de journal posé sur une étagère. Je n'aurais pu le découvrir au hasard de ma revue de presse quotidienne, car il s'agissait d'un vieux numéro d'un journal australien, le *Sydney Bulletin* du 18 avril 1925. Il avait même échappé à l'agence de coupures de presse qui, à l'époque de sa parution, recueillait avidement des documents pour alimenter les recherches de mon oncle.

J'avais en grande partie renoncé à réunir de nouveaux éléments sur ce que le professeur Angell avait appelé le Culte de Cthulhu et j'étais venu passer quelques jours à Patterson, dans le New Jersey, chez l'un de mes amis, un homme d'une grande culture. Il était conservateur d'un musée local et minéralogiste de renom. Un jour, comme j'examinais les échantillons de réserve abandonnés au hasard sur les étagères d'une pièce située à l'arrière du musée, mon œil s'arrêta sur une curieuse photo de l'un des vieux journaux étalés sous les pierres ; c'était le *Sydney Bulletin* auquel j'ai déjà fait allusion, car mon ami avait des correspondants dans tous les pays étrangers imaginables. Quant à la photo, c'était une similigravure d'une hideuse figurine de pierre, presque identique à celle que Legrasse avait trouvée dans les marécages.

Je débarrassai avec impatience la page des précieux spécimens, puis parcourus rapidement cet article. Je fus d'ailleurs déçu de m'apercevoir qu'il n'était guère long. Ce qu'il laissait entendre était pourtant de la plus haute importance pour ce qui concernait la quête que je menais alors plus qu'au ralenti. Je déchirai donc soigneusement la feuille afin de passer aussitôt à l'action. Le texte en était le suivant :

MYSTÉRIEUSE ÉPAVE RETROUVÉE EN MER.

Le *Vigilant* Vient d'Arriver Remorquant un Yacht Désemparé, Armé en Nouvelle-Zélande. Un Survivant et un Mort Retrouvés à Bord. Récit d'une Bataille Désespérée et de Morts Survenues en Mer. Un Marin Sauvé Refuse Tous Détails sur Etrange Aventure. Curieuse Idole Trouvée en sa Possession. Enquête Doit Suivre.

Le cargo *Vigilant* de la compagnie Morrison, en provenance de Valparaiso, est arrivé ce matin à son quai de Darling Harbour, remorquant le yacht à vapeur *Alert*, de Dunedin, en Nouvelle-Zélande, touché et avarié, mais fortement armé, qu'il avait aperçu le 12 avril par 34° 21' de latitude sud et 152° 17' de longitude ouest, et qui avait à son bord un homme en vie et un mort.

Le *Vigilant* avait quitté Valparaiso le 25 mars ; il s'est trouvé poussé, le 2 avril, très au sud de sa route par des tempêtes exceptionnelles et des vagues monstrueuses. Le 12 avril, l'épave venait en vue et bien qu'apparemment déserte, on devait découvrir, après être monté à son bord, un unique survivant dans un état de demi-délire et un autre individu mort, selon toute évidence, depuis plus d'une semaine.

L'homme qui vivait serrait contre lui une horrible idole de pierre d'origine inconnue, d'environ trente centimètres de haut, dont la nature laisse les spécialistes de l'université de Sydney, de la Royal Society et du Musée de College Street dans une perplexité complète. Le survivant affirme l'avoir trouvée dans la cabine du yacht, à l'intérieur d'un petit reliquaire gravé, d'un modèle courant.

Cet homme, après être revenu à lui, a raconté une histoire de piraterie et de meurtre de la plus haute étrangeté. Il s'agit de Gustaf Johansen, un Norvégien, d'une intelligence certaine, lieutenant sur la goélette à deux mâts, l'*Emma*, d'Auckland, partie pour Callao, le 20 février, avec un effectif de onze hommes.

L'*Emma*, déclara-t-il, a été retardée et déviée très au sud de sa route par la grande tempête du premier mars et le 22 mars, par 49° 51' de latitude sud et 128° 34' de longitude ouest, elle a rencontré l'*Alert*, armé par un étrange équipage de Canaques et de métis à l'air mauvais. Ayant reçu l'ordre péremptoire de faire demi-tour, le capitaine Collins a refusé ; sur ce, l'étrange équipage s'est mis à tirer avec sauvagerie, sans avertissement, sur la goélette, avec une très lourde batterie de canons de cuivre qui faisait partie de l'équipement du yacht.

Les hommes de l'*Emma* ont montré du courage, dit le survivant, et bien que la goélette ait commencé à couler après avoir été atteinte sous la ligne de flottaison, ils sont parvenus à se ranger le long du bord de l'ennemi, à l'aborder et à s'empoigner avec l'équipage sauvage sur le pont du yacht, puis ils se sont vus contraints d'achever tous les hommes qui le composaient, étant donné qu'ils leur étaient légèrement supérieurs en nombre, à cause de la manière particulièrement détestable et farouche qu'ils avaient de se battre, bien qu'ils eussent été assez peu adroits.

Trois des hommes de l'*Emma*, dont le capitaine Collins et le lieutenant Green, ont été tués ; les huit hommes qui restaient sous les ordres du lieutenant Johansen ont alors entrepris de faire naviguer le yacht qu'ils avaient capturé et de poursuivre dans leur direction première pour voir s'il y avait eu la moindre raison de leur ordonner de faire demi-tour.

Il semble que, le lendemain, ils aient levé l'ancre et abordé sur une petite île, bien qu'il n'y en ait pas de connues dans cette partie de l'océan ; que six des hommes soient morts Dieu sait comment alors qu'ils étaient à terre, bien que Johansen ait de curieuses réticences au sujet de cette partie du récit et se contente de dire qu'ils sont tombés dans une faille de rocher.

Plus tard, paraît-il, son compagnon et lui sont retournés à bord du yacht et ont tenté de le faire marcher, mais ils ont été harcelés par la tempête du 2 avril.

Entre ce moment et celui où il a été sauvé, le 12 avril, l'homme ne se rappelle pas grand-chose et il ne se souvient même pas quand William Briden, son compagnon, est mort. On ne peut attribuer la mort de Briden à aucune cause apparente et elle a probablement été le résultat d'une surexcitation ou d'une trop longue exposition.

Des informations envoyées par câblogramme de Dunedin précisent que l'*Alert* y était bien connu pour sa pratique du cabotage entre les îles et qu'il avait mauvaise réputation sur les quais. Il était la propriété d'un curieux groupe de métis dont les réunions fréquentes et les rencontres nocturnes dans les bois excitaient beaucoup la curiosité ; il avait, en outre, levé l'ancre en grande hâte, juste après la tempête et les secousses sismiques du 1er mars.

Notre correspondant d'Auckland indique que l'*Emma* et son équipage y avaient une excellente réputation et que l'on y décrit Johansen comme un homme sobre et honorable.

L'amirauté va ouvrir dès demain une enquête sur toute l'affaire et tous les efforts seront faits pour persuader Johansen de parler plus librement qu'il ne l'a fait jusqu'à maintenant.

C'était tout, outre la photo de la figurine infernale ; mais quelle chaîne de réflexions cela n'avait-il pas déclenché dans mon esprit ! Voilà qui constituait de nouveaux trésors de renseignements à propos du Culte de Cthulhu et la confirmation qu'il avait d'étranges intérêts sur mer comme sur terre. Quel motif avait pu pousser les membres de l'équipage hybride à donner l'ordre à l'*Emma* de faire demi-tour, alors qu'ils étaient en train de naviguer avec leur affreuse idole? Quelle était l'île inconnue sur laquelle six hommes de l'*Emma* étaient morts et au sujet de laquelle le lieutenant Johansen était si peu disert? Qu'avait apporté l'enquête du vice-amiral et que savait-on de ce dangereux culte, à Dunedin? Et, plus surprenant que tout, qu'est-ce qui reliait de façon profonde et plus naturelle toutes ces dates entre elles et qui donnait une signification maligne, désormais indéniable, aux divers événements si soigneusement relevés par mon oncle?

C'était le 1er mars — notre 28 février — que le tremblement de terre et la tempête étaient survenus. De Dunedin, l'*Alert* et son répugnant équipage avaient pris avec impatience le départ, comme s'ils avaient été impérieusement sommés quelque part, et de l'autre côté de la terre, des poètes et des artistes s'étaient mis à rêver d'une étrange et sombre cité cyclopéenne, tandis qu'un jeune sculpteur modelait dans son rêve la forme du redoutable Cthulhu. Le 23 mars, l'équipage de l'*Emma* avait atterri sur une île inconnue et y avait laissé six de ses hommes pour morts ; en outre, à cette date, les rêves des hommes sensibles avaient pris une vivacité accrue et l'angoisse que provoquait en eux la poursuite mauvaise d'un monstre géant les avaient assombris, cependant qu'un architecte devenait fou et qu'un sculpteur sombrait brusquement dans le délire! Et que dire de la tempête du 2 avril — date à laquelle tous les rêves à propos de l'humide cité avaient cessé et où Wilcox était sorti indemne de l'esclavage de son étrange fièvre? Que dire de tout cela et de ces allusions que le vieux Castro avaient faites à des Anciens, nés dans les étoiles, qui se seraient enfoncés sous la mer et de leur règne qui allait venir, de leur culte fidèle et de *la maîtrise qu'ils avaient des rêves?* Etais-je parvenu sur le bord d'un abîme d'abominations cosmiques, insupportables pour l'homme? S'il en était ainsi, elles ne devaient être qu'horreurs de l'esprit, car d'une manière ou d'une autre, le 2 avril avait mis fin à la monstrueuse menace, quelle qu'elle eût été, qui avait entrepris le siège de l'âme de l'humanité.

Ce soir-là, après une journée passée à envoyer des télégrammes et à prendre des dispositions urgentes, je dis adieu à mon hôte et pris le train pour San Francisco. En moins d'un mois, je me trouvais à Dunedin, où cependant je découvris que l'on savait peu de chose sur les étranges membres du culte qui avaient fréquenté les vieilles tavernes du port. La pègre des quais était bien trop commune pour mériter qu'on lui accorde une attention particulière ; mais on m'y parla tout de même de façon vague d'un voyage qu'auraient fait ces métis à l'intérieur du pays, pendant lequel on avait perçu un lointain roulement de tambour et noté la présence de flammes rouges au loin, dans les collines.

A Auckland, j'appris que Johansen, *dont les cheveux couleur de paille étaient devenus blancs,* était revenu, après avoir subi un interrogatoire peu poussé et peu concluant à Sydney, qu'il avait alors vendu sa petite maison de West Street et qu'il était retourné en bateau avec sa femme, à Oslo, où se trouvait son ancien domicile. De son expérience bouleversante, il n'avait rien voulu dire de plus à ses amis qu'il ne l'avait fait aux fonctionnaires de l'amirauté et la seule chose qu'ils purent me confier fut son adresse d'Oslo.

Je me rendis alors à Sydney et m'entretins inutilement avec les marins et les membres du conseil de la vice-amirauté. Je vis l'*Alert*, vendu et converti à un usage commercial, au *Circular Quay* de Sydney Cove, mais la contemplation de ses lignes, qui ne révélaient rien, ne me fut d'aucun secours. La figurine accroupie, avec sa tête de seiche, son corps de dragon, ses ailes écailleuses et son piédestal couvert d'hiéroglyphes, avait été remise au musée d'Hyde Park. Je l'examinai longuement et très en détail, découvrant que c'était un objet maléfique mais d'un travail très raffiné, qu'elle recelait le même profond mystère, la même étrangeté supraterrestre dans sa matière que j'avais déjà remarqués sur le spécimen plus petit que possédait Legrasse. Les géologues, me dit le conservateur, s'étaient aperçus qu'elle leur présentait un monstrueux casse-tête. Ils juraient, en effet, que notre monde ne contenait aucune roche comme celle-là. Je songeai alors avec un frisson à ce que le vieux Castro avait dit à Legrasse au sujet des Grands Anciens originels : « Ils sont venus des étoiles et ont apporté Leurs images avec Eux. »

Secoué par une révolution mentale comme je n'en avais encore jamais connue auparavant, je résolus alors d'aller rendre visite au lieutenant Johansen, à Oslo. Je pris un bateau jusqu'à Londres et me rembarquai aussitôt pour gagner la capitale norvégienne. Par un jour d'automne, je mis donc le pied sur les quais bien entretenus, à l'ombre de l'Egeberg.

La maison de Johansen, comme je l'appris, se trouvait dans la Vieille Ville du roi Harold Haardrada, celle qui conserva vivant le nom d'Oslo tout au long des siècles, alors que le reste de la cité, plus important, se parait du nom de « Christiania ». Après un voyage rapide en taxi je frappai, le cœur battant, à la porte d'un vieil immeuble très soigné à la façade crépie. Ce fut une femme au visage triste, vêtue de noir, qui vint m'ouvrir et je sentis la déception m'envahir lorsqu'elle me dit, en un anglais hésitant, que Gustaf Johansen n'était plus.

Il n'avait guère survécu à son retour, disait sa femme, car ce qui lui était arrivé en mer, en 1925, l'avait brisé. Il ne lui avait rien révélé de plus que ce qu'il avait déclaré en public, mais il avait laissé un long manuscrit — « des questions techniques », avait-il dit — rédigé en anglais, afin, de toute évidence, de la protéger des risques d'une lecture accidentelle. Au cours d'une promenade le long d'un étroit passage proche du dock Gothenberg, une balle de papier tombée d'une fenêtre sous les toits l'avait renversé. Deux matelots, des Lascars, l'avaient aussitôt aidé à se relever, mais avant que l'ambulance n'ait pu arriver, il était mort. Les docteurs n'avaient pu découvrir de cause qui expliquât sa mort de façon satisfaisante, aussi avaient-ils attribué celle-ci à un trouble cardiaque et à l'affaiblissement de sa constitution.

Je sentis alors me prendre aux entrailles cette noire terreur qui ne me quittera plus jusqu'à ce que, à mon tour, j'aie trouvé le repos — de manière « accidentelle » ou autrement. Persuadant la veuve que les « questions techniques » de son mari me concernaient suffisamment pour qu'elle me livre accès à son manuscrit, j'emportai ce document et me mis à le lire sur le bateau de Londres.

C'était un texte simple et plutôt décousu — l'effort naïf d'un marin pour rédiger un journal après coup — où il s'évertuait à évoquer jour après jour cet ultime et terrible voyage. Je ne peux le transcrire *verbatim*, tant l'obscurité du style et les redondances y sont grandes, mais j'en donnerai l'essentiel afin que l'on comprenne pourquoi le bruit de l'eau contre les flancs de mon bateau m'était devenu si insupportable que je me bouchai les oreilles avec du coton.

Johansen, Dieu merci, ne savait pas tout à fait, même s'il avait vu la cité et la Chose, mais moi, il ne me sera plus possible de dormir jamais paisiblement, car je songerai aux horreurs qui demeurent tapies sans cesse derrière la vie, à travers le temps et l'espace, à ces blasphèmes impies venus d'étoiles plus anciennes qui rêvent sous la mer, connus et encouragés par un culte de cauchemar impatient et tout prêt à les lâcher sur le monde, dès qu'un autre tremblement de terre fera à nouveau remonter leur monstrueuse cité de pierre au soleil et à l'air.

Le voyage de Johansen avait commencé exactement comme il l'avait dit à la vice-amirauté. L'*Emma*, sur lest, était sortie d'Auckland le 20 février, puis elle avait éprouvé la pleine force de la tempête née d'un tremblement de terre qui avait dû soulever du fond de la mer les horreurs qui avaient envahi les rêves des hommes. Une fois revenu sous contrôle, le bateau avançait bien quand, le 22 mars, il avait été arrêté par l'*Alert*, et je sentais quels avaient été les regrets du lieutenant lorsqu'il décrivait le bombardement subi et la manière dont il avait coulé. Des noirs suppôts du culte qui se trouvaient sur l'*Alert*, il parle avec une horreur significative. Il y avait une qualité particulièrement abominable en eux qui faisait que leur destruction était presque un devoir et Johansen montre un étonnement ingénu devant l'accusation de cruauté portée contre ses compagnons et lui, lors des délibérations de la commission d'enquête. C'est alors que poussés par la curiosité, les hommes poursuivent leur route sous la direction de Johansen dans le yacht qu'ils avaient capturé, aperçoivent un grand pilier de pierre qui sort de la mer, et par 47° 9' de latitude sud et 126° 43' de longitude ouest, tombent sur une côte faite de boues mêlées, de vase et d'une maçonnerie cyclopéenne, couverte d'algues, qui ne peut être que la substance tangible de la suprême terreur de la terre — la cité aux corps morts, la cité de cauchemar, R'lyeh, bâtie depuis des éons infinis, avant que toute histoire ne commence, par les formes immenses et repoussantes venues de sombres étoiles qui s'étaient infiltrées sur la terre. C'est là que reposent le grand Cthulhu et ses hordes, cachés dans des tombes vertes et gluantes. C'est de là qu'ils peuvent envoyer, enfin, après d'incalculables cycles, les pensées qui répandent la frayeur dans les rêves des êtres sensibles, qu'ils en appellent impérieusement aux fidèles pour qu'ils accomplissent leur pèlerinage de libération et de restauration. Tout cela, Johansen ne le soupçonnait pas, mais Dieu sait qu'il allait bientôt en apprendre suffisamment.

Je suppose que seul un sommet de montagne, la hideuse citadelle couronnée du monolithe où le grand Cthulhu était enterré, sortit en réalité des eaux. Quand je pense à *l'étendue* de tout ce qui peut être en train de nourrir des rêves là-dessous, je serais presque tenté de me supprimer tout de suite. Johansen et ses hommes furent impressionnés par la majesté cosmique de cette Babylone ruisselante des démons très anciens, et ils durent deviner sans aide qu'il y avait là quelque chose qui n'était ni de notre planète, ni d'aucune autre planète sensée. L'angoisse devant l'incroyable taille des blocs de pierre verdâtre, devant la hauteur vertigineuse du grand monolithe gravé, devant la stupéfiante identité des statues et des bas-reliefs colossaux avec l'étrange figurine trouvée dans la châsse à bord de l'*Alert*, est sensible, poignante même, dans chaque ligne de la description pleine d'effroi du lieutenant.

Ignorant tout du futurisme, Johansen atteint quelque chose qui y ressemble fort lorsqu'il parle de la cité. Au lieu de décrire, en effet, des structures ou des bâtiments précis, il se contente d'insister sur les impressions générales de vastes angles et de surfaces de pierre — surfaces trop grandes pour appartenir à rien qui convienne ou soit approprié à cette terre, impies, en outre, car chargées d'horribles images sculptées et de hiéroglyphes. Je mentionne son évocation des *angles*, parce qu'elle me rappela une chose que Wilcox m'avait dite à propos de ses terribles rêves. Il avait précisé que la *géométrie* du lieu de rêve qu'il avait aperçu était anormale, non euclidienne, et qu'elle évoquait de façon abominable les sphères et les dimensions distinctes des nôtres. Et voilà qu'à présent un matelot illettré avait une réaction toute semblable au moment où il contemplait la terrible réalité.

Johansen et ses hommes atterrirent sur une bande de boue en pente de cette monstrueuse acropole et ils grimpèrent sur des blocs titanesques, glissants et limoneux, qui n'auraient jamais pu appartenir à des degrés faits pour des mortels. Le soleil même paraissait déformé dans le ciel lorsqu'on l'apercevait à travers les miasmes polarisants qui sourdaient de cette perversion trempée de mer, et la menace dénaturée, l'attente angoissante se tapissaient en ricanant dans ces angles follement insaisissables de roches taillées où un second regard permettait de voir une concavité là où le premier avait révélé une convexité.

C'est un sentiment très proche de la terreur qui s'était emparé de tous les explorateurs avant qu'ils n'aient rien vu de plus défini que de la roche, de la vase et des algues. Chacun d'eux aurait fui s'il n'avait craint d'encourir le mépris des autres et c'était avec peu d'empressement qu'ils avaient cherché — en vain, il est vrai — quelque souvenir à emporter.

Ce fut Rodriguez, le Portugais, qui fit l'ascension du pied du monolithe et qui poussa un cri devant ce qu'il avait trouvé. Le reste le suivit et regarda avec curiosité l'immense porte de bois gravé avec le bas-relief de seiche-dragon, désormais familier. C'était, dit Johansen, comme une grande porte de grange, et ils se rendaient tous compte qu'il s'agissait d'une porte, étant donné le linteau, le seuil et les montants ornés qui l'encadraient, même s'ils étaient divisés quant à savoir si elle était montée à plat, comme une trappe, ou de biais, comme une porte de cellier. Ainsi que Wilcox l'avait déclaré, la géométrie de ce lieu était complètement erronée. On ne pouvait être certain que la mer et le sol se trouvaient bien à l'horizontale, ce qui expliquait que la position relative de tout le reste ait pu paraître d'une variabilité fantasmagorique.

Briden poussa sur la pierre en différents endroits sans résultat. Donovan tâta alors délicatement le pourtour, pesant sur chaque point au fur et à mesure qu'il avançait. Il grimpa interminablement le long du grotesque chambranle de pierre — c'est-à-dire que l'on pourrait parler de grimper si la chose n'avait été, après tout, horizontale —, et les hommes se demandèrent comment il pouvait y avoir une porte aussi immense dans tout l'univers. Puis, très doucement, très lentement, le panneau de presque un demi-hectare commença à basculer vers l'intérieur, à partir du sommet. Ils virent ainsi qu'il était équilibré.

Donovan glissa ou se propulsa comme il le put vers le bas, à moins que ce n'eût été le long du montant, puis il rejoignit ses camarades et tous observèrent l'étrange recul du portail monstrueusement gravé. Dans cette vision fantastique de distorsion prismatique, il se déplaçait de manière anormale en suivant la diagonale, si bien que toutes les règles de la matière et de la perspective en paraissaient bouleversées.

L'ouverture était noire, d'une obscurité presque tangible. Ces ténèbres avaient, en vérité, une *qualité positive*. Elles conservaient, en effet, dans l'ombre les parties des murs intérieurs qui auraient dû être révélées et elles commençaient même à cracher une sorte de fumée, née d'un emprisonnement vieux de tant d'éons, qui assombrissait visiblement le soleil au moment où celui-ci s'éloignait, furtif, dans le ciel rétréci et gibbeux, en battant ses ailes membraneuses. L'odeur qui s'élevait de ces profondeurs nouvellement découvertes était intolérable et Hawkins, enfin, qui avait l'oreille sensible, dit qu'il croyait percevoir tout en bas le son désagréable qu'auraient produit des pas sur un sol détrempé. Tous écoutèrent, et ils écoutaient tous encore lorsqu'Elle s'avança, pesante, et leur apparut au moment où Elle faisait glisser en tâtonnant Son immensité verte, gélatineuse, par l'ouverture noire, afin de gagner l'air pollué, sorti de cette cité de poison et de folie.

La main du pauvre Johansen l'avait presque trahi quand il avait rédigé ceci. Des six hommes qui ne regagnèrent jamais le bateau, il pense que deux succombèrent tout bonnement à la peur en cet instant maudit. La Chose ne peut être décrite — il n'existe aucun langage pour traduire de tels abîmes de démence aiguë et immémoriale, d'aussi atroces contradictions de la matière, de la force et de l'ordre cosmique. Une montagne s'était mise en marche et progressait en trébuchant. Dieu ! Comment s'étonner que, de l'autre côté de la Terre, un grand architecte soit devenu fou et que le pauvre Wilcox ait déliré de fièvre, en cet instant télépathique ? La Chose des idoles, le vert, le gluant produit des étoiles, s'était réveillée pour venir réclamer ce qui lui appartenait. Les étoiles étaient à nouveau dans la juste position, et ce qu'un culte célébré depuis des âges n'avait pu faire à dessein, un groupe d'innocents marins l'avait fait par accident. Au bout de vingt millions d'années, le grand Cthulhu était à nouveau libre et ivre de joie.

Trois hommes furent balayés par les griffes molles avant qu'aucun d'eux n'ait pu tourner les talons. Dieu leur accorde le repos, si le repos peut encore être dans l'univers. Il s'agissait de Donovan, de Guerrera et d'Angstrom. Parker glissa, alors que les trois autres plongeaient frénétiquement, à travers des étendues infinies de roches incrustées de vert, en direction du bateau, et Johansen affirme qu'il fut absorbé par un angle de maçonnerie qui n'aurait pas dû être là, un angle qui était aigu et qui se comporta comme s'il avait été obtus. Ainsi, seuls Briden et Johansen parvinrent au canot et ramèrent désespérément vers l'*Alert* tandis que la monstruosité montagneuse descendait lourdement sur les roches glissantes et hésitait, embarrassée, au bord de l'eau.

On n'avait pas laissé la vapeur tomber complètement, en dépit du départ de tout l'équipage pour le rivage, et il ne fallut que quelques instants d'une précipitation fiévreuse du haut en bas, entre la roue du gouvernail et les machines, avant que l'*Alert* ne soit mise ne route. Lentement, parmi les horreurs déformées de l'incroyable scène, le bateau commença à brasser l'écume des eaux léthifères. Cependant, sur la maçonnerie du rivage charnier qui n'était pas de cette terre, la Chose titanesque venue des étoiles bavait et bégayait, tel Polyphème maudissant le navire du fugitif Ulysse. Alors, plus courageux que le cyclope de la légende, le grand Cthulhu se laissa glisser, tout graisseux, dans la mer et se lança à leur poursuite, tandis que ses larges enjambées de puissance cosmique faisaient naître les vagues. Briden regarda en arrière et sombra dans la folie, riant par intervalles, jusqu'à ce que la mort le surprenne, une nuit, dans la cabine, tandis que Johansen errait en délirant.

Johansen, pourtant, n'avait pas renoncé encore. Sachant que la Chose était certainement capable de rattraper l'*Alert* tant que la pression ne serait pas complète, il résolut de se fier à une ultime chance. Mettant la machine à toute vitesse, il fila comme l'éclair sur le pont et renversa la barre ; il y eut un puissant tourbillon, une écume sur l'océan fétide, et comme la vapeur montait de plus en plus, le vaillant Norvégien précipita son bateau sur la masse gélatineuse qui le pourchassait et s'élevait au-dessus des vagues moutonneuses et impures comme la poupe d'un galion démoniaque. L'effroyable tête de seiche, dont les tentacules se contorsionnaient, atteignit presque le beaupré du solide yacht, mais Johansen poursuivit sa route sans relâche.

Il y eut un bruit d'éclatement, rappelant l'explosion d'une vessie, une fange bourbeuse se répandit, comme si un poisson-lune avait été fendu, une odeur méphitique se répandit, comme si un millier de tombes avaient été ouvertes et un tintamarre se produisit, tel que le chroniqueur renonça à le transcrire. Un instant, le bateau fut souillé par un âcre, un aveuglant nuage vert, puis il n'y eut plus qu'un bouillonnement venimeux à la poupe où — Dieu du ciel ! — la plasticité répandue de ce produit innommable de l'espace était en train de *se recombiner*, nébuleuse, dans sa détestable forme originelle cependant que la distance qui le séparait de l'*Alert* s'accroissait à chaque seconde comme le bateau gagnait de la vitesse grâce à la vapeur qui montait.

Ce fut tout. Johansen se contenta ensuite de rêver sombrement devant l'idole de la cabine et de se charger des simples problèmes de nourriture qui se posaient à lui-même et au fou rieur qui se trouvait à ses côtés. Il ne tenta plus de naviguer, après sa première fuite audacieuse. La réaction semblait, en effet, avoir enlevé quelque chose à son âme. Vint alors la tempête du 2 avril et les nuages s'amoncelèrent autour de sa conscience. Il éprouva alors une sensation de tourbillon fantomatique à travers les gouffres liquides de l'infini, de chevauchées vertigineuses sur la queue d'une comète à travers des univers tournoyants, de précipitations hystériques de l'enfer à la lune et de la lune à l'enfer, le tout accompagné par le chœur des autres dieux, riant aux éclats, convulsés, hilares, et des lutins verts moqueurs du Tartare qui portent des ailes de chauve-souris.

Les secours, quand ils vinrent, l'arrachèrent à ce rêve — le *Vigilant*, la commission de la vice-amirauté, les rues de Dunedin et le long voyage de retour vers le pays natal, jusqu'à la vieille maison proche de l'Egeberg. Il ne pouvait raconter — on l'aurait cru fou. Il allait écrire ce qu'il savait avant que la mort ne survienne, mais sa femme ne devait pas deviner. La mort serait un bienfait, si seulement elle parvenait à effacer les souvenirs.

Tel était le document que je lus et qui maintenant repose dans la boîte de fer, près du bas-relief et des papiers du professeur Angell. Ce compte rendu que je viens de faire ira le rejoindre — ce témoignage de la santé de mon esprit, où j'ai coordonné ce qui, je l'espère, ne sera plus jamais coordonné à nouveau. J'ai jeté les yeux sur tout ce que l'univers peut contenir d'horreur, et tant les cieux du printemps que les fleurs de l'été ne sauront après cela être qu'empoisonnés pour moi. Je ne crois pas, cependant, que ma vie sera longue. Mon oncle s'en est allé, le pauvre Johansen s'en est allé et moi aussi, je m'en irai. J'en sais trop et le culte est toujours vivant.

Cthulhu vit toujours, lui aussi, enfermé à nouveau dans le gouffre de pierre qui l'a protégé depuis que le soleil est jeune. Sa cité maudite s'est enfoncée une fois de plus, car le *Vigilant* a navigué au-dessus du point où elle était apparue, après la tempête d'avril ; mais ses ministres sur la terre vocifèrent encore, font des simagrées et sacrifient toujours autour de monolithes coiffés d'idoles, en des lieux solitaires. Il doit avoir été pris au piège au moment où la cité s'engloutissait, alors qu'il se trouvait dans son noir abîme, sinon le monde serait déjà en train de hurler de frayeur et de frénésie. Qui sait comment tout cela s'achèvera ? Ce qui s'est soulevé peut s'enfoncer et ce qui s'est enfoncé peut se soulever. Cette nature repoussante attend et rêve dans les profondeurs et le délabrement gagne les cités chancelantes des hommes. Les temps viendront — mais je ne peux, ni ne veux y penser. Si je cesse de vivre avant d'avoir achevé ce manuscrit, je prie mes exécuteurs testamentaires de préférer la prudence à l'audace et de veiller à ce qu'il ne tombe jamais sous d'autres yeux.

TALION

PAR CLARK ASHTON SMITH

Je n'avais pas travaillé depuis plusieurs mois et mes économies avaient presque entièrement fondu. On comprendra donc la joie que j'éprouvai en recevant une réponse favorable de John Carnby, qui m'invitait à venir en personne lui présenter mes titres. John Carnby avait inséré une annonce pour demander un secrétaire, stipulant que tous les candidats devaient lui envoyer par écrit un exposé préliminaire de leurs capacités. J'avais répondu à cette annonce.

Sans doute John Carnby était-il un savant retiré du monde qui répugnait à prendre contact avec une longue suite d'inconnus. Aussi avait-il retenu un procédé qui lui permettait d'éliminer par avance, sinon tous, du moins un grand nombre de ceux qui étaient inéligibles. Il avait spécifié ses désirs de façon complète et brève, et ces derniers étaient de nature à barrer la route à tout homme ordinaire normalement instruit. Il réclamait, entre autres, une connaissance de l'arabe. Or j'avais heureusement acquis une assez bonne connaissance de cette langue peu commune.

J'avais découvert l'adresse indiquée, malgré l'idée vague que j'avais du lieu où elle pouvait se trouver, au bout d'une avenue qui s'étirait au sommet d'une colline, dans les faubourgs d'Oakland. C'était une grande maison à deux étages, ombragée de vieux chênes, assombrie par un manteau de lierre demeuré vierge qui l'avait envahie, et entourée de haies de troènes non taillés, de massifs d'arbustes redevenus sauvages depuis bien des années. Elle était séparée des propriétés voisines par un terrain vague livré aux herbes folles, d'un côté, et de l'autre, par un entrelacs d'arbres et de plantes grimpantes enveloppant les ruines noircies d'un hôtel particulier qui avait brûlé.

Même mis à part son air d'abandon prolongé, ce lieu avait quelque chose de désolé et de lugubre — quelque chose qui tenait aux lignes de la maison, masquées par le lierre, aux fenêtres dérobées, peu éclairées, aux silhouettes mêmes des chênes difformes et des arbustes curieusement rampant. Ma joie, je ne sais pourquoi, perdit un peu de son exubérance au moment où je pénétrai dans la propriété et m'engageai dans le sentier non ratissé qui menait à la porte d'entrée.

Quand je me trouvai en présence de John Carnby, mon allégresse diminua encore un peu plus. J'aurais pourtant été incapable de fournir une raison concrète à ce frisson prémonitoire, à cette impression pesante et sombre d'angoisse que j'éprouvais et à la manière brutale dont ma gaieté s'était soudain alourdie. Peut-être était-ce à cause de la sombre bibliothèque dans laquelle il me reçut autant qu'à l'homme lui-même — une pièce dont les ombres et l'odeur de moisi ne devaient jamais pouvoir être totalement dissipées par le soleil ou la lumière artificielle. A vrai dire, c'était sûrement cela, car, en ce qui concernait John Carnby, il ressemblait beaucoup à l'image que je m'en étais fait.

Il avait tout du savant solitaire qui a voué de patientes années à quelque recherche érudite. Il était maigre et voûté, avec un front haut auréolé d'une masse de cheveux grisonnants. En outre, la pâleur due à une vie passée en bibliothèque se retrouvait sur ses joues creuses et rasées de près. Cependant, il manifestait aussi une extrême nervosité, un tassement craintif plus accentué que la timidité normale d'un reclus, une appréhension incessante, enfin, que trahissaient chaque regard de ses yeux cernés et fiévreux, chaque mouvement de ses mains osseuses. Selon toute vraisemblance, sa santé avait été fortement ébranlée par la trop grande application apportée à ses études et je ne pouvais m'empêcher de me demander sur quoi elles pouvaient bien porter pour avoir fait de lui cette ombre tremblante aux nerfs détraqués. Il y avait pourtant en lui quelque chose — la carrure, peut-être, de ses épaules rentrées, le côté franc et aquilin dans les lignes de son visage — qui me donna l'impression qu'il avait eu autrefois une très grande force et une vigueur qui n'étaient pas complètement épuisées.

Sa voix sonnait avec une profondeur et un timbre inattendus.

— Je crois que vous ferez l'affaire, monsieur Ogden, me dit-il, après quelques questions de pure forme, dont la plupart avaient trait à mes connaissances linguistiques et, en particulier, à ma maîtrise de l'arabe. Vos travaux ne seront pas très pénibles mais je désire avoir quelqu'un qui puisse être sur place à ma disposition, chaque fois que je l'estimerai nécessaire. Il vous faudra donc vivre avec moi. Je peux vous donner une chambre confortable et je vous assure que vous ne serez pas empoisonné par ma cuisine. Je travaille souvent la nuit. J'espère cependant que vous ne trouverez pas ces heures irrégulières trop désagréables.

J'aurais certainement dû me sentir fou de joie en recevant l'assurance que le poste de secrétaire allait me revenir. Au lieu de quoi, j'éprouvai une répugnance vague et irraisonnée, un obscur pressentiment de malaise, au moment même où je remerciais John Carnby et où je lui disais que je serais prêt à emménager chez lui quand il le désirerait.

Il me sembla très satisfait et l'étrange appréhension que j'avais perçue dans ses manières disparut pour un temps.

— Venez immédiatement — cet après-midi même, si vous le pouvez, me dit-il. Je serais très heureux de vous avoir ici et le plus tôt sera le mieux. Je vis entièrement seul depuis quelque temps et je dois avouer que la solitude commence à me peser. Il faut vous dire aussi que j'ai pris du retard dans mes travaux, faute d'avoir été secondé de façon adéquate. Mon frère vivait auparavant avec moi et il m'aidait, mais il est parti pour un long voyage.

Je redescendis en ville, regagnai mon appartement, réglai mon loyer avec les quelques sous que j'avais encore, fis ma valise et, en moins d'une heure, j'étais de retour chez mon nouvel employeur. Il m'attribua une chambre au second étage qui, bien que poussiéreuse et pas aérée depuis longtemps, était beaucoup plus luxueuse que la chambre-salle-à-manger où la baisse de mes fonds m'avait obligé à vivre depuis un certain temps. Il m'entraîna ensuite jusqu'à son propre studio qui se trouvait au bout d'un couloir au même étage. C'était là, m'expliqua-t-il, que se ferait la plus grosse part de mon futur travail.

J'eus du mal à retenir une exclamation de surprise en découvrant l'intérieur de cette chambre. Elle ressemblait beaucoup à l'idée que je me faisais de l'antre d'un vieux sorcier. Il y avait des tables couvertes d'instruments archaïques d'un usage mystérieux, de cartes astrologiques, de crânes, d'alambics et de cristaux, avec des encensoirs semblables à ceux dont on se sert dans le rite catholique, des volumes dont la reliure de cuir avait été attaquée par les vers et les fermoirs mouchetés par le vert-de-gris. Le squelette d'un grand singe était dressé dans un coin ; dans un autre, c'était celui d'un homme ; quant au plafond, c'était un crocodile empaillé qu'on y avait suspendu.

Il y avait des casiers débordants de livres et un coup d'œil superficiel suffit à me révéler que ces derniers constituaient une collection singulièrement complète d'ouvrages anciens et modernes, consacrés à la démonologie et à la magie noire. On apercevait sur les murs plusieurs peintures et gravures étranges qui se rapportaient à des thèmes voisins. Ainsi, toute l'atmosphère de la pièce était-elle façonnée par ce mélange de bizarreries à demi oubliées. D'ordinaire, j'aurais souri en me voyant confronté avec de tels objets mais, je ne sais pourquoi, dans cette maison solitaire et lugubre, aux côtés d'un Carnby névrosé et en proie aux cauchemars, j'eus toutes les peines du monde à réprimer un frisson.

Sur l'une des tables, contrastant de manière incongrue avec ce mélange de médiéval et de satanique, il y avait une machine à écrire, entourée de piles de feuilles d'un manuscrit en désordre. A l'une des extrémités de la pièce, une petite alcôve fermée par un rideau abritait le lit où dormait Carnby. A l'extrémité opposée, entre le squelette de l'homme et celui du singe, j'aperçus un placard fermé encastré dans le mur.

Carnby avait remarqué ma surprise et m'observait avec une expression curieuse, analytique, qu'il m'était impossible de pénétrer. Il ouvrit alors la bouche pour me donner quelques explications :

— J'ai consacré toute mon existence à l'étude de la démonologie et de la sorcellerie, déclara-t-il. C'est un domaine fascinant et qui a été singulièrement négligé. Je prépare à présent une monographie dans laquelle je tente de mettre en corrélation les pratiques magiques et la démonolâtrie de tous les âges et de tous les peuples. Votre travail, au moins pour le moment, consistera à taper et à classer les volumineuses notes préliminaires que j'ai prises, puis à m'aider à retrouver d'autres références et d'autres correspondances. Votre connaissance de l'arabe me sera précieuse, car je ne suis pas très versé moi-même dans cette langue et j'ai besoin de connaître certains éléments essentiels d'un exemplaire du *Necronomicon* dans le texte arabe original. J'ai des raisons de penser qu'il y a certaines omissions et quelques erreurs de traduction dans la version latine d'Olaus Wormius.

J'avais entendu parler de ce volume rare et presque fabuleux, mais je ne l'avais jamais vu. Le livre était supposé contenir les secrets ultimes d'une connaissance maligne et interdite. On prétendait, en outre, que le texte original, écrit par l'Arabe dément, Abdul Alhazred, était introuvable. Je me demandai comment il était parvenu en la possession de Carnby.

— Je vous montrerai ce volume après le dîner, poursuivit Carnby. Vous serez sans doute à même d'élucider un ou deux passages qui m'ont longtemps intrigué.

Le repas du soir, préparé et servi par mon employeur lui-même, constituait un heureux changement au régime médiocre du restaurant. Carnby paraissait avoir perdu une grande partie de sa nervosité. Il parla beaucoup et alla même jusqu'à faire preuve d'une certaine savante gaieté après nous avoir fait vider une bouteille d'un Sauternes moelleux. Pourtant, sans raison manifeste, j'étais troublé par des signes et des présages menaçants que je ne pouvais analyser, pas plus que je ne parvenais à remonter à leur véritable source.

Nous regagnâmes le studio et Carnby sortit d'un tiroir fermé à clef le volume dont il m'avait parlé. Il était d'une ancienneté extraordinaire et recouvert de plaques d'ébène où couraient des arabesques d'argent, entre lesquelles s'incrustaient des grenats qui luisaient sombrement. Quand j'en ouvris les pages jaunies, je reculai sous l'effet d'une révulsion involontaire devant l'odeur qui s'en élevait — une odeur plus que suggestive d'une décomposition physique. C'était comme si le livre avait reposé auprès de cadavres dans quelque cimetière oublié et qu'il se fût chargé des relents de la charogne.

Les yeux de Carnby luisaient d'un éclat fiévreux lorsqu'il me prit le vieux manuscrit des mains et se mit à chercher une page vers le milieu. Il pointa son maigre index sur un passage précis.

— Dites-moi ce que vous comprenez à cela, me dit-il dans un murmure tendu et excité.

Je déchiffrai le passage, lentement, avec quelque difficulté, puis je pris le crayon et le bloc que m'avait offerts Carnby et je fis une première version en anglais. Puis, à sa requête, je me mis à la lire à haute voix.

— Il n'est, en vérité, connu que d'un petit nombre, bien que cela demeure néanmoins un fait dont on peut témoigner, que la volonté d'un sorcier mort a pouvoir sur son propre corps et qu'elle est capable de le faire sortir de la tombe et qu'elle peut mener à bien avec cela n'importe quelle action demeurée inachevée au cours de sa vie. Et de telles résurrections ont invariablement lieu pour l'accomplissement d'actions malveillantes et faites au détriment d'autrui. Le corps peut être plus aisément animé si tous les membres sont demeurés intacts. Il existe pourtant des cas où la volonté du magicien, surpassant tout, a arraché à la mort les morceaux disjoints d'un corps coupé en de nombreux fragments et les a contraints de servir à ses fins, soit séparés, soit au cours d'une réunion temporaire. Mais dans tous les cas, une fois l'action achevée, le corps a retrouvé son état antérieur.

Tout cela n'était, bien entendu, que charabia délirant.

Il est vraisemblable que c'est plus ce qu'avait d'étrange et de malsain le regard de mon employeur, tandis qu'il m'écoutait complètement absorbé, que ce maudit passage du *Necronomicon* qui fit naître ma nervosité et me fit sursauter violemment quand, vers la fin de ma lecture, j'entendis un bruit de glissement indescriptible dans le couloir. Pourtant, quand après avoir terminé le paragraphe, je levai les yeux vers Carnby, je fus plus que surpris de découvrir sur ses traits une expression de terreur nue — l'expression d'un homme hanté par un fantôme infernal. J'eus, je ne sais pourquoi, le sentiment qu'il prêtait plus attention à ce bruit curieux dans le couloir qu'à ma traduction d'Abdul Alhazred.

— Cette maison est pleine de rats, m'expliqua-t-il, en surprenant mon regard interrogateur. Je n'ai jamais pu m'en débarrasser en dépit de tous mes efforts.

Le bruit, qui durait encore, était celui qu'un rat aurait pu faire s'il avait tiré lentement un objet sur le sol. Il me parut qu'il se rapprochait, arrivait à la porte de la chambre de Carnby, puis, après un silence, qu'il recommençait à se déplacer et à reculer. L'agitation de mon employeur était très nette. Il écoutait, tendu, rempli de crainte et paraissait suivre le progrès du bruit, tandis que la peur montait en lui au fur et à mesure que celui-ci se rapprochait et qu'elle décroissait un peu quand il s'éloignait.

— Je suis très nerveux, déclara-t-il. J'ai trop travaillé ces derniers temps et voilà le résultat. Un léger bruit suffit à m'inquiéter.

Le bruit était allé mourir, à présent, dans quelque autre partie de la maison. Carnby parut se reprendre dans une certaine mesure.

— Voulez-vous, s'il vous plaît, me relire votre traduction ? me demanda-t-il. Je voudrais la suivre très soigneusement, mot à mot.

J'obéis. Il écouta avec le même regard complètement absorbé qu'il avait eu auparavant, mais cette fois nous ne fûmes pas interrompus par le moindre bruit venant du couloir. Le visage de Carnby devint plus pâle encore, comme si les dernières gouttes de sang l'avaient quitté, quand je lui lus les dernières phrases. La lueur qui brillait dans ses yeux enfoncés eut alors quelque chose de la phosphorescence qui règne dans un caveau profond.

— Voilà un passage très remarquable, commenta-t-il. J'avais des doutes sur sa signification, étant donné l'imperfection de mon arabe ; et je me suis aperçu que ce passage avait été complètement omis de la version latine d'Olaus Wormius. Je vous remercie de l'intelligence de votre traduction. Vous avez assurément fait la lumière sur ce point, pour moi.

Son ton était sec et formel, comme s'il se dominait et retenait tout un monde de pensées et d'émotions insoupçonnables. J'eus l'impression, je ne sais pourquoi, que Carnby était plus nerveux et plus inquiet que jamais et, en même temps, que ma lecture du *Necronomicon* avait de quelque mystérieuse façon contribué à accroître son trouble. Une expression effrayante avait envahi son visage, comme si son esprit avait été accaparé par quelque sujet importun et interdit.

Il parut cependant se reprendre et me demanda de lui traduire un autre passage. C'était une étrange formule incantatoire pour exorciser les morts qui s'accompagnait d'un rituel impliquant l'usage de rares épices arabes et le chant d'une litanie d'une centaine de noms de goules et de démons. Je recopiai tout cela pour Carnby qui l'étudia longuement avec un intérêt plus vif que ne l'aurait été celui d'un érudit.

— Cela non plus, observa-t-il, ne se trouve pas chez Olaus Wormius. Après l'avoir parcouru, une fois de plus, il plia soigneusement le papier et le rangea dans le tiroir où il avait pris le *Necronomicon*.

Cette soirée fut l'une des plus étranges que j'aie jamais passées. Alors que nous étions assis depuis des heures, à discuter de traductions partielles de ce volume païen, j'en vins à comprendre de manière toujours plus nette que mon employeur était mortellement effrayé, qu'il redoutait de rester seul et me gardait auprès de lui uniquement pour cette raison. Il semblait toujours attendre et écouter avec une impatience pénible et torturante pour lui, et je vis qu'il ne prêtait qu'une attention machinale à une grande partie de ce que je lui disais. Parmi les bizarres objets de cette pièce, dans cette atmosphère lourde d'un mal qui ne s'était pas encore manifesté, où l'horreur demeurait encore silencieuse, ce qu'il y avait de rationnel dans mon esprit commença à s'incliner lentement devant une recrudescence de noires craintes ancestrales. Méprisant ces choses, en temps normal, j'étais prêt, désormais, à croire aux créations les plus maléfiques d'une imagination superstitieuse. Sans doute, par quelque procédé de contagion mentale, avais-je contracté la terreur cachée dont souffrait Carnby.

L'homme ne trahit cependant ni par un mot ni par une syllabe, les sentiments réels que révélait de toute évidence son comportement. Il parlait sans cesse de troubles nerveux. Plus d'une fois, au cours de notre discussion, il tenta d'indiquer que l'intérêt qu'il portait au surnaturel et au satanisme était purement intellectuel, que lui, tout comme moi, n'ajoutait nullement foi, en ce qui le concernait, à de telles choses. Pourtant, je savais, sans aucun doute, que ses explications étaient fausses, qu'il était poussé et obsédé par une croyance véritable en tout ce qu'il prétendait pouvoir considérer avec un détachement scientifique, qu'il avait sans doute succombé à quelque horreur imaginaire née de ses recherches occultes. Mais mon intuition ne me fournissait aucune clef quant à la nature profonde de cette abomination.

Il n'y eut pas de répétition des bruits qui avaient tant inquiété mon employeur. Nous dûmes demeurer ensemble jusqu'à minuit passé, les écrits de l'Arabe dément ouverts devant nous. Carnby parut enfin se rendre compte de l'heure tardive.

— Je crains de vous avoir gardé éveillé trop longtemps, dit-il en s'excusant. Il faut que vous alliez dormir un peu. Je suis égoïste et j'oublie que de telles heures ne sont pas habituelles aux autres, si elles le sont à moi.

Je lui opposai une dénégation absolue, m'adressant les reproches que la courtoisie demandait, lui souhaitai une bonne nuit et regagnai ma propre chambre terriblement soulagé. Il me sembla laisser derrière moi dans la chambre de Carnby toutes les sombres craintes et l'oppression que j'y avais ressenties.

Une seule lampe éclairait le long couloir. Elle se trouvait près de la porte de Carnby, tandis que ma propre porte s'ouvrait à l'autre bout, près du haut de l'escalier plongé dans une profonde obscurité. Comme je cherchais la poignée à tâtons, je perçus un bruit derrière moi et me retournai pour apercevoir dans la pénombre un petit corps indistinct sauter du palier et retomber sur la première marche de l'escalier avant de disparaître. J'étais atrocement effrayé ; car même dans ce coup d'œil vague et trop rapide, cette chose m'avait paru beaucoup trop pâle pour être un rat et sa forme n'avait pas du tout rappelé celle d'un animal. Je n'aurais pu jurer de quoi il s'agissait, mais les contours m'en avaient paru d'une monstruosité innommable. Comme je demeurais là, tremblant violemment de tous mes membres, j'entendis dans l'escalier un curieux rebondissement qui se répétait et qui évoquait la chute d'un objet roulant de marche en marche. Le bruit se répéta à intervalles réguliers, puis il finit par s'arrêter.

La sécurité de mon âme et de mon corps en eût-elle dépendu, je n'aurais pu allumer la lumière dans l'escalier. Pas plus que je n'aurais pu, non plus, m'avancer jusqu'aux dernières marches pour m'assurer de la façon dont s'opérait ce rebondissement monstrueux. N'importe qui, semble-t-il, aurait agi ainsi. Au lieu de cela, après un moment de virtuelle pétrification, je pénétrai dans ma chambre, fermai la porte et me mis au lit dans un tumulte de doutes que je n'avais pas résolus et de terreurs équivoques. Je laissai la lumière brûler et demeurai éveillé pendant des heures, attendant que se renouvelle à tout instant cet abominable bruit. Mais la maison était aussi silencieuse qu'une morgue et je n'entendis rien. Je finis donc, en dépit de mes appréhensions, par m'endormir, et je ne me réveillai qu'après bien des heures d'un sommeil lourd et sans rêves.

Il était dix heures du matin, comme ma montre me le précisa, et je me demandai si mon employeur m'avait laissé dormir par attention ou s'il ne s'était pas encore levé lui-même. Je m'habillai et descendis pour le trouver qui m'attendait à la table du petit déjeuner. Il était plus pâle et plus tremblant que jamais, comme s'il avait très mal dormi.

— J'espère que les rats ne vous ont pas trop ennuyé, remarqua-t-il, après m'avoir accueilli avec quelques paroles aimables. Il faut absolument faire quelque chose à leur sujet.

— Je ne les ai pas entendus du tout, répliquai-je.

Je ne sais pourquoi, il m'était absolument impossible de faire allusion à la chose étrange et ambiguë que j'avais vue et entendue au moment d'aller me coucher la veille au soir. Sans doute m'étais-je trompé ; sans doute, après tout, n'avait-ce été qu'un rat, traînant quelque chose jusqu'au bas de l'escalier. J'essayai d'oublier le bruit hideux et répété, la brève vision, dans l'ombre, des contours inconcevables.

Mon employeur me jeta un coup d'œil d'une acuité mystérieuse, comme s'il avait voulu pénétrer jusqu'au fin fond de mon âme. Le petit déjeuner fut bien morne ; la journée qui suivit ne fut pas moins lugubre. Carnby s'isola jusqu'au milieu de l'après-midi et je fus livré à moi-même dans la bibliothèque, riche mais classique, du rez-de-chaussée. Ce que Carnby faisait seul, dans sa chambre, je ne pouvais que le deviner. Mais il me sembla plus d'une fois entendre les intonations étouffées et monotones d'une voix solennelle. Des soupçons qui engendraient l'horreur, des intuitions qui me révulsaient, envahirent mon cerveau. De plus en plus, l'atmosphère de cette maison m'enveloppait et m'étouffait de son mystère empoisonné, miasmatique. Je sentais se tramer partout l'invisible complot d'incubes malins.

Ce fut presque un soulagement pour moi quand mon employeur me demanda de venir le rejoindre dans son studio. En entrant, je remarquai l'odeur puissante, aromatique, et je fus touché par les derniers tourbillons d'une vapeur bleue, comme si on avait brûlé des gommes et des épices d'Orient dans les encensoirs. Un tapis d'Ispahan avait été enlevé de la place qu'il occupait habituellement près du mur pour être déposé au centre de la pièce, mais ce n'était pas suffisant pour recouvrir entièrement une marque violette incurvée qui suggérait le dessin d'un cercle magique sur le plancher. Carnby avait probablement procédé à quelque incantation. Je songeai à la terrible formule que j'avais traduite, à sa requête.

Il ne m'offrit cependant aucune explication au sujet de ce qu'il venait de faire. Son comportement s'était transformé de façon remarquable, il se contrôlait mieux et paraissait plus confiant qu'il ne l'avait été jusque-là. C'est avec quelque chose d'affirmé dans le geste qu'il déposa devant moi une pile de feuilles manuscrites qu'il voulait que je lui tape. Le cliquetis familier des touches contribua quelque peu à dissiper mes appréhensions d'un malaise indéfinissable et je pus presque sourire devant ce qu'avaient de recherché et de considérable toutes les informations contenues dans les notes de mon employeur, qui traitaient surtout de formules pour l'acquisition d'un pouvoir illégitime. Mais tout de même, bien qu'en partie rassuré, je sentais que persistait toujours une inquiétude indéfinissable.

Le soir arriva. Après notre repas, nous retournâmes ensemble dans le studio. L'attitude de Carnby était tendue, maintenant, comme s'il attendait avec impatience le résultat de quelque expérience secrète. Je repris mon travail. Son émotion se communiqua pourtant en partie à moi et je me surpris, de temps à autre, en train de tendre l'oreille pour écouter je ne sais quoi.

J'entendis enfin, au-dessus du cliquetis des touches, le frôlement si particulier qui reprenait dans le couloir. Carnby l'avait entendu, lui aussi, et son assurance avait totalement disparu, faisant place à la peur la plus pitoyable.

Le son se rapprocha et fut suivi du bruit sourd d'un objet que l'on traînait, puis il y eut d'autres sons impossibles à identifier, mélanges de frottements et de courses précipitées, dont l'intensité variait. Le couloir en paraissait vibrant, comme si toute une armée de rats avait été occupée à tirer un butin de charogne sur le plancher. Pourtant, aucun rongeur, ni même une troupe de rongeurs, n'aurait pu produire de tels sons, pas plus qu'il n'aurait pu déplacer quelque chose d'aussi pesant que l'objet qui arrivait tout à fait en dernier. Il y avait une chose dans le caractère de ces bruits, une chose que je n'aurais su ni caractériser ni décrire et qui faisait que lentement un frisson s'était mis à courir le long de ma moelle épinière.

— Dieu du ciel ! Qu'est-ce que c'est que tout ce vacarme ? m'écriai-je.

— Les rats ! Je vous dis que ce ne sont que des rats !
La voix de Carnby n'était plus qu'un cri aigu, hystérique.

Un instant plus tard, on frappa nettement un coup à la porte, au niveau du seuil. Au même moment, un lourd martèlement me parvint du placard fermé, à l'autre bout de la pièce. Carnby qui s'était jusque-là tenu très droit sur sa chaise, se tassa soudain, abattu. Son teint était cireux, son regard presque fou de frayeur.

Ce doute et cette tension de cauchemar devinrent insupportables et je courus à la porte, l'ouvris tout grand en dépit des protestations frénétiques de mon employeur. Je n'avais aucune idée de ce que j'allais découvrir quand j'enjambai le seuil pour passer dans le couloir faiblement éclairé.

Lorsque je baissai les yeux et vis la chose sur laquelle j'avais manqué de mettre le pied, je fus envahi par une stupéfaction dégoûtée, puis par une véritable nausée. C'était une main humaine qui avait été sectionnée au niveau du poignet — une main osseuse, bleuâtre, comme celle d'un cadavre vieux de huit jours, dont les doigts et le dessous des ongles trop longs avaient été envahis par la moisissure des jardins. *Cette chose maudite s'était déplacée!* Elle avait reculé pour m'éviter et rampait le long du passage, un peu à la manière d'un crabe. Et comme je la suivais du regard, je vis qu'elle était précédée d'autres choses encore, parmi lesquelles je devais reconnaître un pied d'homme, puis un avant-bras. Je n'osais regarder le reste. Toutes se déplaçaient avec lenteur, s'éloignaient en une atroce procession macabre, et je ne saurais décrire la manière dont elles progressaient. Leur vitalité individuelle était atroce, insoutenable. Elle était plus forte que la vitalité propre à ce qui est vivant et cependant l'air était alourdi de relents de charogne. Je détournai les yeux, fis un pas en arrière pour rentrer dans la chambre de Carnby et fermai la porte derrière moi d'une main tremblante. Carnby était à mes côtés avec la clef; quand il la tourna dans la serrure, ses doigts, qui paraissaient pris de paralysie fébrile, étaient aussi faibles que ceux d'un vieillard.

— Vous avez vu? murmura-t-il, la gorge sèche, d'une voix chevrotante.

— Au nom du ciel, qu'est-ce que tout cela signifie? m'écriai-je.

Carnby retourna à sa chaise d'un pas que son manque de force rendait un peu chancelant. Ses traits étaient tirés par l'angoisse, rongé qu'il était par quelque horreur intérieure. Il tremblait visiblement comme un malade agité par la fièvre. Je pris place sur une chaise près de lui et il entreprit en bégayant son incroyable confession. Il était à demi incohérent, prononçait parfois des paroles sans suite et s'interrompait ou se taisait souvent.

— Il est plus fort que moi — même dans la mort, même une fois son corps démembré à l'aide du scalpel et de la scie de chirurgien dont je me suis servi. J'ai cru qu'il ne pourrait pas revenir après cela — après avoir enterré les morceaux dans des dizaines d'endroits différents, dans la cave, sous les arbustes, au pied du lierre. Mais le *Necronomicon* dit vrai... et Helman Carnby le savait. Il m'avait averti avant que je ne le tue, il m'avait dit qu'il reviendrait — *même dans cet état.*

« Je ne l'ai pas cru, pourtant. Je haïssais Helman et il me haïssait, lui aussi. Il avait acquis une connaissance et un pouvoir plus grands que les miens et il était plus favorisé que moi par Ceux des Ténèbres. C'est pour cela que je l'ai tué — mon propre jumeau, mon frère aussi au service de Satan et de Ceux qui étaient là avant Satan. Nous avons étudié ensemble pendant bien des années. Nous avons célébré ensemble des messes noires et nous avons eu les mêmes amis. Mais Helman Carnby est allé plus avant dans l'occulte, dans l'interdit, là où je ne pouvais le suivre. J'en suis arrivé à le craindre et n'ai plus pu supporter sa suprématie.

« Il y a plus d'une semaine — il y a dix jours — que j'ai commis ce forfait. Helman pourtant — ou quelque morceau de lui — est revenu toutes les nuits... Dieu ! Ses maudites mains rampant sur le plancher ! Ses pieds, ses bras, les morceaux de ses jambes, en train de monter l'escalier de façon innommable pour me hanter !... Seigneur ! Son terrible torse couvert de sang qui guettait mon passage ! Je vous le dis, ses mains sont même venues frapper à ma porte pendant la journée et ont tâtonné pour l'ouvrir... Et j'ai trébuché dans le noir sur ses bras.

« Oh, mon Dieu ! Je vais devenir fou de toute cette horreur. Mais il veut que je devienne fou, il veut me torturer jusqu'à ce que mon cerveau m'abandonne. C'est pour cela qu'il me hante ainsi, par petits morceaux. Il pourrait achever le tout en un rien de temps, avec le pouvoir démoniaque qui est le sien. Il pourrait réunir les membres et le corps qui ont été disjoints et m'assassiner comme je l'ai assassiné.

« Avec quelles précautions j'ai enterré les morceaux, après quelle infinie réflexion ! Et comme tout cela était inutile ! J'ai également enterré la scie et le scalpel à l'autre bout du jardin, aussi loin que possible de ses mains mauvaises qui brûlaient de pouvoir se poser dessus. Mais je n'ai pas enterré la tête avec les autres morceaux — je l'ai laissée dans ce placard, au bout de ma chambre. Quelquefois, je l'entends remuer là-dedans, comme vous l'avez entendue, tout à l'heure... Mais il n'a pas besoin de sa tête, sa volonté réside ailleurs et il peut opérer intelligemment à travers tous ses membres.

« Naturellement, j'ai fermé toutes les portes et toutes les fenêtres, le soir, quand j'ai découvert qu'il revenait. Pourtant, cela n'y a rien changé. J'ai tenté de l'exorciser avec des incantations appropriées. Avec toutes celles que je connaissais. Aujourd'hui, j'ai essayé la formule souveraine du *Necronomicon* que vous avez traduite pour moi. Je vous ai fait venir ici pour que vous me la traduisiez. Et puis, je ne pouvais pas supporter plus longtemps d'être seul, et je pensais que la situation serait peut-être différente s'il y avait quelqu'un d'autre dans la maison. Cette formule était mon dernier espoir. Je pensais que cela l'arrêterait — c'est une incantation très ancienne et tout à fait terrible. Mais, vous l'avez vu, elle est sans effet... »

Sa voix avait baissé ; il ne pouvait plus que marmonner entre ses dents et demeurer assis, regardant fixement devant lui avec des yeux aveugles, intolérables, dans lesquels je voyais s'allumer une lueur de folie. Je ne savais que dire — la confession qu'il avait faite était ineffablement atroce. Le choc moral et l'épouvantable horreur surnaturelle que j'avais ressentis m'avaient presque stupéfié. J'étais étourdi au point d'avoir perdu toute sensibilité. Quand je commençai à me reprendre, je sentis sourdre en moi la montée irrésistible d'un flot de répugnance à l'égard de l'homme qui se trouvait à mes côtés.

Je me levai. La maison était devenue très silencieuse, comme si la macabre et funeste armée de ses assiégeants avait à présent regagné ses différentes tombes. Carnby avait laissé la clef dans la serrure ; j'allai à la porte et la tournai rapidement.

— Vous partez ? Ne vous en allez pas, supplia Carnby d'une voix que l'effroi faisait trembler, tandis que je restais là, la main sur la poignée.

— Oui, je m'en vais, lui dis-je avec froideur. Je renonce à mon emploi, dès maintenant ; et j'ai l'intention de faire ma valise et de quitter votre maison dans les délais les plus brefs.

J'ouvris la porte et sortis, refusant d'écouter les arguments, les prières et les protestations dont il m'accablait à voix basse. Etant donné la situation, je préférais faire face à tout ce qui pouvait être tapi dans ce sinistre passage, aussi répugnant et terrifiant que cela pût être, plutôt que de supporter davantage la société de John Carnby.

Le couloir était désert ; mais en me hâtant vers ma chambre, je frissonnai de répulsion au souvenir de ce que j'avais vu. Je crois que j'aurais hurlé au moindre bruit ou au moindre mouvement, si j'en avais perçu dans l'ombre.

Je commençai à remplir ma valise, poussé par le sentiment que j'étais talonné et qu'il me fallait me hâter. Il me semblait que je ne pourrais m'échapper assez vite de cette maison aux abominables secrets, sur laquelle pesait une atmosphère lourde de menaces. Je me trompai dans ma précipitation, me heurtai aux chaises, car mon cerveau et mes doigts s'engourdissaient sous l'effet d'une appréhension qui me paralysait.

J'avais presque achevé mon travail, quand j'entendis un bruit de pas lents et mesurés qui montaient dans l'escalier. Je savais qu'il ne s'agissait pas de Carnby, car il s'était enfermé dans sa chambre dès que je l'avais quitté. Et j'étais certain que rien n'avait pu le persuader d'en sortir. De toute manière, il n'aurait difficilement pu descendre sans que je m'en rendisse compte.

Les pas atteignirent le palier et passèrent devant ma porte, avançant dans le couloir avec cette même monotonie de rythme, cette régularité de machine. Assurément, ce n'était pas là la démarche nerveuse et feutrée de John Carnby.

Mais qui était-ce, alors? Mon sang s'arrêta dans mes veines; je n'osai achever la conjecture qui s'était imposée à mon esprit.

Les pas s'arrêtèrent. Je sus ainsi qu'*il* avait atteint la porte de Carnby. Une pause suivit pendant laquelle je pus à peine respirer. Et puis, j'entendis un fracas effroyable, un bruit à vous détraquer les nerfs, causé par quelque chose qui volait en éclats, et par-dessus tout, le hurlement d'un homme réduit aux dernières extrémités de la terreur qui montait.

J'étais incapable de bouger. C'était comme si une main de fer invisible s'était posée sur moi afin de m'en empêcher. Je n'ai aucune idée du temps où je restai à attendre et à écouter. Le hurlement était retombé et avait rapidement fait place au silence. Je ne percevais plus rien, à présent, si ce n'est un son faible, très particulier, et que mon esprit se refusait à identifier.

Ce n'est pas ma propre volonté mais quelque chose de plus fort qu'elle qui me poussa enfin en avant et me contraignit à suivre le couloir jusqu'au studio de Carnby. Je ressentais la présence de cette volonté comme une chose toute-puissante et surhumaine — une force démoniaque, un mesmérisme malveillant.

La porte du studio avait été brisée et ne tenait plus que par l'un de ses gonds. Elle avait volé en éclats sous le choc provoqué par une force plus grande qu'aucune force mortelle. Une lumière brûlait encore dans la pièce et le bruit innommable que j'avais entendu cessa comme je m'approchais du seuil. Il fut suivi par un silence absolu, sinistre.

A nouveau, je m'arrêtai et ne pus aller plus loin. Cette fois, cependant, ce fut autre chose qu'un magnétisme infernal et dominateur qui pétrifia mes membres et m'immobilisa avant que je n'aie atteint le seuil. En parcourant du regard l'étroit espace encadré par l'ouverture de la porte et illuminé par une lampe que je ne pouvais voir, j'aperçus l'une des extrémités du tapis d'Orient et les contours abominables d'une ombre monstrueuse, immobile, qui se projetait jusque sur le plancher. Enorme, allongée, difforme, l'ombre était en apparence projetée par les bras et le torse d'un homme nu qui se penchait en avant, une scie de chirurgien à la main. Sa monstruosité tenait à ceci : alors qu'on pouvait nettement distinguer les épaules, la poitrine, l'abdomen et les bras, l'ombre était sans tête et paraissait s'achever sur un cou tranché net. Il était impossible, si l'on considérait sa position relative, que la tête ait pu être cachée à ma vue par n'importe quel effet de perspective.

J'attendis, incapable d'entrer ou de reculer. Mon sang avait été refoulé jusqu'au cœur en un courant d'une épaisseur de glace et toute pensée était figée dans mon cerveau. Il y eut une pause, lourde d'une horreur sans fin, puis du côté du placard fermé, un fracas d'une violence terrible, un bruit de bois qui volait en éclats, des gonds qui gémissaient, le tout suivi du choc sourd et sinistre d'un objet inconnu qui heurtait le sol.

A nouveau, ce fut le silence — un silence semblable à celui qui aurait pu régner si le Mal consommé avait savouré en silence un triomphe indicible. L'ombre n'avait pas bougé. Il y eut un moment de contemplation hideuse dans son attitude, tandis que sa main levée brandissait toujours la scie, comme si elle avait été penchée sur une œuvre achevée.

Il y eut une nouvelle pause, puis, sans avertissement, je fus témoin de l'effroyable et inexplicable *désintégration* de l'ombre, qui parut se disloquer doucement, aisément, en diverses ombres, avant que je ne la perde de vue. J'hésite à décrire la manière, comme à spécifier les points où se produisit cette singulière dislocation, cette division multiple. J'entendis simultanément le claquement assourdi d'un instrument métallique sur le tapis persan et un son qui n'était pas celui produit par la chute d'un corps unique, mais par celle de plusieurs corps.

Une fois encore, ce fut le silence — un silence semblable à celui qui règne dans certains cimetières, la nuit, lorsque fossoyeurs et goules ont achevé leur macabre travail et que les morts gisent seuls.

Attiré par ce mesmérisme funeste, comme un somnambule mené par un invisible démon, j'entrai dans la pièce. Je sus avec une prescience répugnante quel allait être le spectacle qui m'attendrait, une fois passé le seuil — le *double* tas de fragments humains, dont certains étaient frais et sanglants, d'autres déjà bleuis par la putréfaction, maculés de terre, entremêlés en une horrible confusion sur le tapis.

Une scie et un scalpel rougis jaillissaient de la pile. Un peu à l'écart, entre le tapis et le placard ouvert dont la porte avait éclaté, une tête humaine reposait, bien droite, face aux autres restes. Elle était dans le même état de décomposition naissante que le corps auquel elle avait appartenu. Mais je jure que je vis une exultation mauvaise s'effacer de sa physionomie au moment où je pénétrai dans la pièce. En dépit de la corruption qui les marquait, ces traits avaient une ressemblance manifeste avec ceux de John Carnby et ils ne pouvaient appartenir qu'à son frère jumeau.

Les effroyables inférences qui enveloppèrent mon cerveau de leur nuage noir et visqueux ne peuvent être décrites ici. L'horreur que je contemplais, et l'horreur plus grande encore que je soupçonnais, auraient fait rougir, au fond de leurs gouffres glacés, les atrocités les plus immondes de l'enfer.

Il n'y avait qu'une atténuation, qu'une miséricorde dans tout cela: je n'eus pas à contempler cette intolérable scène plus de quelques instants. Soudain, en effet, je sentis qu'une chose avait disparu de la pièce. Le charme malin avait été rompu, la volonté toute-puissante qui me tenait captif ne se manifestait plus. Elle m'avait libéré, à présent, comme elle avait libéré le corps démembré d'Helman Carnby. J'étais libre de partir. Je m'enfuis alors de cette chambre révoltante, traversai comme un fou, tête baissée, la maison sans lumière et allai me jeter dans l'obscurité extérieure de la nuit.

UBBO-SATHLA

PAR CLARK ASHTON SMITH

« *...Car Ubbo-Sathla est la source et la fin. Avant la venue de Zhothaqquah ou de Yok-Zothoth ou de Kthulhut des étoiles, Ubbo-Sathla demeurait dans les marécages écumants de la Terre nouvelle née ; une masse sans tête ni membres, engendrant les têtards gris et informes de l'origine et les hideux prototypes de la vie terrestre... Et toute vie de la Terre, est-il dit, devra faire retour à travers le grand orbe du temps, à Ubbo-Sathla.* »

Livre d'Eibon

Paul Tregardis découvrit le cristal laiteux au milieu d'un désordre de curiosités venues de bien des pays et de bien des âges. Il était entré dans la boutique de l'antiquaire sur une impulsion irraisonnée, sans avoir en tête d'autre but que de se distraire par désœuvrement, de regarder et de toucher une collection d'objets recueillis un peu partout. Comme il fouillait çà et là, son attention fut attirée par une faible lueur qui provenait de l'une des tables. Il dégagea alors la curieuse pierre en forme d'orbe du coin d'ombre où elle était perdue, serrée entre une vilaine petite idole aztèque, l'œuf fossile d'un dinornis et un fétiche obscène du Niger, en bois noir.

L'objet avait environ la taille d'une petite orange. Il était légèrement aplati aux extrémités, comme une planète aux deux pôles. Il intrigua Tregardis, car il différait d'un cristal ordinaire en ce sens qu'il était nuageux et changeant, et qu'une lueur intermittente apparaissait en son cœur, comme s'il avait été alternativement éclairé et obscurci de l'intérieur. Il l'étudia un moment, l'élevant devant la fenêtre qui laissait pénétrer une clarté hivernale, sans pouvoir percer le secret de cette alternance singulière et régulière. A sa perplexité vint soudain s'ajouter un sentiment de vague familiarité qu'il ne pouvait préciser. C'était comme s'il avait déjà vu l'objet auparavant, mais en des circonstances tout à fait oubliées à présent.

Il fit appel au marchand de curiosités, un Israélite chétif à l'air antique et poussiéreux qui donnait l'impression d'être étranger à toute considération commerciale et de s'être pris dans les rets de quelque songe cabalistique.

— Pouvez-vous me dire quelque chose à propos de ceci ?

Le marchand haussa de manière indescriptible et simultanée les épaules et les sourcils.

— C'est un objet très ancien — pélagique, peut-être. Je ne peux vous en dire davantage, car on sait bien peu de chose là-dessus. Un géologue l'a découvert au Groenland, sous la glace, dans des strates du miocène. Qui sait ? Il a peut-être appartenu à quelque sorcier de la Thulé des premiers âges. Le Groenland était une région chaude et fertile sous le soleil du miocène. Il s'agit sans doute d'un cristal magique ; et celui qui le fixerait assez longtemps pourrait découvrir d'étranges visions en son cœur.

Tregardis était stupéfait. La suggestion du marchand qui aurait dû lui paraître fantastique, lui avait en effet remis en mémoire les explorations dans lesquelles il s'était lui-même lancé dans une branche obscure de la Tradition. Il s'était remémoré, en particulier, l'existence du *Livre d'Eibon,* le plus étrange et le plus rare de tous les ouvrages occultes oubliés, celui dont on prétend qu'il est parvenu jusqu'à nous à travers une suite de traductions très diverses d'un manuscrit original préhistorique, rédigé dans la langue perdue d'Hyperborée. Tregardis s'était procuré, avec bien des difficultés, la version médiévale française — exemplaire qui était passé entre les mains de bien des générations de sorciers et d'adeptes du satanisme —, mais il n'avait jamais pu découvrir le manuscrit grec qui avait inspiré cette version.

L'original lointain, fabuleux, avait été, supposait-on, l'œuvre d'un grand sorcier hyperboréen, d'où son nom. C'était un recueil de mythes sombres et néfastes, de liturgies, de rituels et d'incantations à la fois sinistres et ésotériques. Au cours de ses recherches Tregardis avait collationné, non sans frissons, le livre français avec l'effrayant *Necronomicon*, de l'Arabe dément Abdul Alhazred. Il avait relevé entre eux de nombreuses correspondances de la plus sombre et la plus effroyable signification, en même temps qu'un grand nombre de renseignements tabous qui avaient été soit ignorés de l'Arabe, soit négligés par lui... ou par ses traducteurs.

Etait-ce là ce dont il avait tenté de retrouver le souvenir, se demandait Tregardis — une allusion brève et rapide faite dans *le Livre d'Eibon* à un cristal nuageux ayant appartenu au sorcier Zon Mezzamalech, de Mhu Thulan ? Cela aurait été, bien entendu, trop fantastique, trop hypothétique, trop incroyable — mais Mhu Thulan, cette région nordique de l'antique Hyperborée, était pourtant supposée avoir correspondu, en gros, avec le Groenland des temps modernes, réuni, à l'origine, comme une péninsule au continent. La pierre qui se trouvait dans sa main aurait-elle donc pu être, par quelque fabuleux hasard, le cristal de Zon Mezzamalech ?

Tregardis sentit monter en lui un sourire ironique à la pensée qu'une idée aussi absurde eût pu lui venir à l'esprit. Des coïncidences comme celle-là ne se produisaient pas — du moins, pas à Londres, de nos jours ; et selon toute vraisemblance, *le livre d'Eibon* n'était sans doute que le produit d'une imagination superstitieuse. Il y avait néanmoins dans ce cristal quelque chose qui continuait tout à la fois à le tourmenter et à le séduire. Il finit par l'acquérir à un prix très modéré. La somme en fut fixée par le marchand et réglée par l'acheteur sans le moindre marchandage.

Le cristal dans sa poche, Tregardis se hâta de rentrer chez lui plutôt que de poursuivre une promenade sans but. Il installa le globe laiteux sur son bureau et celui-ci se mit en équilibre assez stable sur l'un de ses pôles aplatis. Puis, souriant toujours à la pensée de sa propre absurdité, il alla chercher le manuscrit en parchemin jauni du *Livre d'Eibon* parmi une collection assez complète de littérature *recherchée.* Il ouvrit la couverture de cuir aux fermoirs d'acier terni, rongée par les vers, et se mit à le relire, traduisant au fur et à mesure du vieux français le paragraphe se rapportant à Zon Mezzamalech :

« *Ce sorcier, qui était puissant entre les magiciens, avait trouvé une pierre nuageuse, de la forme d'un globe et quelque peu aplatie aux extrémités, dans laquelle il pouvait contempler bien des visions du passé terrestre, remontant même jusqu'aux commencements de la Terre, au moment où Ubbo-Sathla, la source non engendrée, gisait, immense, énorme et spumescente, dans les boues qui s'évaporaient... Mais de ce qu'il voyait, Zon Mezzamalech n'a rapporté que peu de chose ; et l'on prétend qu'il a disparu peu après, on ne sait de quelle manière ; et après lui, le cristal nuageux n'a pu être retrouvé.* »

Paul Tregardis reposa le manuscrit. Il y avait encore cette chose qui le tourmentait et le séduisait tout à la fois, comme un rêve perdu ou un souvenir effacé par l'oubli. Poussé par un sentiment qu'il n'analysa ni ne critiqua, il s'assit à la table et entreprit de fixer intensément l'orbe froid et sourd. Il sentit monter en lui une espérance qui était une part si familière de sa conscience, une chose dont elle était si imprégnée qu'il ne tenta même pas de lui donner un nom.

Il demeura là, minute après minute, et regarda la lumière mystérieuse tour à tour briller puis s'évanouir au cœur du cristal. Par d'imperceptibles degrés, un sentiment de dualité comme on en éprouve en rêve s'empara de lui, tant pour ce qui concernait sa personne que le décor dans lequel il se trouvait. Il était encore Paul Tregardis — et, pourtant, il était aussi quelqu'un d'autre. La pièce dans laquelle il se tenait se trouvait dans son appartement de Londres — et c'était une chambre dans un lieu étranger, mais pourtant bien connu. Dans l'un et l'autre cadre, il scrutait fixement le même cristal.

Au bout d'un certain temps sans que Tregardis en fût surpris, le processus de réidentification se paracheva. Il sut qu'il était Zon Mezzamalech, sorcier de Mhu Thulan qui étudiait toute une tradition antérieure à sa propre époque. Possesseur de terribles secrets qu'ignorait Paul Tregardis, passionné d'anthropologie et de sciences occultes dans un Londres futur, il cherchait à atteindre au moyen du cristal laiteux une connaissance plus ancienne et bien plus terrifiante.

Il tenait la pierre par des moyens incertains, d'une origine plus que sinistre. Elle était unique et sans pareille, dans n'importe quel pays comme à n'importe quelle époque. Dans ses profondeurs, toutes les années écoulées, toutes les choses qui avaient jamais existé, étaient supposées être reflétées. Et elles allaient se révéler au visionnaire patient. Grâce au cristal aussi, Zon Mezzamalech avait rêvé qu'il pourrait retrouver la sagesse des dieux qui avaient trouvé la mort avant que la terre ne fût née. Ils étaient partis pour le vide obscur, laissant leur tradition inscrite sur des tablettes de pierre ultrastellaire ; et ces tablettes étaient gardées dans la fange primitive par Ubbo-Sathla, le démiurge informe et idiot. Il ne pouvait espérer retrouver et lire ces tablettes qu'au travers du cristal.

C'était la première fois qu'il éprouvait les qualités réputées de ce globe. Ce qui l'entourait, une pièce décorée de panneaux d'ivoire pleine de ses livres et de tous ses appareils de magie, s'effaçait lentement de sa conscience. Devant lui, sur une table faite d'un sombre bois hyperboréen tout gravé de signes grotesques, le cristal parut prendre de l'ampleur et s'approfondir, puis, dans ses profondeurs embrumées, il aperçut un tourbillon rapide, irrégulier, de scènes obscures, fuyant comme les bulles dans un bief. S'il abaissait son regard sur l'un de ces mondes, des cités, des forêts, des montagnes, des mers et des prairies défilaient sous ses yeux, s'éclairant et s'assombrissant au fur et à mesure du passage des jours et des nuits dans un courant de temps bizarrement accéléré.

Zon Mezzamalech avait oublié Paul Tregardis — il

avait perdu le souvenir de sa propre entité, comme de tout ce qui l'avait entouré à Mhu Thulan. Instant après instant, la vision fluide devenait toujours plus distincte et mieux définie à l'intérieur du cristal, et l'orbe lui-même prenait de la profondeur à tel point que l'observateur en avait la tête tournée, comme s'il y avait jeté un coup d'œil dans quelque abîme jamais sondé du haut d'une position mal assurée. Il savait que le temps se précipitait en arrière dans le cristal et qu'il déroulait pour lui le défilé de tous les jours passés ; mais une étrange inquiétude s'était emparée de lui et il redoutait de poursuivre plus longtemps son observation. Tel celui qui a failli tomber dans le précipice, il se reprit dans un sursaut violent, se rejeta en arrière et s'écarta de l'orbe mystique.

Une fois encore, sous ses yeux, l'énorme monde tourbillonnant dans lequel il avait plongé son regard ne fut plus qu'un petit cristal nuageux, sur sa table gravée de runes, à Mhu Thulan. Puis, peu à peu, il lui sembla que la grande chambre aux panneaux sculptés d'ivoire de mammouth se rétrécissait et cédait la place à une autre pièce qui avait beaucoup moins d'éclat. Zon Mezzamalech, perdant alors sa sagesse et ses pouvoirs surnaturels de sorcier, redevint, par une étrange régression, Paul Tregardis.

Et pourtant, il semble bien qu'il ne lui ait pas été possible de revenir complètement. Tregardis, étourdi et surpris, se retrouva devant le bureau sur lequel il avait posé la sphère aplatie. Il avait les idées confuses d'un homme qui vient de rêver et qui ne se réveille qu'avec peine. La pièce l'intriguait un peu, comme s'il avait eu quelque chose de faux dans ses proportions et dans son mobilier. Quant au souvenir qu'il avait d'avoir acheté le cristal à un marchand d'antiquités, il se mêlait de façon curieuse et contradictoire à l'impression qu'il avait de l'avoir acquis de manière bien différente.

Il se rendait compte qu'il lui était arrivé quelque chose de très étrange à partir du moment où il avait plongé son regard dans le cristal. Mais il paraissait incapable de se rappeler ce qui s'était exactement passé. Il en était sorti dans un état de confusion mentale comparable à celle qui suit une débauche de haschisch. Il s'affirma qu'il était bien Paul Tregardis, qu'il demeurait dans une rue donnée, à Londres, qu'on était en 1933. On aurait dit, pourtant que des vérités aussi évidentes avaient perdu tout sens et toute validité. Autour de lui, tout avait quelque chose d'indistinct et d'immatériel. Les murs même paraissaient trembler comme s'ils n'avaient été que fumées. Les passants, dans les rues, étaient des fantômes de fantômes et lui-même n'était plus qu'une ombre perdue, l'écho errant d'une chose oubliée depuis bien longtemps.

Il résolut de ne pas répéter l'expérience. Les effets en étaient trop déplaisants et trop équivoques. Mais, dès le lendemain, cédant presque sans y penser à une impulsion irraisonnée, il se retrouva assis, sans répugnance, devant l'orbe sourd. Une fois de plus, il redevint le sorcier Zon Mezzamalech de Mhu Thulan. Une fois de plus, il rêva qu'il avait retrouvé la sagesse des dieux d'avant la formation du monde. Une fois de plus, il s'écarta du cristal qui s'était approfondi, avec la terreur d'un homme qui redoute de tomber. Et une fois encore — mais de manière trouble, imparfaite et faible, tel un fantôme qui serait allé en s'évanouissant — il redevint Paul Tregardis.

Tregardis répéta l'expérience trois jours de suite. Et chaque fois, sa propre personne et le monde autour de lui devinrent plus ténus et plus confus qu'auparavant. Ses sensations étaient celles d'un rêveur sur le point de se réveiller. Et Londres elle-même était irréelle, comme ces terres qui échappent à la vue du rêveur et disparaissaient sous une brume légère, dans une lumière voilée. Bien au-delà, il devinait les silhouettes estompées de grandes idoles sculptées, pressées les unes contre les autres, qui lui étaient à la fois étrangères et à demi familières. Tout se passait comme si la fantasmagorie du temps et de l'espace se dissolvait autour de lui afin de révéler quelque réalité profonde — ou quelque autre rêve de l'espace et du temps.

Vint enfin le jour où il s'assit devant le cristal — et ne redevint pas Paul Tregardis. Ce fut le jour où Zon Mezzamalech, pris d'audace, passant outre à certains avertissements sinistres et funestes, résolut de surmonter son étrange crainte de tomber physiquement dans le monde visionnaire qu'il contemplait — crainte qui l'avait jusqu'alors empêché de suivre aussi peu que ce fût le courant inversé du temps. Il devait, se disait-il, surmonter sa peur s'il voulait jamais voir et lire les tablettes perdues des dieux. Il n'avait pu apercevoir que quelques fragments des années de Mhu Thulan immédiatement antérieures au présent — les années de sa propre vie. Or, il y avait d'inestimables cycles entre ces années et le Commencement.

Une fois de plus, sous ses yeux, le cristal s'approfondit de manière incommensurable, puis scènes et événements défilèrent en un flot rétrograde. Une fois encore les signes magiques de la sombre table s'effacèrent et les murs de la chambre, aux gravures diaboliques s'évanouirent au point d'être moins que songes. A nouveau, la tête lui tourna et il fut pris d'un terrible vertige comme il se penchait au-dessus des remous et des tourbillons des terribles gouffres du temps, dans cet orbe semblable au monde. Un sentiment d'inquiétude l'envahit et, en dépit de sa résolution, il aurait voulu pouvoir reculer. Mais il s'était penché trop longtemps pour encore choisir. Il eut l'impression d'une chute abyssale, d'une aspiration par des vents inéluctables, de maelströms qui l'entraînaient vers le fond, à travers de fragiles et fugitives visions de sa propre existence passée, vers des années et des dimensions prénatales. Il lui sembla qu'il endurait les souffrances d'une dissolution inverse. Puis il ne fut plus Zon Mezzamalech, le contemplateur sage et savant du cristal, car il faisait désormais partie de l'étrange courant renversé qui fuyait et se ruait pour retourner au Commencement.

Il lui sembla qu'il vivait des vies sans nombre, mourait des myriades de morts, oubliant chaque fois la mort et la vie qui venaient de se dérouler. Guerrier, il prenait part à des batailles à demi légendaires. Enfant, il jouait dans les ruines d'une Mhu Thulan plus ancienne. Roi, il régnait aux premiers temps de la cité. Prophète, il avait prédit sa fondation et sa fin. Femme, il pleurait les morts du passé en des nécropoles depuis longtemps réduites en poussière. Sorcier d'un grand âge, il murmurait les rudes formules d'une sorcellerie primitive. Prêtre de quelque dieu préhumain, il maniait le couteau sacrificiel dans les temples-caves aux colonnes de basalte. Vie après vie, ère après ère, il remontait à l'origine des longs cycles hésitants qu'Hyperborée avait suivis pour s'élever de l'état de sauvagerie à celui de haute civilisation.

Il devint l'un des barbares de quelque tribu troglodyte, fuyant devant la lente glace turriculée d'un âge glaciaire éloigné pour gagner des pays illuminés par le rouge flamboiement de volcans sans cesse en activité. Puis après d'incalculables années, il ne fut plus un homme, mais une bête préhumaine qui errait à travers des forêts de fougères et de calamites géantes, ou qui se bâtissait un nid grossier dans les branches des puissants cycas.

Durant des éons de sensations antérieures, de désirs et d'appétits grossiers, de terreur ou de folie aborigène, quelqu'un — quelque chose — continua à remonter le temps. La mort devint naissance et la naissance fut la mort. Dans une lente vision d'édifications inversées, la terre parut fondre, gommer ses collines et ses montagnes de leurs strates les plus récentes. Le soleil devint toujours plus grand et toujours plus chaud au-dessus des marécages fumants qui grouillaient d'une vie plus grossière, d'une végétation plus excessive. Et la créature qui avait été Paul Tregardis, qui avait été Zon Mezzamalech, ne fut plus qu'une part de cette monstrueuse dégénération. Elle plana à l'aide des membranes alaires qui reliaient les griffes d'un ptérodactyle, elle nagea dans les mers tièdes avec l'énorme et sinueuse masse d'un ichtyosaure ; elle fut le béhémoth hérissé d'écailles, inconnu de nous, dont la gorge lançait son hurlement sauvage vers une lune énorme luisant au travers des brumes liasiques.

Enfin, après des éons immémoriaux vécus sous forme de bêtes brutes, elle devint l'un de ces hommes-serpents à jamais disparus qui érigèrent des cités de gneiss noir et menèrent leurs guerres venimeuses sur le premier continent du monde. Elle progressa en ondulant le long de rues préhumaines, en d'étranges souterrains tortueux ; elle contempla les premières étoiles du haut de grandes tours ambitieuses comme celle de Babel ; elle s'inclina en sifflant des litanies devant de grandes idoles-serpents. Elle retourna aux ans et aux âges de l'ère ophidienne et ne fut plus qu'un être rampant dans la vase, qui n'avait encore appris ni à penser, ni à rêver, ni à construire. Puis le temps vint où il n'y eut plus de continent, mais uniquement un immense et chaotique marécage, une mer de fange, sans limites ni horizon, toute bouillonnante de vapeurs amorphes qui se tordaient, aveugles.

Là, au commencement gris de la Terre, la masse informe qui était Ubbo-Sathla reposait parmi les boues et les vapeurs. Sans tête, sans organes ni membres, elle contractait ses flancs fangeux pour rejeter en une lente vague ininterrompue les formes amibiennes qui étaient les archétypes de la vie terrestre. Il l'eût jugée horrible, s'il avait existé un témoin capable d'appréhender l'horreur ; et répugnante, s'il y avait eu quoi que ce fût, susceptible d'éprouver de la répugnance. Autour d'elle, à plat ou inclinées dans la vase, gisaient les puissantes tablettes de pierre extraites des étoiles, sur lesquelles avait été gravée l'inconcevable sagesse des dieux d'avant la création du monde.

Et c'est vers cela, vers ce but d'une quête oubliée que tendit la créature qui avait été — ou qui allait être un jour — Paul Tregardis et Zon Mezzamalech. Changée en triton informe des premiers temps, elle rampa, oublieuse et lente, sur les tablettes éparses des dieux, et lutta et chercha aveuglément sa proie en compagnie des autres larves d'Ubbo-Sathla.

De Zon Mezzamalech et de sa disparition, il n'est fait mention nulle part, si ce n'est dans le bref passage du *Livre d'Eibon.* Quant à Paul Tregardis, disparu lui aussi, seul un court entrefilet paru dans quelques journaux londoniens y fit allusion. Nul ne paraissait savoir la moindre chose à son propos. Il est parti, et c'est comme s'il n'avait jamais existé. On peut supposer, enfin, que le cristal s'est évanoui de la même façon. Tout au moins, nul ne l'a retrouvé.

LA PIERRE NOIRE

PAR ROBERT E. HOWARD

De noires créatures des Temps Anciens, dit-on, se tiennent encore cachées
En des recoins obscurs et des mondes oubliés,
Et en certaines nuits, des Portes s'ouvrent encore, pour libérer
Des Formes que l'Enfer renfermait.

JUSTIN GEOFFREY

La première fois que je lus quelque chose à ce sujet, ce fut dans l'étrange ouvrage de Von Junzt, un Allemand excentrique qui mena une existence très curieuse et mourut d'une manière aussi affreuse que mystérieuse. J'eus la chance d'avoir accès à son *Unaussprechlichen Kulten* dans l'édition originale, connue aussi sous le nom de Livre Noir, publié à Düsseldorf en 1839 peu de temps après qu'un sort funeste ne se fut acharné sur l'auteur. Les amateurs de livres rares connaissent bien le *Unaussprechlichen Kulten*, grâce surtout à la traduction pauvre et inexacte parue à Londres chez Bradwell, en 1845, et à la version soigneusement expurgée qu'en a donnée la Golden Goblin Press de New York, en 1909. Le volume que j'avais découvert par hasard était l'un des exemplaires allemands intégraux, habillé d'une épaisse reliure de cuir et de fermoirs de fer rouillés. Je doute qu'il en existe plus d'une demi-douzaine de semblables à travers le monde, aujourd'hui, car il n'avait pas fait l'objet d'un grand tirage. En outre, lorsque la manière dont l'auteur avait disparu fut ébruitée, bien des possesseurs de l'ouvrage, pris de panique, le brûlèrent.

Von Junzt avait passé toute sa vie (1795-1840) à explorer des sujets interdits. Il avait voyagé dans toutes les parties du monde, obtenu l'affiliation à d'innombrables sociétés secrètes, lu des quantités d'ouvrages et de manuscrits ésotériques peu connus, en diverses langues. Aussi trouve-t-on dans les chapitres de son Livre Noir, tantôt remarquables pour leur étonnante clarté d'exposition et tantôt obscurcies par les ambiguïtés, des affirmations et des allusions bien propres à glacer le sang de l'homme qui s'y appesantit. Le fait de lire ce que Von Junzt a *osé* laisser imprimer fait naître des spéculations inquiètes quant à ce qu'il n'a *pas osé* dire. Quelles pouvaient bien être, par exemple, les sombres questions débattues dans les pages couvertes d'une écriture serrée du manuscrit inédit sur lequel travaillait Von Junzt depuis des mois et qui gisait déchiré, éparpillé sur le plancher de la pièce fermée à clé et verrouillée où on devait le retrouver mort, des traces de griffes sur la gorge ? On ne le saura jamais, car l'ami le plus intime de l'auteur, le Français Alexis Ladeau, après avoir passé toute une nuit à reconstituer ces fragments, puis à les lire, les réduisit en cendres et se trancha la gorge avec un rasoir.

Le contenu de ce qui a été publié fait pourtant déjà frissonner, même si on accepte l'opinion commune selon laquelle il ne s'agit que de l'expression du délire d'un fou. C'est là, parmi bien des choses étranges, que je vis mentionnée la Pierre noire, ce curieux et sinistre monolithe qui se dresse dans les montagnes de Hongrie et autour duquel tant de légendes sont nées. Von Junzt ne lui a pas accordé une très grande place — pour l'essentiel, ses austères recherches concernent surtout les cultes ou les objets auxquels était vouée une sombre adoration, dont il soutient qu'ils subsistaient à son époque —, mais il semble croire que la Pierre noire aurait été le symbole de quelque ordre, ou de quelque créature, disparu et oublié depuis des siècles. Il en parle pourtant comme l'une des *clés* — terme qu'il utilise souvent avec des implications diverses et qui constitue, d'ailleurs, l'une des obscurités de son ouvrage. En outre, il fait brièvement allusion à de curieux spectacles auxquels on aurait pu assister, près de ce monolithe, dans la nuit de la Saint-Jean. Il mentionne la théorie émise par Otto Dostmann, selon laquelle ce monolithe aurait été un vestige de l'invasion des Huns, érigé pour commémorer une victoire d'Attila sur les Goths. Von Junzt contredit cette assertion, sans citer le moindre fait à l'appui de sa réfutation, et se contente simplement de remarques qu'attribuer l'origine de la Pierre noire aux Huns est aussi logique que de supposer que Guillaume le Conquérant a fait lever Stonehenge.

Cette hypothèse d'une très grande ancienneté piqua énormément ma curiosité et c'est avec quelque difficulté que je parvins à mettre la main sur un exemplaire rongé par les rats, tombant en poussière, des *Vestiges des Empires perdus,* de Dostmann (Berlin, 1809, Verlag der Drachenhaus). Je fus déçu de découvrir que Dostmann faisait allusion de manière encore plus brève que Von Junzt à la Pierre noire et qu'il lui suffisait de quelques lignes pour en parler comme d'un objet fabriqué, d'origine assez récente si on le comparait aux ruines gréco-romaines de l'Asie Mineure, son sujet d'études favori. Il admettait son incapacité à comprendre les caractères à demi effacés, gravés sur le monolithe, mais il les déclarait indubitablement mongoloïdes. Cependant, quoique la lecture de Dostmann m'ait peu renseigné, j'y trouvai la mention du nom du village le plus proche de la Pierre noire — Stregoicavar —, nom inquiétant, car il signifiait approximativement La Ville-Aux-Sorcières.

Un examen attentif des guides de voyages ne me fournit pas d'autres informations — Stregoicavar, bien que je n'aie pu le découvrir sur aucune carte, était situé dans une région écartée, peu fréquentée, loin des routes suivies habituellement par les touristes. Je trouvai cependant matière à réflexion en parcourant le *Folklore Magyar,* de Dornly. Dans un chapitre consacré aux

Mythes de Rêves, il mentionne l'existence de la Pierre noire et rapporte quelques-unes des curieuses superstitions qui la concernent — surtout la croyance selon laquelle une personne s'endormant à proximité du monolithe serait ensuite hantée à jamais par de monstrueux cauchemars. Il cite aussi des récits de paysans au sujet de gens trop curieux qui auraient voulu aller contempler la Pierre, la nuit de la Saint-Jean, et qui seraient morts, fous furieux, parce qu'ils y auraient vu *quelque chose*.

Ce fut tout ce que je pus tirer de Dornly, mais mon intérêt en fut d'autant plus éveillé et je sentis que la Pierre devait être enveloppée d'une aura nettement sinistre. La suggestion d'une antiquité extrême, l'allusion répétée à des événements surnaturels qui se seraient produits au court de la nuit de la Saint-Jean, tout cela réveilla en moi quelque instinct endormi. Ainsi devinet-on, sans vraiment l'entendre, la rivière souterraine qui court dans la nuit.

Soudain, je sentis qu'il existait une relation entre cette Pierre et un certain poème étrange et fantastique qu'avait composé un poète dément, Justin Geoffrey: *Le Peuple du Monolithe*. Des recherches m'apprirent que Geoffrey avait bien écrit ce poème au cours d'un voyage qu'il avait fait en Hongrie et je ne doutai plus que la Pierre noire n'eût été le monolithe auquel il avait fait allusion dans ses étranges vers. En relisant ses stances, je sentis une fois de plus ces troubles vagues et singuliers que provoquait en moi l'aiguillon du subconscient et que j'avais déjà remarqués quand j'avais commencé à me documenter sur la Pierre.

Comme je cherchais un endroit pour aller passer quelques jours de vacances, je pris une décision. J'allais partir pour Stregoicavar. Un train vétuste me transporta à Temesvar, pas trop loin de mon but, et après trois jours de cahots dans une diligence, j'atteignis ce petit village, situé dans une vallée fertile, très haut, au cœur de montagnes couvertes de sapins. Le voyage lui-même fut sans histoire, mais au cours de la première journée, nous passâmes devant l'ancien champ de bataille de Schomvaal, où un courageux chevalier des troupes polonaises et hongroises, le comte Boris Vladinoff, avait opposé une résistance aussi brave qu'inutile aux hordes victorieuses de Soliman le Magnifique, en 1526, quand le Grand Turc avait balayé toute l'Europe orientale.

Le cocher m'indiqua, sur une colline proche, un grand amoncellement de pierres sous lequel, disait-il, reposaient les os du courageux comte. Je me souvins d'un passage des *Guerres turques,* de Larson : « Après l'escarmouche » (au cours de laquelle le comte, avec sa petite armée, avait fait reculer l'avant-garde turque), « le comte se tenait sous les murs à demi délabrés du vieux château de la colline, donnant des ordres quant à la disposition de ses forces, quand un aide lui apporta une petite boîte laquée qui avait été prise sur le corps d'un historien et chroniqueur turc de renom, Selim Bahadur, tombé au cours du combat. Le comte y prit un rouleau de parchemin et se mit à lire, mais avant d'être allé bien loin dans sa lecture, il devint tout pâle et, sans dire mot, replaça le parchemin dans sa boîte, puis glissa cette boîte sous son manteau. Au même instant, une batterie turque dissimulée ouvrit soudain le feu et comme les boulets frappaient le vieux château, les Hongrois furent horrifiés d'en voir les murs s'écrouler et ensevelir le courageux comte. Sans chef, la valeureuse petite armée fut taillée en pièces et comme au cours des années qui suivirent, la guerre fit rage dans tout le pays, personne ne vint jamais rechercher les restes du gentilhomme. Aujourd'hui encore, les gens du pays montrent près de Schomvaal un énorme tas de ruines qui tombent en poussière et sous lequel, affirment-ils, repose tout ce que les siècles ont pu laisser du comte Boris Vladinoff. »

Stregoicavar m'apparut comme un petit village assoupi, somnolent qui faisait mentir, selon toute l'apparence, son sinistre nom — un petit pays oublié que le progrès avait ignoré. Les maisons anciennes, les manières et les costumes plus surannés encore, tout était d'un autre siècle. Les gens étaient aimables, un peu curieux, mais non point indiscrets, bien que les visiteurs venus du monde extérieur eussent été extrêmement rares.

— Il y a dix ans, un autre Américain est venu ici et a passé plusieurs jours dans notre village, me dit le patron de l'auberge où j'étais descendu. C'était un jeune homme à l'allure un peu bizarre — il se parlait tout seul —, un poète, je pense.

Je compris qu'il faisait sans doute allusion à Justin Geoffrey.

— Oui, c'était un poète, répondis-je, et il a composé un poème sur un paysage qu'il avait remarqué non loin de ce village.

— Vraiment ?

L'intérêt de l'aubergiste s'était éveillé.

— Eh bien, comme tous les grands poètes ont de bizarres façons de parler et de se comporter, il est certainement devenu très célèbre, car son comportement et son langage étaient plus étranges que ceux de n'importe quel homme que j'aie jamais rencontré.

— Comme il arrive très souvent avec les artistes, répliquai-je, il a surtout été reconnu après sa mort.

— Il est donc mort ?

— Il est mort en poussant des hurlements, dans un asile, il y a cinq ans.

— C'est bien malheureux, bien malheureux, soupira mon hôte avec sympathie. Pauvre garçon... Il avait regardé trop longtemps la Pierre noire.

Le cœur me manqua, mais je dissimulai la vivacité de mon intérêt et dis, sans avoir l'air d'y toucher :

— J'ai entendu parler de cette Pierre noire ; elle se trouve quelque part près de ce village, n'est-ce pas ?

— Plus près que des chrétiens ne le souhaiteraient, me répondit-il. Regardez !

Il m'entraîna jusqu'à une fenêtre à losanges et m'indiqua les pentes couvertes de sapins des sombres montagnes bleues.

— C'est là que se dresse cette maudite Pierre derrière le point où vous apercevez la paroi nue d'un éperon. Plût au Ciel qu'elle fût réduite en poussière et cette poussière jetée dans le Danube pour qu'elle soit emportée jusqu'à la mer la plus profonde ! Jadis, des hommes ont tenté de la détruire, mais tous ceux qui ont porté un marteau ou une masse contre elle ont mal fini. C'est pourquoi les gens l'évitent maintenant.

— Qu'a-t-elle donc de si malfaisant ? m'enquis-je, curieux.

— C'est une chose hantée par le démon, répondit-il, mal à l'aise, en réprimant un frisson. Dans mon enfance, j'ai connu un jeune homme qui venait d'en bas et qui se moquait de nos traditions – téméraire comme il l'était, il alla jusqu'à la Pierre par une nuit de la Saint-Jean, mais quand il revint à l'aube, en titubant, il était frappé de mutisme et de folie. Quelque chose avait dû lui ébranler le cerveau et lui sceller les lèvres, car jusqu'au jour de sa mort, qui ne tarda guère, il n'ouvrit plus la bouche que pour proférer de terribles blasphèmes ou produire des sons inarticulés.

« Quand il était tout petit, mon propre neveu s'est perdu dans les montagnes et s'est endormi dans les bois, près de la Pierre. Or, maintenant qu'il est adulte, il est torturé par des rêves si affreux qu'il lui arrive de pousser des cris atroces, la nuit, et de se réveiller trempé de sueur.

« Mais parlons d'autre chose, *Herr ;* il n'est pas bon de trop s'appesantir sur ces questions-là. »

Je fis quelques remarques sur l'ancienneté évidente de l'auberge et il me répondit avec orgueil :

– Les fondations ont plus de quatre cents ans ; la première maison a été la seule de tout le village à n'avoir pas brûlé de fond en comble quand les démons de Soliman sont passés par ces montagnes. On prétend que c'est ici, dans la maison qui s'élevait sur ces fondations à l'époque, que l'écrivain Selim Bahadur s'était installé, tandis qu'il faisait ravager le pays alentour.

J'appris alors que les habitants actuels de Stregoicavar n'étaient pas les descendants des gens qui y avaient vécu avant l'expédition turque de 1526. Victorieux, les Mahométans n'avaient laissé derrière eux aucun être vivant dans ce village, comme dans le voisinage. Hommes, femmes et enfants, ils avaient tout supprimé en un rouge holocauste de meurtres, laissant le pays silencieux et totalement désert sur des kilomètres. Les gens qui vivaient aujourd'hui à Stregoicavar étaient les descendants de hardis colons qui avaient quitté d'autres vallées pour gagner les hauteurs et reconstruire ce village en ruine, une fois les Turcs repoussés.

L'aubergiste ne paraissait pas conserver de grand ressentiment à propos de l'extermination des habitants primitifs et j'appris que ses ancêtres des vallées inférieures avaient éprouvé plus de haine et d'aversion pour les montagnards que pour les Turcs. Il était assez vague quant aux causes de cette inimitié, mais disait que les premiers habitants de Stregoicavar avaient pour habitude de lancer des expéditions secrètes vers les basses terres, afin d'y enlever des jeunes filles et des enfants. En outre, il prétendait qu'ils n'étaient pas du même sang que les gens de sa race. La solide souche originale magyare et slave se serait trouvée mêlée, par suite d'alliances fréquentes, à une lignée primitive et dégradée, jusqu'à ce que l'une et l'autre soient confondues en un amalgame fort déplaisant. Il ignorait tout à fait quels étaient ces indigènes, mais soutenait qu'il s'agissait de « païens » qui avaient vécu dans ces montagnes depuis des temps immémoriaux, bien avant la venue des peuples conquérants.

J'attachai peu d'importance à ce récit ; je n'y vis tout simplement qu'un parallèle à l'amalgame des tribus celtes et des hommes primitifs venus de la Méditerranée, amalgame qui s'était produit dans les collines de Galloway et qui avait eu pour résultat l'apparition d'une race mêlée, les Pictes, dont la place est si importante dans les légendes d'Ecosse. Le temps a eu un curieux effet de changement de perspective sur le folklore, car les contes des Pictes se sont mêlés aux légendes d'une race mongoloïde plus ancienne et, au bout d'un certain temps, on a vu attribuer aux Pictes l'apparence peu engageante des primitifs aux jambes courtes, dont l'individualité s'effaçait, avant d'être oubliée, au fur et à mesure qu'on les racontait dans les récits des Pictes. De cette façon, pensais-je, on aurait sans doute pu faire remonter les attributs prétendus inhumains des premiers villageois de Stregoicavar à des mythes plus anciens, tombés en désuétude, dont les héros étaient des envahisseurs huns et mongols.

Le matin qui suivit mon arrivée, je demandai à mon hôte de m'indiquer le chemin, ce qu'il fit d'un air soucieux, et je partis voir la Pierre noire. Deux heures de marche sur les pentes couvertes de sapins m'amenèrent devant le rude escarpement de pierre vive qui saillait au flanc de la montagne. Un étroit sentier y grimpait en serpentant, et tout en le suivant, je contemplai la paisible vallée de Stregoicavar qui paraissait somnoler, gardée de chaque côté par de grandes montagnes bleues. On n'apercevait ni constructions, ni la moindre trace d'implantation humaine entre l'escarpement sur lequel je me trouvais et le village. Je vis un grand nombre de fermes éparpillées dans la vallée, mais toutes avaient été bâties au-delà de Stregoicavar. Quant au village lui-même, il paraissait se reculer autant qu'il le pouvait des sombres pentes qui masquaient la Pierre noire.

L'escarpement s'achevait au sommet par une sorte de plateau, couvert d'un bois épais. Je me frayai un chemin, sur une courte distance, à travers une végétation dense et débouchai sur une large clairière. Au centre de cette clairière se dressait la silhouette élancée, redoutable, d'une pierre noire.

La forme en était octogonale et elle mesurait quelque cinq mètres cinquante de haut sur cinquante centimètres de large. Il était clair qu'elle avait été parfaitement polie jadis, mais elle était à présent sérieusement ébréchée, comme si on avait fait de sauvages efforts pour l'abattre. Les coups n'avaient pourtant réussi qu'à faire sauter de tout petits éclats et rendre illisibles des lettres qui avaient autrefois suivi une ligne en spirale qui l'enveloppait. Jusqu'à trois mètres de haut, ces lettres étaient presque toutes détruites, si bien qu'il était très difficile d'en définir la direction. Comme elles étaient plus nettes à partir de ce point, je me débrouillai pour grimper un peu afin de les examiner de plus près. Toutes étaient plus ou moins effacées, mais je puis affirmer qu'elles ne symbolisaient aucun langage dont on se souvienne aujourd'hui à la surface de la terre. Tous les types de hiéroglyphes connus des chercheurs et des philologues me sont assez familiers et je peux avancer avec certitude que ces caractères n'avaient rien de comparable avec ceux que j'avais pu lire ou dont j'avais entendu parler. Ce que j'avais vu qui en approchait le plus, c'étaient quelques graffiti sur un rocher gigantesque, aux proportions d'une étrange symétrie, qui se dressait dans une vallée du Yucatan. Je me souviens que lorsque j'avais signalé ces marques à mon compagnon, un archéologue, il avait soutenu qu'elles étaient, soit le fait des intempéries, soit l'œuvre d'un Indien désœuvré. Quand j'avais dit que ce rocher avait dû être la base d'une colonne depuis longtemps disparue, il s'était contenté de rire, attirant mon attention sur les dimensions qui suggéraient, si l'on s'en tenait à n'importe quelle règle de symétrie architecturale, la construction d'une colonne de trois cents mètres. Cela ne m'avait pourtant pas convaincu.

Je ne dirais pas que les caractères de la Pierre noire étaient semblables à ceux du rocher colossal du Yucatan ; mais ceux-ci évoquaient ceux-là. Quant à la matière du monolithe, elle me déroutait aussi. La roche qui le constituait était d'un noir sourdement brillant, et aux endroits où elle n'était ni entamée ni rugueuse, la surface donnait une curieuse illusion de semi-transparence.

Je passai là la plus grande partie de la matinée, mais quand je repartis, j'étais perplexe. J'étais incapable de trouver le moindre lien entre la Pierre et tout autre objet façonné laissé à travers le monde. C'était comme si le monolithe avait été dressé par des mains étrangères, en un âge lointain, hors de toute compétence humaine.

Lorsque je regagnai le village, mon intérêt ne s'était nullement affaibli. Depuis que j'avais vu ce curieux monument, j'étais animé par un désir encore beaucoup plus vif de poursuivre plus avant mes recherches et de tenter d'apprendre par quelles mains et dans quel but étrange la Pierre noire avait été érigée à une époque très reculée.

J'allai trouver le neveu du tavernier et l'interrogeai au sujet de ses rêves, mais bien que plein de bonne volonté, ses réponses restèrent vagues. Il en parlait volontiers, mais il était incapable de les décrire avec précision. Il avait souvent fait les mêmes rêves et ceux-ci avaient une netteté hideuse sur le moment mais ils n'avaient laissé aucune impression marquante dans son esprit, une fois réveillé. Il ne lui en restait que le souvenir de cauchemars chaotiques où d'immenses feux tourbillonnaient, lançaient leurs langues de flammes rougeoyantes et où un noir tambour ne cessait de battre. Il ne se remémorait clairement qu'une seule chose : au cours de l'un de ces rêves, il avait vu la Pierre noire, non pas dressée au flanc d'une montagne, mais comme une flèche surmontant un château noir d'une dimension extraordinaire.

Quant au reste des villageois, je les trouvai peu enclins à parler de la Pierre, à l'exception de l'instituteur, un homme d'une culture surprenante, qui passait plus de temps à explorer le monde que n'importe lequel d'entre ses concitoyens.

Il fut très intéressé par ce que je lui racontai des remarques de Von Junzt au sujet de la Pierre et donna chaudement raison à l'auteur allemand à propos de l'âge supposé du monolithe. Il croyait qu'il y avait eu autrefois une colonie de sorciers dans les environs et qu'il était possible que tous les premiers habitants eussent participé au culte de la fertilité qui avait menacé, un temps, les fondements de la civilisation européenne, donnant naissance aux histoires de sorcellerie. Il invoqua le nom même du village pour appuyer ce qu'il avançait. Ce dernier n'avait pas été baptisé Stregoicavar à l'origine, me déclara-t-il ; selon les légendes, les fondateurs l'avaient appelé Xuthltan, qui était le nom autochtone du site sur lequel les premières constructions avaient été érigées bien des siècles auparavant.

Ce renseignement éveilla une fois de plus en moi un indescriptible sentiment de malaise. Ce nom barbare ne suggérait pas le moindre lien avec les races scythes, slaves ou mongoles dont le peuple de ces montagnes aurait dû descendre normalement.

Que les Magyars et les Slaves des vallées inférieures aient considéré les habitants primitifs du village comme les adeptes d'un culte de sorcellerie était confirmé, souligna l'instituteur, par le nom qu'ils lui avaient donné, nom demeuré en usage même après que les premiers hommes qui s'y étaient fixés eurent été massacrés par les Turcs et le village reconstruit par des gens d'une race plus pure et plus saine.

A son avis, les membres du culte n'avaient pas pu ériger ce monolithe, mais il était bien persuadé qu'ils le prenaient pour centre de leurs activités et il citait à l'appui de vagues légendes qui remontaient à une époque antérieure à l'invasion turque. Il avançait une théorie selon laquelle ces villageois dégénérés l'auraient utilisé comme une sorte d'autel sur lequel ils auraient offert des sacrifices humains, les victimes étant des jeunes filles et des bébés volés à ses propres ancêtres des basses vallées.

Il faisait la part de l'exagération dans les récits mythiques d'événements bizarres survenus pendant les nuits de la Saint-Jean, de même que dans une curieuse légende concernant une étrange déité que le peuple sorcier de Xuthltan aurait invoquée en psalmodiant et en usant de rituels sauvages, impliquant flagellations et mises à mort.

Il n'était jamais allé jusqu'à la Pierre la nuit de la Saint-Jean, disait-il, mais il n'aurait pas craint de le faire ; ce qui avait pu se produire en ce lieu dans le passé s'était depuis longtemps perdu dans les brumes du temps et de l'oubli. La Pierre noire avait perdu le sens qu'elle avait eu et n'était plus qu'un trait d'union avec un passé mort et dénué d'intérêt.

Ce fut au retour, un soir, d'une visite que j'avais faite à ce maître d'école, une semaine environ après mon arrivée à Stregoicavar, que je me rappelai soudain que c'était la nuit de la Saint-Jean ! La nuit même à laquelle les légendes associaient tant de sous-entendus sinistres autour de la Pierre noire. Je m'éloignai de la taverne et traversai à grands pas le village. Le silence régnait dans Stregoicavar ; les villageois se retiraient de bonne heure. Je ne rencontrai personne tandis que je sortais rapidement du village et montais entre les sapins qui masquaient les flancs de la montagne, laissant filtrer une étrange lumière et soulignant de noir toutes les ombres. Nul vent ne soufflait dans les sapins, mais un bruissement et un murmure mystérieux, intangibles, étaient perceptibles au loin. Assurément, par de telles nuits, en des siècles passés, me soufflait mon imagination fantasque, des sorcières nues chevauchant leurs balais magiques avaient dû survoler cette vallée, poursuivies par les moqueries de démons familiers.

Je parvins aux escarpements et fus un peu surpris de remarquer que la clarté trompeuse de la lune leur donnait une apparence subtile que je n'avais pas notée auparavant — dans cette curieuse lumière, ils paraissaient moins éperons naturels que ruines de remparts cyclopéens et titanesques, jaillis de la pente de la montagne.

Je m'arrachai avec difficulté à cette hallucination et, ayant atteint le plateau, j'hésitais un instant avant de m'engouffrer dans l'obscurité inquiétante des bois. Bien qu'il n'y eût pas le moindre souffle, une sorte de tension régnait au-dessus des ombres, comme si un monstre invisible avait retenu sa respiration, de crainte d'effaroucher sa proie et de la mettre en fuite.

Je repoussai cette sensation — bien naturelle à considérer l'étrangeté de ce lieu et sa réputation défavorable — et me frayai un chemin à travers bois. J'eus pour la première fois l'impression très déplaisante d'être suivi puis, m'étant arrêté un instant, je fus certain qu'une chose visqueuse et vacillante m'avait frôlé le visage dans l'obscurité.

En sortant, je découvris la clairière où le grand monolithe se dressait de toute sa hauteur, redoutable, parmi les herbes. A l'orée du bois, du côté de l'escarpement, une pierre formait une sorte de siège naturel. Je m'y assis, en me disant que c'était sans doute à cet endroit que le poète dément, Justin Geoffrey, avait composé son extraordinaire *Peuple du Monolithe*. L'aubergiste pensait que la vue de la Pierre avait fait naître un déséquilibre chez Geoffrey, mais les germes de la folie avaient commencé à se développer dans le cerveau du poète bien longtemps avant qu'il ne soit venu à Stregoicavar.

Un coup d'œil jeté sur ma montre me révéla que minuit approchait. Je me collai sur mon siège en attendant que les spectres, quelle que soit leur nature, se manifestent devant moi. Une légère brise nocturne se leva entre les branches des sapins, accompagnée du murmure inquiétant de fifres lointains et invisibles, jouant en sourdine un air fantastique et funeste. La monotonie des sons, la fixité avec laquelle je contemplais le monolithe provoquèrent chez moi une sorte d'hypnose ; je m'assoupis. Je luttai contre cette somnolence, mais le sommeil me gagna pourtant ; le monolithe parut se balancer, danser, se déformer étrangement sous mon regard, puis je m'endormis.

Je rouvris les yeux et tentai de me relever, mais y renonçai aussitôt, car une poigne glaciale paraissait s'être posée sur moi et m'avoir réduit à l'impuissance. Une grande frayeur s'empara de moi. La clairière n'était plus déserte. Une foule silencieuse, étrange, s'y pressait et mes yeux écarquillés relevaient certains détails bizarres, barbares, de leurs costumes, que ma raison me disait être archaïques et depuis longtemps oubliés, même dans ce pays arriéré. Il s'agissait probablement, pensai-je, de villageois qui étaient venus là pour tenir une assemblée extraordinaire, mais un second coup d'œil me révéla que ces gens n'étaient pas des habitants de Stregoicavar. Ils appartenaient à une race dont la taille était plus ramassée et plus trapue, au front plus bas, au visage plus large, à l'expression plus fermée. Certains avaient des traits slaves ou magyars, mais ces traits étaient dégradés, comme s'ils avaient subi l'influence d'un métissage avec un sang étranger, plus grossier, que je ne reconnaissais pas. Un grand nombre portait des peaux de bêtes sauvages et l'apparence générale, tant chez les hommes que chez les femmes, avait un côté bestial et sensuel. Ils me terrifiaient et me répugnaient, mais ils ne me prêtaient aucune attention. Ils formèrent bientôt un vaste demi-cercle devant le monolithe et attaquèrent une sorte de mélopée, puis ils jetèrent tous les bras en l'air et agitèrent leurs torses de façon rythmée. Tous les regards étaient tournés vers le sommet de la Pierre, qu'ils paraissaient invoquer. Ce qu'il y avait de plus curieux, pourtant, c'était la faiblesse de leurs voix ; il était clair qu' à moins de cinquante mètres de moi, des centaines d'hommes et de femmes entonnaient une mélopée sauvage, et pourtant leurs voix me parvenaient comme un léger et indistinct murmure, comme si elles avaient traversé d'immenses étendues à travers l'Espace — ou *le Temps*.

Devant le monolithe, une sorte de brasier brûlait et il s'en élevait les tourbillons d'une abominable et nauséabonde fumée jaune qui allait curieusement s'enrouler en une spirale ondoyante autour de la flèche noire, comme un reptile énorme et incertain.

Deux silhouettes étaient allongées à côté du brasier — une jeune fille toute nue, pieds et poings liés, et un bébé qui n'avait apparemment que quelques mois. De l'autre côté du feu, une sorcière vieille et hideuse était accroupie, un tambour noir de forme bizarre posé sur les genoux. Elle battait ce tambour de lents et légers coups de ses paumes ouvertes, mais je n'en pouvais percevoir le son.

Le rythme des corps qui se balançaient s'accéléra et dans l'espace qui séparait la foule du monolithe, une jeune femme nue s'élança, les yeux brillants, sa longue chevelure noire flottant au vent. Tournoyant jusqu'au vertige sur la pointe des pieds, elle pirouetta à travers l'espace libre, puis alla se jeter par terre devant la Pierre, où elle demeura prostrée. L'instant d'après, une silhouette fantastique suivit la sienne. Une peau de chèvre autour des reins, c'était un homme, dont le visage était entièrement caché par une énorme tête de loup qui lui servait de masque et lui donnait l'apparence d'un être monstrueux, sorti d'un cauchemar, d'un horrible rejeton mi-homme mi-bête. Il tenait un faisceau de longues et minces branches de sapin, liées ensemble à la base, et la lumière de la lune se reflétait sur une chaîne d'or lourd passée autour de son cou. Une chaîne plus mince, reliée à la première, semblait appeler la présence d'un pendentif, mais ce dernier manquait.

Les participants secouèrent leurs bras avec violence et leurs cris parurent redoubler au moment où cette créature grotesque se jeta dans l'espace découvert faisant des bonds et des cabrioles tout à fait extraordinaires. Lorsqu'il parvint près de la femme étendue devant le monolithe, il se mit à la cingler à l'aide des verges qu'il portait, tandis qu'elle se relevait d'un bond et se lançait en virevoltant dans la suite sauvage et complexe des figures de la danse la plus inimaginable que j'aie jamais vue. Quant à son tortionnaire, il dansa avec elle, maintenant le même rythme sauvage, suivant chacune de ses pirouettes et chacun de ses sauts, tout en faisant pleuvoir sans relâche des coups cruels sur son corps nu. A chaque coup, en outre, il criait un mot unique, qu'il répétait encore et encore, et que toute l'assistance reprenait à son tour. Je voyais le mouvement de leurs lèvres, le léger et lointain murmure de chacune de leurs voix se fondait, fusionnait en un cri, lancé à distance, puis se répétait maintes et maintes fois en une extase sans mesure. Mais ce qu'était ce mot unique, je ne pouvais le distinguer.

Les sauvages danseurs, vertigineux, pirouettaient, et les spectateurs, balançant le buste, suivaient, toujours sur place, bras entrelacés le rythme de la danse. La démence croissait dans les yeux de l'adoratrice aux entrechats et trouvait un reflet dans les yeux de ceux qui l'observaient. La frénésie tourbillonnante de cette folle danse devint plus farouche et plus extravagante — elle prit un caractère bestial, obscène, et la vieille sorcière se mit à hurler, à battre son tambour comme un être à l'esprit dérangé et les verges sifflèrent un air démoniaque.

Le sang coulait le long des membres de la danseuse, mais elle ne paraissait ressentir la flagellation que comme une incitation à se surpasser plus encore dans son outrageux déplacement ; bondissant au centre de la fumée jaune, qui lançait à présent de fins tentacules pour enserrer les deux silhouettes, elle parut se fondre dans ce brouillard fétide, puis s'en voiler. Soudain, émergeant à la vue de tous avec, sur les talons, la créature-bête qui la cinglait, elle se lança dans une indescriptible, une explosive poussée de mouvement dynamique et fou puis, parvenue sur la crête de cette vague furieuse, elle s'abattit brutalement sur le pré, tremblante et essoufflée, comme si, après tant d'efforts frénétiques, son épuisement avait été complet. Les coups de fouet continuèrent à pleuvoir sans perdre de leur violence ou de leur intensité, et elle entreprit, par une reptation sur le ventre, de se rapprocher du monolithe. Le prêtre — c'est du moins le nom que je lui donnerais — la suivait toujours, frappant ce corps sans défense de toute la puissance de son bras, tandis qu'elle poursuivait en se contorsionnant, laissant sur la terre piétinée une large traînée de sang. Elle atteignit le monolithe, à bout de souffle, pantelante, l'encercla de ses bras, puis couvrit la froide pierre de baisers passionnés et brûlants en une adoration délirante et impie.

Le prêtre grotesque fit un bond énorme dans l'air, rejetant les verges éclaboussées de sang, et les fidèles, hurlant, écumant, se précipitèrent les uns sur les autres et s'attaquèrent avec les ongles et avec les dents, s'entre-déchirant chairs et vêtements en une passion aveugle de bestialité. Le prêtre se saisit de l'enfant d'un large mouvement du bras et, criant à nouveau le Nom, fit tournoyer au-dessus de sa tête le bébé vagissant avant de lui fracasser le crâne contre le monolithe et de laisser une tache horrible sur la sombre surface. Glacé d'horreur, je le vis éventrer le petit corps de ses doigts nus et barbares, puis asperger la flèche de sang, jeter la forme rouge et déchiquetée dans le brasier, et abattre ainsi flammes et fumée sous une pluie cramoisie, alors que, derrière, lui les brutes en folie hurlaient sans fin le Nom. Brusquement, tous tombèrent, prostrés, et se contorsionnèrent comme des serpents, tandis que le prêtre lançait en l'air, comme en triomphe, ses mains sanglantes, largement ouvertes. J'ouvris la bouche pour hurler mon horreur, ma répugnance, mais seul un faible gémissement en sortit. Une énorme, une monstrueuse créature qui ressemblait à un crapaud était accroupie au sommet du monolithe !

Je vis la silhouette boursouflée, répulsive, vacillante, qui se découpait contre la lune et, enfoncés dans ce qui chez tout être normal aurait été la face, entre des paupières clignotantes, des yeux immenses qui reflétaient la concupiscence, l'avidité abyssale, la cruauté obscène et la malfaisance monstrueuse les plus absolues qui aient jamais pu guetter les hommes, depuis que leurs ancêtres s'étaient déplacés, aveugles, la peau nue, dans les cimes des arbres. Toutes les choses impies, tous les vils secrets, qui dorment dans les cités sous-marines et fuient la lumière du jour dans l'obscurité des cavernes originelles, se reflétaient dans ces yeux monstrueux. C'est ainsi donc que la créature effroyable qu'un rituel païen de cruauté, de sadisme et de sang avait évoquée dans le silence des collines, clignait des paupières et fixait d'un regard narquois et méchant ses adorateurs bestiaux, prosternés devant elle en une répugnante humilité.

Le prêtre au masque animal prit alors dans ses mains brutales la jeune fille aux membres liés qui se débattait faiblement et l'éleva vers l'horreur, perchée sur le monolithe. Et comme la monstruosité, lascive, baveuse, prenait une profonde aspiration, quelque chose céda en moi et je succombai à une syncope miséricordieuse.

J'ouvris les yeux sur une aube encore blanche. Tous les événements de la nuit me revinrent brusquement en mémoire et je me dressai d'un bond en regardant autour de moi, stupéfait. Le monolithe se dressait, haut et silencieux, au-dessus de l'herbe de la prairie qui dansait, verte et infoulée, sous la brise du matin. En quelques enjambées rapides, je traversai la clairière ; ici les danseurs avaient sauté et bondi jusqu'à ce que le sol eût été dénudé par leur piétinement. Là, l'adoratrice s'était contorsionnée dans sa pénible progression vers la Pierre, arrosant la terre de son sang. Mais nulle goutte rouge n'apparaissait sur cette herbe vierge. J'examinai en frissonnant le côté du monolithe contre lequel le prêtre bestial avait défoncé le crâne du bébé volé — mais nulle marque sombre, nuls sinistres caillots de sang n'y étaient visibles.

Un rêve ! Cela n'avait été qu'un sauvage cauchemar — ou bien ? — je haussai les épaules. Quelle netteté extraordinaire pour un rêve !

Je regagnai le village en silence et pénétrai dans l'auberge sans avoir été vu. Et je demeurai là, à méditer sur les étranges événements de la nuit. J'étais de plus en plus enclin à repousser la théorie du rêve. Il était évident que ce que j'avais vu était une illusion et n'avait pas de substance matérielle. J'étais persuadé, pourtant, que j'avais contemplé l'ombre, le reflet d'une scène qui avait eu une atroce réalité en des temps fort lointains. Mais comment m'en assurer ? Quelle preuve pouvais-je découvrir pour montrer que la vision que j'avais eue avait été celle d'un rassemblement de spectres impurs, plutôt qu'un simple cauchemar, issu de mon propre cerveau ?

Comme pour me fournir une réponse, un nom me traversa l'esprit... Selim Bahadur ! Selon la légende, cet homme, soldat et chroniqueur, avait commandé un corps de l'armée de Soliman, celui qui avait dévasté Stregoicavar. Cela paraissait vraisemblable. Or, s'il en avait été ainsi, il avait dû aller tout droit de cette région anéantie au sanglant champ de bataille de Schomvaal, où il avait trouvé la mort. D'un bond, je me levai et poussai un cri — le manuscrit pris sur le corps d'un Turc, celui qui avait fait frémir le comte Boris, n'aurait-il pu contenir une relation de ce que les Turcs conquérants avaient trouvé à Stregoicavar ? Par quoi les nerfs d'acier de l'aventurier polonais auraient-ils pu être ébranlés, sinon par cela ? Et comme nul n'était jamais venu rechercher les ossements du comte, quoi de plus vraisemblable que la boîte laquée, avec son mystérieux contenu, soit encore sous les ruines qui recouvraient Boris Vladinoff ? Je bouclai mon sac de voyage avec une hâte fébrile.

Trois jours plus tard, je me retrouvai installé dans un petit village, à quelques kilomètres de l'ancien champ de bataille, et quand la lune se leva, je venais d'attaquer avec une ardeur sauvage le grand tas de pierres qui se désagrégeaient, au sommet de la colline. C'était un travail épuisant — en y repensant, aujourd'hui, je ne saurais dire comment je parvins à le mener à bien, encore que j'eusse peiné sans une pause depuis le moment où la lune s'était levée jusqu'à l'aube. Quand le soleil apparut, je défis le dernier monceau de pierres et pus contempler les restes mortels du comte Boris Vladinoff — quelques pitoyables fragments d'os qui s'effritaient — et puis, au milieu d'eux, broyée au point d'avoir tout à fait perdu sa forme originelle, une boîte que son couvercle laqué avait protégée à travers les siècles d'une complète décomposition.

Je m'en saisis avec une impatience frénétique, remis en place quelques-unes des pierres sur les ossements et m'éloignai à la hâte ; je ne tenais pas, en effet, à être découvert par des paysans soupçonneux alors que j'aurais pu sembler profaner une sépulture.

De retour dans ma chambre d'auberge, j'ouvris la boîte et découvris un parchemin presque intact ; il y avait en outre quelque chose d'autre dans la boîte — un petit objet plat, enveloppé dans de la soie. J'étais follement impatient de sonder les secrets de ces pages jaunies, mais la fatigue me l'interdit. Je n'avais presque pas dormi depuis que j'avais quitté Stregoicavar et les terribles efforts que j'avais fournis au cours de la nuit précédente étaient venus à bout de ma résistance. Je fus contraint, malgré moi, de m'allonger sur le lit et je ne m'éveillai pas avant le coucher du soleil.

J'avalai un souper rapide, puis, à la lumière tremblante d'une chandelle, je commençai à lire les caractères turcs bien dessinés qui couvraient le parchemin. Ce fut une entreprise difficile, car je ne suis pas très versé dans cette langue et le style archaïque du récit me déroutait. Mais tout en progressant laborieusement, un mot ici, une phrase là, une horreur croissante s'empara peu à peu de moi. J'appliquai farouchement toute mon énergie à cette tâche et, comme le récit s'éclairait pour moi et prenait forme, mon sang se glaça lentement dans mes veines, mes cheveux se hérissèrent et ma langue se colla au palais. Tout ce qui se trouvait à l'extérieur de la pièce prit part à la démence monstrueuse de ce manuscrit infernal et les bruits nocturnes des insectes, des habitants des bois, se changèrent en murmures affreux, en piétinements furtifs de goules horribles ; puis le souffle léger du vent de la nuit fit place aux rires étouffés, obscènes, d'une créature malfaisante, exultant devant les âmes des hommes.

Quand l'aube grise filtra enfin par la fenêtre grillagée, je reposai le manuscrit, pris l'objet et le dépouillai de sa petite enveloppe de soie. Tandis que je le fixai avec des yeux hagards, je compris que, eût-on douté de la véracité de ce terrible manuscrit, on aurait trouvé là une confirmation irréfutable de la réalité de toute cette affaire.

Je reposai alors les deux objets obscènes dans la boîte et je ne voulus ni prendre du repos, ni dormir, ni absorber la moindre chose avant que le coffret les contenant n'ait été lesté de pierres et jeté au plus fort du courant du Danube qui, avec l'aide de Dieu, les aura emportés en Enfer, d'où ils étaient sortis.

Ce n'était donc pas un rêve que j'avais fait, la nuit de la Saint-Jean, dans les collines de Stregoicavar. Il fallait se réjouir de ce que Justin Geoffrey ne se soit arrêté en ce point qu'en plein jour et qu'il ait poursuivi sa route, car s'il avait dû jeter les yeux sur l'abominable assemblée, son cerveau se serait détraqué bien plus tôt. J'ignore d'ailleurs comment ma propre raison ne m'abandonna pas.

Non — ce n'était pas un rêve. J'avais jeté les yeux sur un rite répugnant que des adorateurs, depuis longtemps disparus, étaient montés des enfers pour observer, comme jadis ; des fantômes qui s'étaient inclinés devant un fantôme. Car l'Enfer avait depuis longtemps réclamé leur dieu difforme. Longtemps, longtemps, vestige d'un autre âge propre à provoquer un transport au cerveau, il avait vécu dans ces collines, mais ces doigts obscènes ne cherchaient plus à enserrer les âmes des vivants et son royaume n'était qu'un royaume de mort, peuplé simplement par les fantômes de ceux qui l'avaient servi au cours de sa vie et de la leur.

Par quelle alchimie abominable, quelle sorcellerie

athée, les Portes de l'Enfer s'ouvrent-elles au cours de cette seule et mystérieuse nuit, je ne le sais, mais il est de fait que je l'ai vu de mes yeux. Or, je sais que ce ne sont pas des êtres humains que j'ai aperçus cette nuit-là, car le manuscrit rédigé avec soin par Selim Bahadur rapportait tout ce que lui et ses soldats avaient pu découvrir dans la vallée de Stregoicavar ; je poursuivis donc ma lecture, où étaient relevées en détail les obscénités blasphématoires que la torture avait arrachées dans les hurlements aux lèvres des adorateurs ; et je lus aussi ce qu'il était dit de la caverne noire, menaçante, qui s'ouvrait haut dans les collines, où les Turcs horrifiés, avaient cerné la monstrueuse créature, boursouflée, gémissante, qui ressemblait à un crapaud, et comment ils l'avaient mise à mort par le feu, puis par un ancien acier, béni autrefois par Mahomet, par des incantations, enfin, qui étaient déjà antiques du temps où l'Arabie était jeune. Et la main sûre du vieux Selim avait elle-même tremblé lorsqu'il avait noté les hurlements de mort cataclysmique, les hurlements qui ébranlèrent la terre et que poussa cette monstruosité qui n'était pas morte seule ; une dizaine de ces exécuteurs avaient en effet péri avec elle, en des circonstances dont Selim ne voulait ou ne pouvait parler.

Or, cette idole accroupie, en or massif, enveloppée dans de la soie, était une image de la créature et Selim l'avait arrachée à la chaîne d'or qui encerclait le cou du grand prêtre au masque, avant son exécution.

Il est heureux que des Turcs aient promené sur cette odieuse vallée la torche et le glaive purificateurs ! Des spectacles tels que ceux qu'ont pu contempler ces montagnes sombres appartiennent à l'obscurité et aux abîmes des éons oubliés. Non — ce n'est pas la crainte de revoir la créature-crapaud qui, la nuit, me fait frissonner. Elle est enchaînée en enfer avec sa horde nauséeuse et ne recouvre la liberté que pour une heure, au cours de la plus étrange des nuits de l'année, comme j'en ai été le témoin. Quant à ses adorateurs, il n'en demeure aucun.

C'est bien plutôt de me rendre compte que de tels êtres ont pu autrefois s'apprêter à bondir comme des bêtes fauves sur les âmes des hommes qui me couvre de sueurs froides. Et j'ai peur de plonger plus avant dans les feuillets de l'abomination laissée par Von Juntz car maintenant, je comprends son emploi répété du mot *clé!* Des clés pour les Portes menant à l'Extérieur — des chaînons reliant à un passé répugnant et, qui sait, à des sphères répugnantes du *présent?* Je comprends aussi pourquoi les escarpements ont l'air de remparts sous la lumière de la lune, pourquoi le neveu du tavernier, hanté par les cauchemars, a vu en rêve la Pierre noire, telle une flèche, posée sur un château noir dont les proportions étaient cyclopéennes. Si jamais les hommes entreprennent des fouilles dans ces montagnes, ils feront peut-être des découvertes incroyables sous ces pentes protectrices. En effet, la caverne où les Turcs avaient rejoint la *chose* n'était pas une véritable caverne, et je frémis en songeant au gouffre gigantesque d'éons qui sépare sans doute cet âge du temps où la terre, agitée de secousses, faisait lever comme une vague ces montagnes bleues qui, tout en se dressant, enfermaient dans leurs plis des choses inimaginables. Pourvu que nul homme ne cherche jamais à déraciner cette effroyable flèche que l'on nomme la Pierre noire!

Une Clé! Oui, c'est bien une Clé, symbole d'une horreur oubliée. Cette horreur s'est évanouie dans les limbes, d'où elle était sortie, en rampant, repoussante dans l'aube noire de la terre. Mais que penser des autres éventualités diaboliques auxquelles Von Junzt a pu faire allusion — que dire de la main monstrueuse qui, en l'étranglant, lui a arraché la vie? Depuis que j'ai lu ce qu'avait écrit Selim Bahadur, je ne puis plus rien mettre en doute de ce que j'avais trouvé dans le Livre noir. L'homme n'a pas toujours été le maître de la terre — *mais l'est-il, à présent?*

Or, une pensée me hante — si une entité aussi monstrueuse que le Maître du Monolithe est parvenue à survivre si longtemps après l'époque indiciblement lointaine qui était la sienne — *quelles formes abominables peuvent se tenir cachées, aujourd'hui encore, en des recoins obscurs du monde?*

LES CHIENS DE TINDALOS

PAR FRANK BELKNAP LONG

1

— Je suis heureux que vous soyez venu, dit Chalmers.

Il était assis près de la fenêtre et son visage était très pâle. Deux longues bougies pleuraient près de son coude et projetaient une lueur ambrée et souffreteuse sur son long nez et son menton un peu fuyant. Chalmers ne supportait pas qu'il y eût quoi que ce fût de moderne dans son appartement. Il avait l'âme d'un ascète médiéval et préférait les manuscrits enluminés aux automobiles, le rictus des gargouilles de pierre aux radios et aux machines à calculer.

En traversant la pièce pour gagner le divan qu'il avait débarrassé pour moi, je jetai un coup d'œil sur son bureau et m'étonnai de découvrir qu'il était en train d'étudier les formules mathématiques d'un célèbre physicien contemporain et qu'il avait couvert plusieurs feuillets d'un mince papier jaune de curieuses figures géométriques.

— Einstein et John Dee sont d'étranges auteurs de chevet, remarquai-je, comme mon regard allait des courbes aux soixante ou soixante-dix ouvrages curieux que comprenait son étrange petite bibliothèque. Plotin et Emmanuel Moscopulus, saint Thomas d'Aquin et Frenicle de Bessy se côtoyaient sur les sombres rayons d'ébène, tandis que les chaises, la table et le bureau étaient jonchés de libelles consacrés à la sorcellerie, à l'envoûtement et à la magie noire tels qu'ils étaient pratiqués au Moyen Age, ainsi qu'à toutes ces choses valeureuses et enchanteresses que le monde moderne a répudiées.

Chalmers me sourit de manière engageante et me tendit une cigarette russe sur un plateau curieusement gravé.

— C'est aujourd'hui seulement, me dit-il, que nous découvrons que les vieux alchimistes et les sorciers avaient vu juste deux fois sur trois, alors que nos biologistes et nos matérialistes se trompent neuf fois sur dix.

— Vous vous êtes toujours moqué de la science moderne, répliquai-je, sur un ton légèrement impatient.

— Du dogmatisme scientifique, simplement, répondit-il. J'ai toujours été un rebelle, un champion de l'originalité et des causes perdues ; c'est pourquoi j'ai choisi de répudier les conclusions des biologistes contemporains.

— Et Einstein ? demandai-je.

— Un prêtre des mathématiques transcendantales, murmura-t-il avec respect. Un mystique profond et un explorateur du grand *soupçonné.*

— Vous ne méprisez donc pas totalement la science.

— Bien sûr que non, affirma-t-il. Je me méfie simplement du positivisme scientifique des cinquante dernières années, le positivisme de Haeckel, de Darwin et de monsieur Bertrand Russell. Je crois que les biologistes ont lamentablement échoué dans leur tentative d'explication du mystère de l'origine et de la destinée humaines.

— Donnez-leur le temps, ripostai-je.

Les yeux de Chalmers brillèrent.

— Mon ami, fit-il à voix basse, votre jeu de mot est sublime. Donnez-leur *le temps.* C'est précisément ce que je voudrais faire. Mais le biologiste moderne se moque du temps. Il en a la clé, mais il refuse de s'en servir. Que savons-nous du temps, à vrai dire ? Einstein estime qu'il est relatif, qu'il peut être interprété en terme d'espace, d'espace courbe. Mais faut-il que nous en demeurions là ? Au moment où les mathématiques nous font défaut, ne pouvons-nous poursuivre en faisant appel à l'intuition ?

— Vous vous engagez sur un terrain dangereux, répliquai-je. C'est là un piège qu'un véritable chercheur s'efforce d'éviter. C'est d'ailleurs pourquoi la science moderne a progressé avec tant de lenteur. Elle n'accepte rien qui ne puisse être démontré. Mais vous...

— Je prendrai du haschisch, de l'opium, toutes sortes de drogues. Je me ferai l'émule des sages de l'Orient. Et alors, peut-être appréhenderai-je...

— Quoi ?

— La quatrième dimension.

— Sottises théosophiques !

— Peut-être. Mais je crois que les drogues amplifient la conscience humaine. William James le croyait aussi. Et j'en ai découvert une nouvelle.

— Une nouvelle drogue ?

— Des alchimistes chinois s'en sont servi il y a des siècles, mais elle est virtuellement inconnue en Occident. Ses propriétés occultes sont stupéfiantes. Grâce à elle et aux connaissances mathématiques que je possède, je crois qu'il m'est possible de *reculer dans le temps.*

— Je ne comprends pas.

— Le temps n'est que notre perception imparfaite d'une autre dimension de l'espace. Le temps et le mouvement sont l'un et l'autre des illusions. Tout ce qui a existé depuis le début du monde *existe à l'heure actuelle.* Les événements qui se sont produits il y a des siècles sur cette planète continuent à exister dans une autre dimension de l'espace. Des événements qui se produiront dans des siècles *existent déjà.* Nous ne pouvons percevoir leur existence parce que nous sommes incapables de pénétrer dans la dimension de l'espace qui les contient. Les êtres humains, tels que nous les connaissons, ne sont que de simples fractions, des fractions infiniment petites d'un tout énorme. Chaque être humain est lié à *toute* la vie qui l'a précédé sur cette planète. Tous les ancêtres font partie de lui. Seul, le temps le sépare de ses devanciers et le temps est une illusion, il n'existe pas.

— Je crois que je comprends, murmurai-je.

— Il suffira, pour mon dessein, que vous vous formiez une idée très générale de ce que je souhaite atteindre. Je désire arracher de mes yeux les voiles de l'illusion dont le temps les a couverts pour voir *le commencement et la fin*.

— Et vous croyez que cette nouvelle drogue va vous y aider ?

— J'en suis certain. Mais j'ai besoin que vous m'aidiez. J'ai l'intention de prendre cette drogue dès maintenant. Je ne peux plus attendre. Il *faut* que je voie.

Une lueur étrange s'était allumée dans ses yeux.

— Je vais reculer, reculer dans le temps.

Il se leva et se dirigea vers la cheminée. Quand il se retourna vers moi, il tenait dans le creux de la main une petite boîte carrée qu'il avait prise sur la tablette.

— J'ai là cinq pilules de la drogue liao. Le philosophe chinois Lao Tseu l'utilisait et c'est sous son influence qu'il aurait eu la vision du tao. Le tao est la forme la plus mystérieuse du monde ; il cerne et anime toutes choses ; il comprend l'univers visible et tout ce que nous appelons la réalité. Celui qui appréhende les mystères du tao voit clairement tout ce qui a été et tout ce qui sera.

— Allons donc !

— Le tao ressemble à un grand animal allongé, immobile, et son grand corps renferme tous les mondes de notre univers, le passé, le présent, et le futur. Nous ne voyons que des parties de ce grand monstre à travers une fente que nous appelons le temps. En m'aidant de cette drogue, je vais élargir la fente. Je contemplerai la grande figure de la vie, la grande bête étendue dans sa totalité.

— Et que voulez-vous que je fasse ?

— Que vous observiez, mon ami. Que vous observiez et que vous preniez des notes. Si je recule trop loin, il vous faudra me rappeler à la réalité. Vous pourrez me rappeler en me secouant avec violence. Si j'ai l'air de ressentir une douleur physique aiguë, il vous faudra me rappeler aussitôt.

— Chalmers, dis-je, je voudrais bien que vous ne tentiez pas cette expérience. Vous prenez des risques terribles. Je ne crois pas qu'il existe de quatrième dimension et je refuse tout net de croire en l'existence du tao. En outre, je ne suis pas d'accord sur le fait que vous expérimentiez des drogues inconnues.

— Je connais les propriétés de cette drogue. Je sais précisément comment elle affecte la bête humaine et je connais ses dangers. Le risque ne réside pas dans l'absorption de la drogue. La seule crainte que j'éprouve, c'est de m'égarer dans le temps. Vous comprenez, je vais aider la drogue. Quand j'avalerai cette pilule, j'accorderai toute mon attention aux symboles géométriques et algébriques que j'ai relevés sur ce papier.

Il souleva la feuille couverte de figures qu'il avait posée sur ses genoux.

– Je préparerai mon esprit à un voyage dans le temps. J'approcherai la quatrième dimension avec un esprit conscient avant de prendre la drogue, ce qui me permettra d'user de pouvoirs occultes de perception. Avant de pénétrer dans le monde de rêve du mystique de l'Orient, j'acquerrai toute l'assistance mathématique que peut m'offrir la science moderne. Cette connaissance mathématique, cette approche consciente d'une véritable appréhension de la quatrième dimension du temps complétera l'œuvre de la drogue. La drogue m'ouvrira de nouveaux horizons stupéfiants – la préparation mathématique me permettra de les comprendre intellectuellement. J'ai souvent eu conscience de l'existence d'une quatrième dimension, en rêve, et cela, de façon affective, intuitive, mais je n'ai jamais été capable de me souvenir, une fois éveillé, des splendeurs occultes qui m'avaient été brièvement révélées.

« Avec votre assistance, pourtant, je crois que je vais pouvoir les retrouver. Vous allez noter tout ce que je dirai quand je serai sous l'influence de la drogue. Quelle que soit l'étrangeté ou l'incohérence de mes paroles, vous n'omettrez rien. Quand je me réveillerai, je serai peut-être en mesure de fournir la clé de tout ce qui vous semblera mystérieux ou incroyable. Je ne suis pas certain de réussir, mais si j'y parviens – ses yeux avaient un éclat étrange –, *le temps n'existera plus pour moi!* »

Brusquement, il s'assit.

– Je vais commencer tout de suite cette expérience. Allez vous placer près de cette fenêtre, là-bas, s'il vous plaît, et observez-moi. Vous avez un stylo?

Je hochai la tête, l'air sombre, et tirai un Waterman vert pâle de la poche supérieure de ma veste.

– Et un bloc, Frank?

Je grognai et sortis un agenda.

— Je désapprouve au plus haut point cette expérience, murmurai-je. Vous prenez un risque effrayant.

— Ne soyez ni aussi craintif ni aussi stupide, m'admonesta-t-il. Rien de ce que vous pourrez me dire ne m'arrêtera désormais. Je vous prie de garder le silence tandis que j'étudie ces figures.

Il prit sa feuille et en examina les figures avec attention. Je regardai la pendule posée sur le dessus de la cheminée qui égrenait les secondes et une angoisse étrange m'étreignit le cœur au point que je suffoquai. Brusquement, la pendule se tut et c'est à cet instant précis que Chalmers avala la drogue.

Je me levai vivement et m'approchai de lui, mais ses yeux me supplièrent de ne pas intervenir.

— La pendule s'est arrêtée, murmura-t-il. Les forces qui la contrôlent approuvent cette expérience. *Le Temps* s'est arrêté et j'ai avalé la drogue. Je prie le Seigneur afin qu'il fasse que je ne m'égare pas.

Il ferma les yeux et se renversa sur le sofa. Tout le sang avait quitté son visage et sa respiration était devenue pénible. Il était clair que la drogue agissait avec une rapidité extraordinaire.

— Il commence à faire sombre, dit-il tout bas. Notez cela. Il commence à faire sombre et les objets de cette pièce sont en train de disparaître. Je les discerne encore un peu à travers mes paupières mais ils s'évanouissent rapidement.

Je secouai mon stylo pour y faire venir l'encre et écrivis rapidement en sténo, tandis qu'il poursuivait sa dictée.

— Je quitte la pièce. Les murs s'évanouissent et je ne vois plus aucun des objets. Votre visage, pourtant, est encore visible. J'espère que vous écrivez. Je crois que je vais faire un grand saut — un saut dans l'espace. Ou peut-être vais-je faire un saut dans le temps. Je ne sais. Tout est sombre, indistinct.

Il demeura assis, quelque temps, en silence, la tête sur la poitrine. Soudain il se raidit et ses paupières s'ouvrirent.

— Dieu du Ciel ! cria-t-il. Je *vois !*

Il s'était redressé et, penché en avant, fixait, tendu, le mur d'en face. Je savais pourtant qu'il regardait au-delà de ce mur et que les objets de la pièce n'existaient plus pour lui.

— Chalmers, m'écriai-je, Chalmers, dois-je vous réveiller ?

— Non ! hurla-t-il. Je *vois tout*. Les milliards de vies qui m'ont précédé sur cette planète se déroulent devant moi, en ce moment. Je vois des hommes de tous les âges, de toutes les races et de toutes couleurs. Ils se battent, tuent, bâtissent, dansent et chantent. Ils sont assis autour de feux rudimentaires dans les déserts perdus et gris et ont pris l'air à bord de monoplans. Ils voguent sur les mers dans des canots d'écorce et sur d'énormes bateaux à vapeur. Ils peignent des bisons et des mammouths sur les murs de sombres cavernes et couvrent d'immenses toiles d'étranges dessins futuristes. J'assiste aux migrations de l'Atlantide. J'assiste aux migrations de la Lémurie. Je vois des races anciennes — une étrange horde de nains noirs qui progresse irrésistiblement à travers l'Asie, puis les hommes de Néanderthal, tête baissée, genoux pliés, qui parcourent, obscènes, l'Europe. J'observe le déferlement des Achéens sur les îles grecques et les premiers balbutiements de la culture hellénique. Je suis à Athènes, et Périclès est jeune. Je me trouve sur le sol de l'Italie. J'assiste à l'enlèvement des Sabines. Je marche avec les légions impériales. L'angoisse et l'admiration me font trembler, tandis que défilent les énormes étendards et que le sol frémit sous les pas des *hastati* victorieux. Un millier d'esclaves nus se prosternent devant moi tandis que je passe dans une litière d'or et d'ivoire, traînée par des bœufs de Thèbes, noirs comme la nuit, que des jeunes filles couvertes de fleurs crient *« Ave Caesar »*, que je salue de signes de tête et que je souris. Je suis, à mon tour, esclave sur une galère maure. Je vois s'ériger une grande cathédrale. Pierre par pierre, elle s'élève, et pendant des mois, des années, je suis là et je regarde chaque pierre venir s'insérer à sa place. On me brûle sur une croix, la tête en bas, dans les jardins parfumés de thym de Néron. J'observe avec amusement et mépris les bourreaux à l'œuvre dans les chambres de l'Inquisition.

« Je marche dans le plus saint des sanctuaires ; je pénètre dans les temples de Vénus. Je m'agenouille en adorateur devant la Magna Mater, et je jette des pièces de monnaie sur les genoux nus des courtisanes sacrées qui sont assises, le visage voilé, dans les jardins de Babylone. Je me faufile dans un théâtre élisabéthain et j'applaudis *le Marchand de Venise* avec la canaille empestée qui m'entoure. J'avance avec Dante dans les rues étroites de Florence. Je rencontre la jeune Béatrice et l'ourlet de sa robe vient frôler mes sandales tandis que je la fixe, transporté. Je suis prêtre d'Isis et la magie que je pratique étonne les nations. Simon Magus s'agenouille devant moi, implorant mon aide, et le pharaon tremble quand je m'approche. En Inde, je m'entretiens avec les Maîtres et je les fuis en hurlant, car leurs révélations sont comme du sel versé sur des blessures à vif.

« Je perçois tout, *simultanément.* Je perçois tout, de tous côtés. Je suis une part de tous les billions qui foisonnent autour de moi. Je perçois la totalité de l'histoire humaine en un seul instant, son passé et son présent.

« Si je me penche simplement en avant, je vois encore plus loin, toujours plus loin. Je passe, à présent, par d'étranges courbes et d'étranges angles. Les angles et les courbes se multiplient autour de moi. Je perçois de grands segments du temps à travers des courbes. Il y a un temps incurvé et un temps angulaire. Les êtres qui existent en temps angulaire ne peuvent pénétrer dans le temps incurvé. C'est étrange à l'extrême.

« Je recule et je recule toujours. L'homme a disparu de la terre. Des reptiles gigantesques se tapissent sous d'énormes palmes et nagent dans les eaux noires et nauséabondes de lugubres lacs. Les reptiles ont disparu à présent. Nul animal ne demeure sur la terre, mais sous les eaux, je distingue très bien des formes qui se déplacent avec lenteur au milieu d'une végétation en décomposition.

« Les formes sont toujours plus simples. Maintenant, ce ne sont plus que des cellules isolées. Tout autour de moi, il y a des angles — des angles étranges qui n'ont pas de contrepartie sur la terre. J'ai effroyablement peur.

« Il y a un abîme d'existence que l'homme n'a jamais sondé. »

Je dévisageai Chalmers. Il s'était levé et agitait les bras d'un air désemparé.

— Je passe par les angles d'un autre monde ; j'approche — oh, l'horreur brûlante de tout cela !

— Chalmers ! m'écriai-je. Voulez-vous que j'intervienne ?

Il se cacha vivement le visage de la main droite, comme s'il avait voulu exclure une vision insoutenable.

— Pas encore, cria-t-il ; je veux voir ce qui... se trouve... au-delà...

Une sueur froide couvrit son front et des spasmes secouèrent ses épaules.

— Au-delà de la vie, il y a — son visage devint gris de terreur — des *choses* que je ne parviens pas à distinguer. Elles se déplacent lentement et passent par des angles impossibles.

C'est alors que je me rendis compte de l'odeur qui régnait dans la pièce. C'était une odeur âcre, indescriptible, si nauséabonde que j'avais du mal à la supporter. J'allais rapidement à la fenêtre et l'ouvris tout grand. Quand je revins auprès de Chalmers et plongeai mon regard dans ses yeux, je faillis m'évanouir.

— Je crois qu'ils sont sur la voie ! hurla-t-il. Ils se tournent lentement vers moi.

Il tremblait de manière horrible. Un instant, il griffa l'air de ses mains. Ses jambes plièrent ensuite sous lui et il tomba face contre terre, gémissant, l'écume à la bouche.

Je l'observai en silence, tandis qu'il se traînait sur le plancher. Ce n'était plus un homme. Ses dents étaient découvertes et la salive lui coulait des coins de la bouche.

— Chalmers, m'écriai-je, Chalmers, arrêtez ça ! Arrêtez ça, vous m'entendez ?

Comme pour répondre à mon appel, il émit, par saccades, des sons enroués qui évoquaient l'aboiement d'un chien, puis il entreprit une sorte de reptation hideuse, en rond, autour de la chambre. Je me baissai et le saisis aux épaules. Avec violence, avec désespoir, je le secouai. Il tourna la tête et planta ses dents dans mon poignet. J'étais malade d'horreur, mais je n'osai le relâcher, de crainte qu'il ne se détruisît, dans un paroxysme de rage.

— Chalmers, dis-je tout bas. Il faut arrêter ça. Il n'y a rien dans cette pièce qui puisse vous faire du mal. Vous comprenez ?

Je continuai à le secouer et à l'exhorter, et peu à peu la folie abandonna son visage. Frissonnant de façon convulsive, il se recroquevilla en une masse grotesque sur le tapis chinois.

Je le portai jusqu'au sofa et l'y déposai. Ses traits étaient contractés par la douleur et je savais qu'il luttait encore en silence pour s'arracher à d'abominables souvenirs.

— Du whisky, marmonna-t-il. Vous en trouverez un flacon dans le secrétaire près de la fenêtre — le tiroir de gauche, en haut.

Quand je lui tendis le flacon, ses doigts l'enserrèrent avec une telle force que les jointures en bleuirent.

— Ils ont bien failli m'avoir, dit-il d'une voix entrecoupée.

Il avala le cordial à grandes gorgées et son visage reprit peu à peu des couleurs.

— Cette drogue était infernale ! murmurai-je.

— Ce n'était pas la drogue, gémit-il.

Il n'y avait plus de lueur insensée dans ses yeux, mais il avait encore l'air d'un damné.

— Ils ont senti ma voie dans le temps, se lamenta-t-il. Je suis allé trop loin.

— A quoi ressemblaient ces *ils ?* dis-je pour ne pas le contrarier.

Il se pencha en avant et me saisit le bras. Il tremblait atrocement.

— Il n'y a pas de mots dans notre langue pour les décrire ! Il parlait d'une voix basse et enrouée. On les retrouve un peu dans les symboles du mythe de la chute de l'homme, et sous une forme obscène que l'on voit parfois gravée sur d'antiques tablettes. Les Grecs leur avaient donné un nom qui masque leur noirceur foncière. L'arbre, le serpent et la pomme — ce sont de vagues symboles d'un mystère tout à fait terrifiant.

Sa voix s'était élevée jusqu'à n'être plus qu'un cri.

— Frank, Frank, un *acte* terrible, un acte indicible a été commis tout au commencement. Avant le temps, *l'acte,* et depuis l'acte...

Il s'était dressé et, comme un hystérique, faisait les cent pas dans la pièce.

— Les actes des morts passent par des angles dans les recoins obscurs du temps. Ils sont affamés et assoiffés !

— Chalmers, objectai-je, pour le calmer. Nous vivons en plein xxe siècle.

— Ils sont efflanqués et assoiffés ! hurla-t-il. *Les Chiens de Tindalos !*

— Chalmers, dois-je appeler un médecin ?

— Un médecin ne peut plus m'aider, à présent. Il y a des horreurs de l'âme, et pourtant — il se cacha le visage entre les mains et gémit — ils sont réels, Frank. Je les ai vus un effroyable instant. Un instant, je me suis trouvé *de l'autre côté.* Je me suis trouvé sur les pâles et gris rivages, au-delà du temps et de l'espace. Sous une épouvantable lumière, dans un silence qui hurlait, je *les* ai vus.

« Toute la malfaisance de l'univers était rassemblée dans leurs corps efflanqués et affamés. Mais avaient-ils vraiment des corps ? Je n'ai fait que les entrevoir ; je ne puis en être certain. *Mais je les ai entendus souffler.* C'est indescriptible, mais un instant, j'ai senti leur souffle sur mon visage. Ils se sont tournés vers moi, et j'ai fui en hurlant. En un bref instant, j'ai fui en hurlant à travers le temps. J'ai fui des quintillions d'années.

« Ils ont senti ma voie, pourtant. Les hommes éveillent en eux des appétits cosmiques. Nous avons échappé, pour un moment, à l'impureté qui nous entoure. Ils ont soif de ce qui en nous est propre, de ce qui est propre, qui a émergé sans tache de l'acte. Il y a une part en nous qui n'a pas participé à l'acte et c'est elle qu'ils haïssent. N'allez pas imaginer, cependant, qu'ils soient littéralement, prosaïquement malfaisants. Ils sont au-delà du bien et du mal, tels que nous en connaissons. Ils sont ce qui, tout au commencement, a été séparé de la pureté. Par l'acte, ils sont devenus des corps de la mort, des réceptacles de tout ce qui est impur. Mais ils ne sont pas malfaisants dans le sens que nous donnons à ce mot, car à l'intérieur des sphères à travers lesquelles ils se déplacent, il n'y a ni pensée, ni morale, ni raison, ni tort, à la manière dont nous le comprenons. Il y a simplement ce qui est pur et ce qui est impur. Ce qui est impur s'exprime par des angles ; ce qui est pur, par des courbes. L'homme, ou ce qui est pur en lui, est descendu d'une courbe. Ne riez pas. J'entends cela littéralement. »

Je me levai et cherchai mon chapeau.

— Je regrette infiniment pour vous, Chalmers, dis-je, tout en me dirigeant vers la porte. Mais je n'ai pas l'intention de rester ici pour entendre de telles sottises. Je vais vous envoyer mon docteur. C'est un vieux bonhomme plein de gentillesse et il ne se vexera pas si vous lui dites d'aller au diable. J'espère pourtant que vous suivrez son conseil. Une semaine de repos dans un bon établissement spécialisé vous ferait un bien infini.

Je l'entendis qui riait comme je descendais l'escalier, mais son rire était si amer qu'il me fit monter les larmes aux yeux.

2

Quand Chalmers me téléphona le lendemain matin, mon premier mouvement fut de raccrocher aussitôt. Sa requête était si extraordinaire, sa voix chargée d'une hystérie si aiguë, que je craignis que toute association ultérieure avec lui n'ait pour résultat l'altération de ma propre santé. Je ne pouvais douter, cependant, de la sincérité de sa détresse et, quand il fondit en larmes et que je l'entendis sangloter à l'autre bout du fil, je résolus d'accéder à sa requête.

— Très bien, dis-je. Je vais venir immédiatement et j'apporterai ce plâtre.

En cours de route, je m'arrêtai chez un quincaillier et achetai dix kilos de plâtre. Quand je pénétrai dans l'appartement de mon ami, il était accroupi près de la fenêtre et surveillait le mur d'en face avec un regard que la frayeur rendait fiévreux. Quand il me vit, il se leva et saisit le paquet de plâtre avec une avidité qui me surprit et m'horrifia tout à la fois. Il avait fait enlever tous les meubles et la pièce présentait un aspect désolé.

— Il est à peine concevable que nous réussissions à leur barrer le chemin ! s'exclama-t-il. Mais il nous faudra travailler rapidement. Frank, il y a une échelle dans le couloir. Apportez-la ici tout de suite. Après, vous irez nous chercher un seau d'eau.

— Pour quoi faire ? murmurai-je.

Il se retourna brusquement, le visage empourpré.

— Pour mélanger le plâtre, pauvre idiot, cria-t-il. Pour mélanger le plâtre qui sauvera nos corps et nos âmes d'une contamination indicible. Pour mélanger le plâtre qui sauvera le monde de... Frank, *il faut faire en sorte qu'ils restent au-dehors!*

— Qui? murmurai-je.

— Les Chiens de Tindalos, marmonna-t-il. Ils ne peuvent parvenir jusqu'à nous que par les angles. Nous devons éliminer tous les angles de cette pièce. J'enduirai tous les coins, toutes les lézardes. Il faut que nous parvenions à faire ressembler cette pièce à l'intérieur d'une sphère.

Je sentis qu'il était inutile de discuter avec lui. J'allai chercher l'échelle. Chalmers mélangea le plâtre, puis, pendant trois heures, nous travaillâmes. Nous remplîmes les quatre coins du mur, les intersections du plancher et des murs, des murs et du plafond, et nous arrondîmes enfin les angles aigus de la tablette de la fenêtre.

— Je demeurerai dans cette pièce jusqu'à ce qu'ils s'en soient retournés à travers le temps, affirma-t-il quand notre tâche fut accomplie. Lorsqu'ils découvriront que la voie les mène à travers des courbes, ils s'en retourneront. Ils s'en retourneront, voraces, hargneux et mécontents, vers l'impureté qui existait tout au commencement, avant le temps, au-delà de l'espace.

Il appuya ses paroles d'un signe de tête et alluma une cigarette.

— Je suis bien content que vous soyez venu m'aider, dit-il.

— Vous ne voulez pas voir un médecin, après, Chalmers? lui dis-je sur un ton de prière.

— Peut-être — demain, murmura-t-il. Mais pour le moment, il me faut observer et attendre.

— Attendre quoi? le pressai-je.

Chalmers sourit d'un air triste.

— Je sais que vous me croyez fou, me dit-il. Vous avez un esprit perspicace mais prosaïque et vous ne pouvez concevoir une entité dont l'existence ne dépend ni de l'énergie ni de la matière. Vous est-il pourtant jamais venu à l'idée, mon ami, que l'énergie et la matière étaient simplement des barrières à la perception, imposées par le temps et l'espace? Quand on sait, comme moi, que le temps et l'espace sont identiques et qu'ils sont tous deux trompeurs, puisqu'ils ne sont simplement que des manifestations imparfaites d'une réalité supérieure, on ne cherche plus dans le monde visible d'explication au mystère et à la terreur de l'être.

Je me levai et me dirigeai vers la porte.

— Pardonnez-moi, s'écria-t-il. Je ne voulais pas vous offenser. Vous possédez une intelligence supérieure, mais j'en ai moi-même une *surhumaine.* Il est tout naturel que je me rende compte des limites de votre compréhension.

— Téléphonez-moi, si vous avez besoin de moi, lui dis-je, puis je descendis l'escalier, deux marches à la fois. Je vais tout de suite demander à mon docteur de passer chez lui, me dis-je, tout bas. Il est atteint de folie furieuse, son état est désespéré et Dieu seul sait ce qui se passera si quelqu'un ne le prend pas dès maintenant en charge.

3

On trouvera résumés ci-après deux articles parus dans la *Gazette de Partridgeville* du 3 juillet 1928:

Un tremblement de terre secoue le quartier de la finance

A 2 heures, ce matin, une secousse sismique d'une violence inhabituelle a brisé plusieurs vitrines de la Grand-Place et a complètement désorganisé les installations de trolleybus et de tramways. La secousse a été ressentie jusque dans les quartiers périphériques et le clocher de la Première Eglise Baptiste d'Angell Hill (dont Christopher Wren avait dessiné les plans en 1717) s'est entièrement effondré. Les pompiers s'efforcent, à l'heure actuelle, de circonscrire le sinistre qui menace de détruire la fabrique de colle de Partridgeville. Le maire s'est engagé à faire ouvrir une enquête ; on s'efforce dès maintenant d'établir les responsabilités dans cette catastrophe.

Un écrivain occulte assassiné
par un visiteur inconnu
Horrible crime à la Grand-Place

Le Mystère entoure la mort d'Halpin Chalmers

A 9 heures du matin, aujourd'hui, le corps d'Halpin Chalmers, écrivain et journaliste, a été découvert dans une pièce vide au-dessus de la bijouterie Smithwich & Isaacs, au 24 de la Grand-Place. L'enquête du coroner a établi que la pièce avait été louée meublée à M. Chalmers, le premier mai, et que ce dernier avait lui-même fait enlever les meubles, il y a une quinzaine de jours. Chalmers avait écrit plusieurs ouvrages obscurs sur des sujets occultes ; il était membre de la Guilde Bibliographique. Il demeurait auparavant à New York, dans le quartier de Brooklyn.

A 7 heures du matin, M.L.E. Hancock, qui occupe un appartement sur le même palier que la chambre de Chalmers, dans la maison Smithwich & Isaacs, a senti une odeur particulière au moment où il ouvrait la porte pour laisser entrer son chat et prendre son numéro de la *Gazette de Partridgeville*. Il affirme que cette odeur était extrêmement âcre et tout à fait nauséabonde ; il prétend qu'elle était si forte à proximité de la chambre de Chalmers qu'il lui a fallu se boucher le nez pour approcher de cette partie du couloir.

Il était sur le point de rentrer chez lui quand l'idée lui vint que Chalmers avait pu oublier par mégarde de fermer le gaz, dans sa kitchenette. Très inquiet, à cette pensée, il décida de vérifier, et quand des coups répétés sur la porte de Chalmers n'eurent reçu aucune réponse, il alla le signaler au gardien. Ce dernier ouvrit la porte à l'aide d'un passe-partout, et les deux hommes pénétrèrent rapidement dans la pièce de Chalmers. La chambre était totalement vide de mobilier et Hancock affirme que lorsqu'il jeta tout d'abord un coup d'œil sur le plancher, le cœur lui manqua, tandis que le gardien, sans dire mot, allait jusqu'à la fenêtre ouverte et fixait la maison d'en face pendant cinq bonnes minutes.

Chalmers était allongé sur le dos, au centre de la pièce. Il était complètement nu, la poitrine et les bras couverts d'un pus bleuâtre. Sa tête reposait, grotesque, sur sa poitrine. Elle avait été totalement séparée du corps et les traits en étaient tordus, les chairs lacérées et horriblement mutilées. Il n'y avait nulle part la moindre trace de sang.

La chambre avait un aspect des plus surprenants. Les intersections des murs, du plafond et du plancher étaient couvertes d'une épaisse couche de plâtre, mais en certains points, des fragments s'étaient détachés et étaient tombés ; quelqu'un les avait regroupés sur le plancher autour de l'homme assassiné, de manière à former un triangle parfait.

Plusieurs feuilles de papier jaune, noircies par les flammes, se trouvaient près du corps. On y voyait des figures et des symboles géométriques fantastiques, outre plusieurs phrases notées à la hâte. Ces phrases étaient presque illisibles et leur contexture était si absurde qu'elle ne fournissait aucun indice au sujet de l'auteur du crime. « J'attends et je surveille », avait écrit Chalmers. « Je me suis assis près de la fenêtre et je surveille les murs et le plafond. Je ne crois pas qu'ils puissent m'atteindre, mais je dois me méfier des Doels. Peut-être peuvent-ils, *eux,* les aider à passer. Les satyres leur viendront en aide, et ils pourront passer par les cercles écarlates. Les Grecs connaissaient un moyen d'empêcher cela. Il est bien dommage que nous ayons tant oublié. »

Sur un autre feuillet, le plus noirci des sept ou huit fragments de papier retrouvés par le brigadier détective Douglas (de la réserve de Partridgeville), il avait griffonné les phrases suivantes :

« Grand Dieu, le plâtre tombe ! Un choc terrible a ébranlé le plâtre et voilà qu'il tombe. Un tremblement de terre, peut-être ! Je n'aurais jamais pu prévoir cela. Tout s'assombrit dans la pièce. Il faut que je téléphone à Frank. Mais arrivera-t-il ici à temps ? Je vais essayer. Je vais réciter la formule d'Einstein. Je vais... Mon Dieu, ils sont en train de passer ! Ils passent ! La fumée sort à flots des angles des murs. Leurs langues... aaaah... »

Selon l'opinion du brigadier détective Douglas, Chalmers a été empoisonné par un produit chimique inconnu. Il a envoyé des prélèvements de l'étrange boue bleue retrouvée sur le corps de Chalmers aux Laboratoires chimiques de Partridgeville ; il espère que le résultat de l'analyse jettera une lumière nouvelle sur l'un des crimes les plus mystérieux de ces dernières années. Il est établi que Chalmers a reçu quelqu'un dans la soirée qui précédait le tremblement de terre, car son voisin a distinctement perçu une conversation tenue à voix basse dans sa chambre au moment où il passait devant la porte pour se diriger vers l'escalier. Les soupçons se portent avant tout sur ce visiteur inconnu et la police s'efforce assidûment de découvrir son identité.

4

Rapport de James Morton, chimiste et bactériologiste

Cher Monsieur Douglas,

Le fluide qui m'a été adressé à des fins d'analyse est le plus singulier qu'il m'ait été donné d'examiner. Il ressemble à du protoplasme vivant, bien qu'il soit dépourvu de certaines substances particulières connues sous le nom d'enzymes. Les enzymes catalysent les réactions chimiques qui se produisent dans les cellules vivantes, et quand une cellule meurt, elles interviennent pour la désintégrer par hydrolyse. Sans les enzymes, le protoplasme posséderait une vitalité persistante, c'est-à-dire, l'immortalité. Les enzymes sont, pour ainsi dire, des composantes négatives de l'organisme unicellulaire, base de toute vie. Qu'il soit possible pour la matière vivante d'exister sans les enzymes est nié avec la dernière énergie par les biologistes. Cependant, la substance que vous m'avez adressée est vivante et ces corps « indispensables » lui font défaut. Mon Dieu, Monsieur, vous rendez-nous compte des étonnantes perspectives nouvelles que cela va ouvrir?

5

Extrait de *l'Observateur secret,* du regretté Halpin Chalmers :

Et si, parallèle à la vie que nous connaissons, il existait une autre vie qui ne meure pas, à laquelle il manque les éléments qui détruisent *notre vie ?* Peut-être existe-t-il, dans une autre dimension, une force *différente* de celle qui engendre notre vie. Peut-être cette force dégage-t-elle de l'énergie, ou quelque chose de comparable à l'énergie, qui puisse passer de la dimension inconnue où, *elle,* elle se trouve pour créer une nouvelle forme de vie cellulaire dans notre dimension. Nul ne sait si une nouvelle vie cellulaire de cette sorte existe dans notre dimension. Et pourtant, moi, j'ai vu ses manifestations. Je me suis *entretenu* avec ces dernières. Dans ma chambre, la nuit, je me suis entretenu avec les Doels. Et au cours de mes rêves, j'ai vu leur créateur. Je me suis tenu sur le rivage incertain, au-delà du temps et de la matière, et je *l*'ai vu. Il passe par d'étranges courbes et d'impossibles angles. Un jour, je partirai en voyage à travers le temps et je *le* rencontrerai face à face.

LES MANGEUSES D'ESPACE

PAR FRANK BELKNAP LONG

1

L'horreur arriva à Partridgeville par un jour où tout était noyé dans le brouillard.

Tout au long de l'après-midi, des amas de vapeurs venus de la mer avaient tournoyé et tourbillonné autour de la ferme et la pièce dans laquelle nous nous tenions était tout imprégnée d'humidité. La brume, passant sous la porte, montait en spirales et ses longs doigts mouillés avaient tant caressé mes cheveux qu'ils en étaient trempés. Les fenêtres aux vitres carrées étaient couvertes d'une buée aussi dense qu'une forte rosée ; l'air était lourd, chargé d'eau, incroyablement froid.

Je fixai mon ami d'un œil sombre. Il avait tourné le dos à la fenêtre et écrivait avec une sorte de rage. C'était un homme mince et de haute taille, au dos légèrement voûté, à la carrure exceptionnelle. De profil, son visage laissait une forte impression. Il avait le front large, le nez long, le menton un peu protubérant — un visage plein de force, de sensibilité, qui trahissait une nature extrêmement imaginative, tempérée par une intelligence critique tout à fait extraordinaire.

Mon ami écrivait des nouvelles. Il en écrivait pour son propre plaisir, sans tenir compte du goût de ses contemporains, et ses histoires étaient insolites. Elles auraient enchanté Poe ; elles auraient enchanté Hawthorne, Ambrose Bierce ou Villiers de l'Isle-Adam. Elles avaient pour sujets des êtres anormaux, des bêtes anormales, des plantes anormales aussi. Il y parlait des royaumes lointains de l'imaginaire et de l'horreur ; les couleurs, les sons et les odeurs qu'il osait y évoquer n'avaient jamais été vus, entendus ou sentis de ce côté-ci de la lune. Il projetait ses créatures dans des décors propres à vous glacer l'âme. Elles arpentaient de hautes forêts solitaires, des montagnes déchiquetées, se glissaient le long d'escaliers dans de vieilles bâtisses, ou entre les piles des quais noirs et pourrissants.

L'un de ses contes, *la Maison du Ver,* avait poussé un jeune étudiant d'une université du Middle West à chercher refuge dans un énorme bâtiment de brique rouge ; là, tout le monde avait accepté de le laisser s'asseoir sur le sol et crier de toute la force de ses poumons : « Voyez, ma bien-aimée est plus belle que tous les lis entre les lis du jardin des lis. » Un autre, *les Profanateurs,* lui avait valu de recevoir exactement cent dix lettres de protestation de la part de lecteurs locaux, lorsqu'il l'avait fait paraître dans la *Gazette de Partridgeville.*

Comme je l'examinai, il s'arrêta soudain d'écrire et secoua la tête.

— Je n'y arrive pas, dit-il. Il faudrait que j'invente un nouveau langage. Et pourtant je comprends cette chose-là affectivement, intuitivement, si vous voulez. Si seulement je parvenais à la rendre d'une manière ou d'une autre par une phrase... cette étrange reptation de l'esprit dénué de chair !

— S'agit-il d'une nouvelle horreur ? lui demandai-je.

Il hocha la tête.

— Elle n'a rien de nouveau pour moi. Je la connais et la ressens depuis des années — une horreur absolument au-delà de tout ce que votre cerveau peut imaginer.

— Merci, fis-je.

— Tous les cerveaux humains sont prosaïques, reprit-il, en développant sa pensée. Je n'avais pas l'intention de vous vexer. Ce sont les terreurs indistinctes, tapies derrière ou au-dessus d'eux qui sont mystérieuses et angoissantes. Nos faibles cerveaux... que peuvent-ils savoir de l'existence d'entités vampiriques qui peuvent se dissimuler en des dimensions plus élevées que les nôtres, ou même au-delà des étoiles? Je pense qu'il arrive parfois à ces dernières de venir se loger dans nos têtes et que nos cerveaux sentent leur présence et, lorsqu'elles déroulent leurs tentacules pour nous sonder et nous explorer, nous sombrons dans la folie furieuse.

Son regard s'était posé sur moi et ne me quittait plus.

— Mais vous ne pouvez honnêtement pas croire à de telles absurdités! m'exclamai-je.

— Non, bien entendu! Il secoua la tête et se mit à rire. Vous savez bigrement bien que je suis trop foncièrement sceptique pour croire en quoi que ce soit. Je me suis contenté de définir quelles étaient les réactions d'un poète à l'égard de l'univers. Quand un homme entend écrire des histoires de fantômes et sent naître une sensation d'horreur, il doit croire en tout — et en *n'importe quoi.* Par *n'importe quoi,* je veux dire en l'horreur qui transcende *tout,* qui est plus terrible et plus impossible que *tout.* Il faut qu'il croie en l'existence de choses venues de l'espace qui peuvent descendre et se fixer sur nous avec une malveillance capable de nous détruire totalement — de détruire nos corps aussi bien que nos esprits.

— Mais cette chose venue de l'espace... comment votre homme peut-il la décrire s'il n'en connaît pas la forme... pas plus que la taille ou la couleur?

— Il est virtuellement impossible de la décrire. C'est ce que j'ai tenté de faire... et c'est en quoi j'ai échoué. Peut-être, un jour... pourtant, je doute que l'on puisse jamais y parvenir. Mais l'écrivain peut laisser entendre, suggérer...

— Suggérer quoi? demandai-je, un peu intrigué.

— Suggérer une horreur qui soit tout à fait d'un autre monde ; qui se fasse sentir en des termes qui n'aient pas d'équivalents sur la Terre.

J'étais toujours aussi intrigué. Il eut un sourire las et reprit en détail l'exposé de sa théorie.

— Il y a quelque chose de prosaïque jusque dans les meilleures histoires de mystère et d'horreur, celles qui sont devenues des classiques. La vieille Mr. Radcliffe, avec ses tombeaux cachés et ses fantômes ensanglantés ; Maturin, avec ses héros-traîtres allégoriques qui rappellent Faust, et les flammes rouges que vomit la bouche de l'enfer ; Edgar Poe, avec ses cadavres couverts de sang figé, ses chats noirs, ses cœurs révélateurs et ses Valdemar qui se désintègrent ; Hawthorne, avec son amusante préoccupation de problèmes et d'horreurs, nés du simple péché humain (comme si les péchés humains pouvaient avoir la moindre signification pour une intelligence froide et malfaisante, venue d'au-delà des étoiles). Puis nous avons aussi les maîtres modernes — Algernon Blackwood, qui nous invite à une fête des grands dieux et nous montre une vieille femme, affligée d'un bec-de-lièvre, assise devant un oui-ja et battant des cartes usées, ou un absurde nuage d'ectoplasme, émanant de quelque nigaud de somnambule ; Bram Stocker, ses vampires et ses loups-garous, simples mythes conventionnels, vestiges du folklore médiéval ; Wells et ses revenants pseudo-scientifiques, ses hommes-poissons du fond des mers, ses dames de la lune, sans compter les mille et un idiots qui ne cessent d'écrire des histoires de fantôme pour la presse — quelle a été la contribution de tous ces gens-là à la littérature de l'impie ?

« Ne sommes-nous pas faits de chair et de sang ? Il est tout naturel que nous soyons révoltés et horrifiés quand on nous montre de la chair et du sang en état de corruption et de décomposition, des vers qui se promènent dessus et dessous. Il est tout naturel qu'une histoire tournant autour d'un cadavre nous fasse frissonner, qu'elle nous emplisse de crainte, d'horreur et de dégoût. N'importe quel imbécile est capable d'éveiller ces émotions en nous — Poe n'a pas accompli grand-chose avec ses Lady Usher et ses Valdemar liquescents. Il a fait appel à des émotions simples, naturelles, compréhensibles, et il était inévitable que ses lecteurs aient réagi.

« Ne sommes-nous pas les descendants des barbares ? N'avons-nous pas vécu jadis en de hautes et sinistres forêts, à la merci des bêtes sauvages qui déchiquettent et qui déchirent ? Il est inévitable que nous tremblions de peur et que nous cherchions à nous blottir quand nous rencontrons dans les livres les ombres noires du passé. Les Harpies, les vampires et les loups-garous, que sont-ils, sinon les représentations idéalisées, les distorsions des grands oiseaux, des grandes chauves-souris, des chiens féroces qui ont harassé et torturé nos ancêtres ? Il est facile d'éveiller la peur par de tels moyens. Il est facile d'effrayer les hommes en leur parlant de flammes sortant de la bouche de l'enfer, car les flammes sont chaudes, elles racornissent et brûlent la chair — et qui ne comprend et ne redoute ce qu'est un feu ? Des coups qui tuent, des feux qui brûlent, des ombres qui horrifient parce que leurs substances se tapissent, malfaisantes, dans les corridors sombres des souvenirs dont nous avons hérité. Je suis las des écrivains qui nous terrifient en usant de thèmes aussi déplaisants, aussi rebattus et d'un pathétique aussi évident. »

Une indignation non feinte avait enflammé son regard.

— Supposez qu'il existe une horreur plus grande encore ? Supposez que des choses mauvaises, venues d'un autre univers, décident d'envahir le nôtre ? Supposez que nous ne puissions les voir ? Supposez que nous ne puissions les sentir ? Supposez qu'elles aient une couleur inconnue sur la Terre, ou plutôt, une *apparence* qui soit incolore ?

« Supposez qu'elles aient une forme inconnue sur la Terre ? Supposez qu'elles appartiennent à la quatrième, à la cinquième, à la sixième dimension ? Supposez qu'elles appartiennent à la centième dimension ? Supposez qu'elles n'aient pas de dimension du tout et que, pourtant, elles existent ? Que pourrions-nous faire ?

« N'existeraient-elles pas pour nous ? Elles auraient pour nous une existence si elles savaient provoquer en nous la souffrance. Supposez qu'il ne s'agisse pas d'une souffrance provoquée par la chaleur, par le froid, qu'il ne s'agisse d'aucune des souffrances que nous connaissons, mais d'une souffrance nouvelle, terrible ? Supposez qu'elles se fassent sentir d'une autre manière, étrange, indicible ? Que pourrions nous faire ? Nous aurions les mains liées. On ne peut s'opposer à ce que l'on ne voit, ni ne sent. On ne peut s'opposer à ce qui relève de la millième dimension. *Supposez qu'elles mangent leur route à travers l'espace pour parvenir jusqu'à nous ?* »

Il s'exprimait maintenant avec une intensité d'émotion qui démentait le scepticisme qu'il avait affiché un moment plus tôt.

— C'est là-dessus que j'ai tenté d'écrire. Je voulais faire sentir et voir à mes lecteurs cette chose d'un autre univers, d'au-delà de l'espace. Il m'aurait été facile d'y faire allusion, de la suggérer — n'importe quel imbécile peut y parvenir — mais je voulais la décrire réellement. Décrire une couleur qui n'est pas une couleur! Une forme qui n'a pas de forme!

« Un mathématicien réussirait peut-être à faire un peu mieux que la suggérer. Il y aurait d'étranges courbes et d'étranges angles qu'un mathématicien inspiré, plongé dans une folle frénésie de calculs, pourrait réussir à entrevoir vaguement. Il est absurde de prétendre que les mathématiciens n'ont pas découvert la quatrième dimension. Ils l'ont souvent entrevue, souvent approchée, souvent appréhendée, mais ils sont incapables de démontrer son existence. Je connais un mathématicien qui affirme avoir vu une fois la sixième dimension, alors qu'il avait follement pris son essor dans les cieux sublimes du calcul différentiel.

« Malheureusement, je ne suis pas un mathématicien. Je ne suis qu'un pauvre imbécile d'artiste créateur et la chose venue de l'espace m'échappe absolument. »

Des coups redoublés ébranlèrent soudain la porte. Je traversai la pièce et tirai le loquet.

— Que désirez-vous? demandai-je. De quoi s'agit-il?

— Je m'excuse de vous déranger, Frank, dit une voix familière, mais il faut que je parle à quelqu'un.

Je reconnus le visage tiré et blanc de mon plus proche voisin et je m'effaçai aussitôt.

— Entrez, lui dis-je. Entrez donc. Howard et moi étions en train de parler de fantômes et les choses que nous avons évoquées ne sont pas d'une compagnie très agréable. Vous pourrez peut-être les chasser.

Je qualifiai de fantômes les horreurs d'Howard, car je ne voulais pas inquiéter mon voisin, un homme qui avait les pieds bien sur terre. Henry Wells était énorme et extrêmement grand. Quand il traversa la pièce à grandes enjambées, ce fut comme s'il avait apporté une partie de la nuit avec lui.

Il se laissa tomber sur un sofa et tourna vers nous des yeux emplis de frayeur. Howard reposa l'histoire qu'il était en train de lire, enleva ses lunettes pour les essuyer et prit un air désapprobateur. Il tolérait plus ou moins mes visiteurs rustiques. Nous attendîmes peut-être une minute, puis nous ouvrîmes tous les trois la bouche pour dire presque simultanément :

— Quelle nuit affreuse !

— Sale temps, n'est-ce pas ?

— Abominable.

Henry Wells fronça les sourcils.

— Ce soir, dit-il, il... il m'est arrivé un drôle d'accident. Je menais Hortense par le bois Mulligan...

— Hortense ? coupa Howard.

— Son cheval, expliquai-je, d'un ton impatient. Vous reveniez de Brewster, n'est-ce pas, Harry ?

— De Brewster, c'est ça, répondit-il. J'avais pris entre les arbres, guettant bien les voitures avec leurs phares trop éblouissants qui pouvaient arriver sur moi, et j'écoutais les cornes de brume de la baie qui sifflaient et gémissaient quand quelque chose d'humide m'est tombé sur la tête. La pluie, me suis-je dis. J'espère que les provisions se tiendront au sec.

« Je me suis retourné pour m'assurer que le beurre et la farine étaient bien couverts, et quelque chose de mou comme une éponge s'est soulevé du fond de la voiture et est venu me frapper au visage. Je l'ai attrapé et je l'ai pris entre mes doigts.

« Dans mes mains, cela me faisait l'impression d'être une gelée. Je l'ai pressé et il en est sorti de l'eau qui m'a coulé sur les poignets. Il ne faisait pas sombre au point de ne pas pouvoir voir. C'est drôle comme on peut voir quand il y a du brouillard. On dirait que ça rend la nuit plus claire. Il y avait une sorte de luminosité dans l'air. Je sais pas, mais peut-être que ça n'était pas dû au brouillard, ça. On aurait dit que les arbres étaient détachés. On les distinguait très nettement. Comme je vous l'disais, je regardais cette chose-là, et à quoi croyez-vous que ça ressemblait ? A un morceau de foie cru. Ou bien à une cervelle de veau. Maintenant que j'y pense, c'était plutôt comme une cervelle de veau. Il y avait des sillons dessus, et on ne voit pas beaucoup de sillons sur le foie. Le foie, d'habitude, c'est aussi lisse qu'un miroir.

« Ça m'a fait passer un terrible moment. Il y a quelqu'un dans l'un d'ces arbres, je me suis dit. C'est peut-être un vagabond, ou un fou, ou un idiot, et il était en train de manger du foie. Ma voiture lui aura fait peur et il l'aura laissé tomber. Un morceau, en tout cas. Je ne veux pas m'tromper. Il n'y avait pas de foie dans la voiture quand je suis parti de Brewster.

« J'ai levé les yeux. Vous savez comme les arbres sont hauts dans le bois Mulligan. Il y en a dont on n'voit pas le sommet, quand on est sur cette route, par temps clair. Vous savez comme il y en a de ces arbres qui sont courbés et qui ont un drôle d'air.

« C'est bizarre, mais j'ai toujours pensé qu'ils ressemblaient à des vieillards — des grands vieillards, vous comprenez, hauts de taille, voûtés et très méchants. J'ai toujours pensé d'eux qu'ils auraient aimé vous jouer des tours. Il y a quelque chose de pas sain dans des arbres qui poussent trop près les uns des autres et qui se courbent en grandissant.

« J'ai levé les yeux.

« D'abord, je n'ai vu que les grands arbres que le brouillard avait rendus tout blancs et tout luisants ; et puis, au-dessus d'eux, une épaisse brume blanche qui cachait les étoiles. Et puis enfin, quelque chose de long et de blanc qui descendait rapidement le long du tronc d'un des arbres.

« Ça descendait si rapidement le long de cet arbre que je ne pouvais le distinguer nettement. C'était si mince, de toute façon, qu'il n'y avait pas grand-chose à voir. Ça ressemblait pourtant à un bras. C'était un bras long, blanc et très mince. Mais bien entendu, ça n'était pas un bras. Qui a jamais entendu parler d'un bras aussi haut qu'un arbre ? Je ne sais pas ce qui m'a fait le comparer à un bras, parce que ça n'était rien d'autre, en réalité, qu'une ligne mince — comme un fil de fer, une ficelle. Je ne suis pas certain d'avoir vu ça. Peut-être que je l'ai imaginé. Je ne suis même pas certain que c'était aussi gros qu'une ficelle. Mais ça avait une main. Ou est-ce que ça en avait une ? Quand j'y réfléchis, j'en ai la tête qui tourne. Vous comprenez, ça bougeait si vite que j'étais incapable de le voir nettement.

« J'ai pourtant eu l'impression que c'était en train de

chercher quelque chose que ça avait perdu. Une minute, la main a paru s'ouvrir pour couvrir la route, puis elle a abandonné l'arbre et elle s'est dirigée vers la voiture. C'était comme une énorme main blanchc qui marchait sur les doigts, rattachée à un bras d'une longueur terrifiante, qui montait, montait, jusqu'à toucher le brouillard, ou peut-être même jusqu'à toucher les étoiles.

« J'ai poussé un cri et j'ai cinglé Hortense avec les rênes, mais la jument n'avait pas besoin d'être pressée. Elle avait filé avant que j'aie pu rejeter sur la route le foie, la cervelle de veau, ou Dieu sait c'que c'était. Elle courait si vite qu'elle a manqué de faire verser la voiture, mais je n'ai pas tiré sur les rênes. Je préférais me retrouver dans un fossé avec une côte cassée que de voir une longue main blanche me couper la respiration en me serrant la gorge.

« Nous étions presque sortis du bois et je commençais tout juste à respirer, lorsque mon cerveau devint tout froid. Je ne peux pas décrire ce qui s'est passé d'une autre manière. Mon cerveau devint froid comme de la glace à l'intérieur de ma tête. Je peux bien vous dire que j'étais effrayé.

« N'allez pas imaginer que je n'étais pas capable de penser clairement. Je me rendais compte de tout ce qui se passait autour de moi, mais mon cerveau était si froid que la souffrance m'a fait pousser un cri. Avez-vous jamais gardé un morceau de glace dans la paume de votre main pendant deux ou trois minutes ? Ça vous brûlait, n'est-ce pas ? La glace brûle plus que le feu. On aurait dit que mon cerveau avait été posé sur de la glace pendant des heures et des heures. J'avais un fourneau à l'intérieur de la tête, mais c'était un fourneau glacé. Il ronflait du froid qui y faisait rage.

« Peut-être aurais-je dû être reconnaissant de ce que la souffrance n'ait pas duré. Elle s'arrêta au bout de dix minutes, et quand j'arrivais à la maison, je ne pensais pas à me ressentir de cette aventure. Je suis sûr que je ne pensais pas que ça m'aurait fait quelque chose de m'être regardé dans le miroir. C'est alors que j'ai vu le trou dans ma tête. »

Henry Wells se pencha en avant et repoussa les cheveux qui tombaient sur sa tempe droite.

— Voilà la blessure, dit-il. Qu'est-ce que vous dites de ça?

Il tapotait du bout des doigts le côté de sa tête, en dessous d'une petite ouverture ronde.

— C'est comme la blessure d'une balle, reprit-il, mais il n'y a pas de sang et on peut voir très loin à l'intérieur. On dirait que ça va jusqu'au milieu de ma tête. Je ne devrais pas être en vie.

Howard s'était levé et jetait sur mon voisin un regard lourd de colère et d'accusation.

— Pourquoi nous avez-vous menti? cria-t-il. Pourquoi nous avez-vous raconté cette histoire absurde? Une longue main! Vous étiez ivre, mon bonhomme. Ivre — et pourtant, ce que vous avez réussi à faire, j'ai sué sang et eau pour y parvenir. Si j'avais pu faire sentir à mes lecteurs une horreur comme celle-là, leur faire connaître pour un instant cette horreur que vous avez décrite dans les bois, j'aurais été placé au rang des immortels. Je serais devenu plus grand que Poe, plus grand que Hawthorne. Et voilà que vous — un menteur ivre et maladroit...

Je me dressai pour protester avec fureur.

— Il ne ment pas, dis-je. On lui a tiré dessus — quelqu'un l'a touché à la tête. Regardez cette blessure. Mon Dieu, mon vieux, vous n'avez pas le droit de l'insulter!

La colère d'Howard tomba et ses yeux perdirent leur éclat.

— Pardonnez-moi, dit-il. Vous ne pouvez vous imaginer à quel point j'ai désiré capturer cette horreur ultime et la transcrire et lui l'a fait avec tant de facilité. S'il avait annoncé qu'il allait nous décrire quelque chose dans ce sens, j'aurais pris des notes. Mais, bien entendu, il ignore qu'il est un artiste. C'est par hasard qu'il a réussi ce *tour de force;* il ne pourrait le répéter, j'en suis certain. Je regrette d'avoir ainsi explosé — je m'en excuse. Voulez-vous que j'aille chercher un docteur? C'est vraiment une mauvaise blessure.

Mon voisin secoua la tête.

— Je n'ai pas besoin d'un docteur, dit-il. J'ai déjà vu un docteur. Il n'y a pas de balle dans ma tête — ce trou n'a pas été fait par une balle. Comme le docteur ne réussissait pas à l'expliquer, je me suis moqué de lui. Je déteste les docteurs ; en outre, je n'ai rien à faire avec des imbéciles qui pensent que j'ai l'habitude de mentir. Je n'ai rien à faire avec des gens qui ne me croient pas quand je leur dis que j'ai vu aussi clairement qu'en plein jour cette longue chose blanche se laisser glisser le long d'un arbre.

Howard, cependant, examinait la blessure, sans se soucier de l'indignation de mon voisin.

— Ceci a été causé par quelque chose d'arrondi et de tranchant, déclara-t-il. C'est curieux, mais la chair n'est pas déchiquetée. Un couteau ou une balle auraient déchiré la chair et le bord de la plaie aurait été dentelé.

Je fis un signe de tête pour acquiescer et j'allais me pencher pour examiner la blessure quand Wells poussa un cri et se plaqua les mains sur la tête.

— A-a-ah ! suffoqua-t-il. Il est revenu — ce terrible, ce terrible froid.

Howard le dévisagea.

— N'espérez pas me faire croire une telle idiotie ! s'exclama-t-il, d'un air dégoûté.

Wells, pourtant, continuait à se tenir la tête à deux mains et à sauter autour de la pièce dans un délire de souffrance.

— Je peux pas le supporter ! hurla-t-il. C'est en train de geler mon cerveau. Ça fait pas comme un froid ordinaire. Ça, non. Oh, mon Dieu ! Ça ressemble à rien de c'que vous avez jamais senti. Ça mord, ça brûle, ça déchire. C'est comme de l'acide.

Je posai la main sur son épaule et tentai de le calmer, mais il me repoussa et se dirigea vers la porte.

— Il faut que je sorte d'ici, cria-t-il. La chose veut de la place. Ma tête ne lui suffit pas. Elle veut la nuit — la vaste nuit. Elle veut aller se plonger dans la nuit.

Il ouvrit tout grand la porte et disparut dans le brouillard. Howard se passa la manche de sa veste sur le front et se laissa tomber sur une chaise.

— Un fou, marmonna-t-il. Un terrible cas de dépression maniaque. Qui s'en serait douté ? L'histoire qu'il nous a racontée n'était pas du tout de l'art conscient. C'était simplement un cauchemar conçu une nuit par le cerveau d'un malade.

— Oui, dis-je, mais comment expliquez-vous le trou qu'il a dans la tête ?

— Oh, ça ! Howard haussa les épaules. Il l'a probablement toujours eu — il est probablement né avec.

— Absurde, dis-je. Cet homme n'a jamais eu de trou dans la tête auparavant. Je crois, moi, qu'on lui a tiré dessus. On devrait faire quelque chose. Il faut qu'il soit soigné par un médecin. Je crois que je vais téléphoner au Dr Smith.

— Cela ne sert à rien d'intervenir, dit Howard. Ce trou-là n'a *pas* été produit par une balle. Je vous conseille d'oublier cet homme jusqu'à demain. Sa folie peut être temporaire ; elle peut se dissiper ; alors, il nous en voudrait d'être intervenus. Si demain, il a toujours des troubles émotifs, s'il revient ici et fait mine de vous ennuyer, vous pourrez informer les autorités que cela concerne. S'est-il jamais comporté de façon bizarre auparavant ?

— Non. Il a toujours été tout à fait sain d'esprit. Je crois que je vais suivre votre conseil et que je vais attendre. Mais je voudrais bien pouvoir expliquer le trou qu'il a dans la tête.

— L'histoire qu'il nous a racontée a plus d'intérêt pour moi, dit Howard. Je vais l'écrire avant de l'oublier. Bien sûr, je ne serai pas capable de rendre l'horreur avec autant de réalisme qu'il l'a fait, mais je pourrais peut-être retrouver un peu de son étrangeté et de son charme.

Il dévissa le capuchon de son stylo et se mit à couvrir une feuille de papier de curieuses phrases.

Je frissonnai et refermai la porte.

Pendant quelques minutes, il n'y eut d'autre son dans la pièce que celui produit par la plume qui grinçait en courant sur le papier. Pendant quelques minutes, ce fut le silence — et soudain, des cris retentirent. Mais n'étaient-ce pas des gémissements ?

Ils nous parvinrent à travers la porte close, couvrant le mugissement des cornes de brume et le bruit des flots de la baie de Mulligan. Ils couvraient les milliers de bruits de la nuit qui nous avaient horrifiés et déprimés, alors que nous étions assis et que nous causions dans cette maison solitaire, endeuillée de brouillards. Ils nous parvinrent avec une telle netteté que nous crûmes un instant qu'ils provenaient des abords immédiats de la maison. Ce n'est qu'après les avoir entendus de façon répétée — de longs gémissements perçants — que nous découvrîmes qu'il y avait en eux une qualité d'éloignement. Peu à peu, nous nous rendîmes compte que ces gémissements nous parvenaient de loin, d'aussi loin peut-être que le bois Mulligan.

— Une âme mise à la torture, murmura Howard. Une pauvre âme damnée sous l'étreinte de l'horreur dont je vous ai parlé — l'horreur que je connais et que je ressens depuis des années.

Il se leva en titubant. Son regard brillait et il respirait avec difficulté.

Je le saisis aux épaules et le secouai.

— Vous ne devriez pas vous projeter à ce point dans vos histoires, m'exclamai-je. C'est un pauvre type qui se trouve en détresse. Je ne sais pas ce qui s'est produit. Peut-être un navire s'est-il échoué. Je vais mette un ciré et aller voir de quoi il retourne. J'ai dans l'idée qu'on peut avoir besoin de nous.

— On *peut* avoir besoin de nous, répéta lentement Howard. On peut très bien avoir besoin de nous. Elle ne se satisfera pas d'une seule victime. Pensez à ce grand voyage à travers l'espace, à la soif et aux terribles fringales qu'elle a dû connaître ! Il est absurde d'imaginer qu'elle se contentera d'une seule victime.

Soudain, brusquement, un changement se produisit en lui. Ses yeux perdirent leur éclat et sa voix cessa de trembler. Il frissonna.

— Pardonnez-moi, dit-il. J'ai bien peur que vous ne me croyiez aussi fou que le rustre qui était ici il y a quelques minutes. Mais je ne peux m'empêcher, quand j'écris, de m'identifier à mes personnages. Je venais de décrire quelque chose de très malfaisant et ces hurlements — eh bien, c'étaient exactement les hurlements qu'un homme aurait poussés si — si...

— Je comprends, coupai-je, mais nous n'avons pas le temps de discuter de cela maintenant. Il y a un pauvre type, là-bas — et je fis un vague signe en direction de la porte —, qui a le dos au mur. Il se bat contre quelque chose. J'ignore contre quoi. Nous devons lui venir en aide.

— Bien sûr, bien sûr, acquiesça-t-il, et il me suivit dans la cuisine.

Je trouvai une torche électrique dans un tiroir. Je sortis, Howard sur les talons. La nuit s'était épaissie et le brouillard était devenu si dense que nous avions du mal à trouver notre chemin.

A la lisière du bois Mulligan, les hurlements reprirent soudain, nous glaçant d'effroi. Je murmurai péniblement :

— Howard, vous avez entendu ça ?

Les cris s'intensifièrent de façon atroce.

— Il souffre, dit Howard. Il souffre terriblement. Croyez-vous que ce soit votre ami fou ?

Il venait de formuler une question que je me posais depuis quelque temps déjà.

— C'est possible, dis-je. Mais il faudra que nous intervenions, s'il est aussi fou que ça. Je voudrais bien avoir emmené quelques-uns des voisins.

— Pourquoi, au nom du ciel, ne l'avez-vous pas fait ? s'écria Howard. Nous aurons peut-être besoin d'une douzaine d'hommes pour le maîtriser.

Il fixait les grands arbres qui se dressaient très haut devant nous, et je ne crois pas qu'il avait ne fût-ce qu'une pensée pour Henry Wells.

— C'est le bois Mulligan, dis-je. J'avalai ma salive pour ne pas en dire plus long. Ça n'est pas un grand bois, ajoutai-je bêtement.

— Oh, mon Dieu ! Le son d'une voix trahissant le dernier degré de la souffrance venait de sortir du brouillard. Elles me mangent le cerveau. Oh, mon Dieu !

Je fus, en cet instant, saisi d'une crainte mortelle, celle que je pourrais devenir aussi fou que l'homme qui se trouvait dans le bois. Je me cramponnai au bras d'Howard.

— Repartons ! lui criai-je. Repartons tout de suite. Nous sommes stupides d'être venus. Il n'y a rien ici que folie, souffrance et, peut-être, mort.

— C'est très possible, dit Howard, mais nous continuons.

Son visage avait pris une couleur de cendre sous le chapeau qui dégoulinait et ses yeux n'étaient plus que de minces fentes bleues.

— Très bien, fis-je d'un ton lugubre. Continuons.

Lentement, nous nous avançâmes sous les arbres. Ils nous dominaient de très haut et le brouillard dense les déformait et les confondait à tel point qu'ils paraissaient progresser avec nous. Le brouillard se laissait pendre en rubans de leurs branches déformées. Des rubans, ai-je dit ? Des serpents de brouillard, plutôt — serpents qui se seraient contorsionnés, avec leurs langues venimeuses et leurs yeux méchants. Au-delà des nuages tourbillonnants du brouillard, nous apercevions les troncs noueux, nus et rugueux des arbres, et chacun de ces troncs semblait être le corps difforme d'un vieillard malfaisant. Seul, le petit faisceau oblong que projetait ma torche électrique nous protégeait contre leur malveillance.

Nous avancions en traversant de grands bancs de brouillard et à chaque instant les cris nous parvenaient avec plus de force. Bientôt, nous pûmes saisir quelques membres de phrases, des hurlements hystériques qui s'achevaient en gémissements prolongés.

— Plus froid, plus froid, plus froid... elles me mangent le cerveau. Plus froid ! A-a-ah !

Howard m'étreignit le bras.

— Nous le trouverons, dit-il. Nous ne pouvons plus retourner sur nos pas, à présent.

Quand nous le découvrîmes, il était étendu sur le côté. Il se tenait toujours la tête à deux mains, son corps était replié, et ses genoux étaient si serrés, ramenés si haut, qu'ils lui touchaient presque la poitrine. Il était silencieux. Nous nous baissâmes et le secouâmes, mais il n'émit aucun son.

— Il est mort, dis-je d'une voix étranglée. Je souhaitais désespérément pouvoir faire demi-tour et m'enfuir. Les arbres étaient tout près de nous.

— Je ne sais pas, dit Howard. Je ne sais pas. Je souhaite qu'il le soit.

Je le vis s'agenouiller et glisser sa main sous la chemise du pauvre diable. Durant un moment, son visage ne fut qu'un masque. Il se releva rapidement et secoua la tête.

— Il est vivant, dit-il. Il faut le changer et lui passer des vêtements secs aussi vite que possible.

Je l'aidai. Nous soulevâmes ensemble le corps replié et l'emportâmes en nous glissant entre les arbres. Par deux fois, nous trébuchâmes, faillîmes tomber et les plantes grimpantes déchirèrent nos vêtements. Ces plantes grimpantes étaient autant de petites mains qui saisissaient et déchiraient, sous la direction malveillante des grands arbres. Sans une étoile pour nous diriger, sans une lumière, si ce n'est celle de la petite lampe de poche qui faiblissait, nous luttâmes pour sortir du bois Mulligan.

Le bourdonnement ne débuta que lorsque nous fûmes sortis du bois. Tout d'abord, nous ne l'entendîmes qu'à peine, tant il était faible, rappelant le ronronnement d'énormes moteurs qui auraient tourné à grande profondeur, sous la terre. Puis lentement, alors que nous continuions d'avancer en trébuchant avec notre fardeau, il s'amplifia à tel point qu'il nous fut impossible de l'ignorer.

— Qu'est-ce que c'est? demanda Howard à voix basse ; et je vis entre les apparitions, nées du brouillard, que son visage avait pris une teinte verdâtre.

— Je ne sais pas, murmurai-je. C'est quelque chose d'horrible. Je n'ai jamais rien entendu de pareil. Vous ne pouvez pas marcher plus vite?

Jusque-là, nous avions lutté contre des horreurs familières, mais le bourdonnement et le ronflement qui s'élevaient derrière nous ne ressemblaient à rien de ce que j'avais jamais perçu sur cette terre. Saisi d'une frayeur atroce, je poussai un cri éperdu :

— Plus vite, Howard, plus vite! Pour l'amour du ciel, il nous faut sortir de là!

Au moment où je parlais, le corps que nous portions s'agita et les lèvres crevassées laissèrent échapper un torrent de paroles incompréhensibles.

— Je marchais entre les arbres et je regardais en l'air. Je ne pouvais pas en voir le sommet. Je regardais en l'air et puis, brusquement, j'ai baissé les yeux et la chose m'a atterri sur les épaules. Elle était toute en jambes — en longues jambes fourmillantes. Elle est allée droit dans ma tête. Je voulais échapper aux arbres, mais je ne le pouvais pas. J'étais seul, dans la forêt, avec cette chose sur le dos, et quand j'ai essayé de courir, les arbres se sont penchés en avant et m'ont fait trébucher. Elle a creusé un trou pour pouvoir entrer. C'est mon cerveau qu'elle veut. Tout à l'heure elle a creusé un trou et maintenant, elle s'est glissée dedans, en rampant, et elle suce, elle suce, elle suce. Elle est aussi froide que de la glace et elle fait le même bruit qu'une grosse, grosse mouche. Mais ça n'est pas une mouche. Ça n'est pas une main. Je me suis trompé quand j'ai dit que c'était une main. On ne peut pas la voir. Je ne l'aurais ni vue, ni sentie, si elle n'avait fait un trou et n'était entrée dedans. On la voit presque, on la sent presque, et ça veut dire qu'elle est prête à entrer dedans.

— Pouvez-vous marcher, Wells? Pouvez-vous marcher?

Howard avait laissé glisser les jambes de Wells et j'entendais le son râpeux que faisait sa respiration chaque fois qu'il inspirait, tandis qu'il s'efforçait de se débarrasser de son ciré.

— Je crois que oui, sanglota Wells. Mais ça n'a pas d'importance. Elle m'a maintenant. Laissez-moi et sauvez-vous.

— Il faut courir, hurlai-je.

— C'est notre seule chance, cria Howard. Suivez-nous, vous comprenez? Elles brûleront votre cerveau, si elles vous rattrapent. Il faut que nous courions, mon gars. Suivez-nous!

Il avait disparu dans le brouillard, déjà. Wells se secoua pour se libérer et partit à sa suite, comme un homme en transe. Je sentis une horreur plus terrible que la mort m'envahir. Le bruit avait pris une intensité atroce ; je l'avais partout dans les oreilles et pourtant, un instant, je fus incapable de bouger. Le mur de brouillard s'épaississait encore.

— Frank va se perdre!

La voix de Wells s'était élevée en un cri de désespoir.

— Nous allons retourner!

C'était Howard, qui criait, à présent.

— C'est la mort, ou pire encore, mais nous ne pouvons l'abandonner.

— Continuez, leur demandai-je. Elles ne m'auront pas. Sauvez-vous!

Dans mon désir de les empêcher de se sacrifier, je me jetai en avant comme un fou. En un instant, j'avais rejoint Howard et lui serrai le bras.

— Qu'est-ce que c'est? lui demandai-je. Qu'avons-nous à redouter?

Le bourdonnement était désormais audible tout autour de nous, mais il n'avait pas gagné en intensité.

— Venez vite ou nous sommes perdus! me répéta-t-il, hors de lui. Elles ont renversé toutes les barrières. Ce bourdonnement est un avertissement. Nous y sommes sensibles — nous avons été avertis; mais s'il augmente nous serons perdus. Elles sont en nombre, près du bois Mulligan, et c'est là qu'elles se sont fait sentir. Elles ne font encore que des tentatives — elles cherchent leur route. Plus tard, quand elles auront compris, elles se disperseront. Si seulement nous pouvions atteindre la ferme...

— Nous atteindrons la ferme, affirmai-je, tandis que je m'élançais à travers le brouillard.

— Que Dieu nous aide, si nous n'y parvenons pas! gémit Howard.

Comme il avait jeté son ciré, sa chemise était complètement trempée et adhérait de façon alarmante à son corps mince. Il se déplaçait à une allure folle dans cette obscurité, en faisait de grandes enjambées. Loin devant nous, nous percevions les cris perçants que poussait Henry Wells. Sans relâche, les cornes de brume gémissaient; sans relâche, le brouillard tournoyait et tourbillonnait autour de nous.

Quant au bourdonnement, il continuait. Il paraissait impossible de jamais pouvoir trouver un chemin qui nous menât dans le noir jusqu'à la ferme. La ferme, pourtant, nous la trouvâmes et nous y pénétrâmes en chancelant et en poussant des cris de joie.

— Fermez la porte! rugit Howard.

Je m'exécutai.

— Ici, nous sommes en sécurité, je crois, reprit-il. Elles n'ont pas encore atteint cette ferme.

— Qu'est-il arrivé à Wells? dis-je, à bout de souffle; et c'est alors que je découvris les traces de pas humides qui menaient à la cuisine.

Howard les vit aussi. Un bref éclair de soulagement passa dans ses yeux.

— Je suis heureux qu'il soit en sécurité, marmonna-t-il. J'ai eu peur pour lui.

Soudain, son visage s'assombrit. La cuisine n'était pas éclairée et aucun bruit n'en sortait.

Sans un mot, Howard traversa la pièce et s'enfonça dans l'obscurité. Je me laissai tomber sur une chaise, essuyai l'eau qui me coulait dans les yeux et rejetai mes cheveux en arrière, car ils étaient plaqués en mèches trempées sur mon visage. Je demeurai là un moment, respirant avec peine, mais quand la porte craqua, je frissonnai. Je me souvenais pourtant de l'assurance qu'Howard m'avait donnée: « Elles n'ont pas encore atteint la ferme. Nous sommes en sécurité, ici. »

J'avais, je ne sais pourquoi, confiance en Howard. Il se rendait compte que nous étions menacés par une horreur nouvelle, encore inconnue et, par quelque biais occulte, il avait compris quelles en étaient les limites.

J'avoue cependant que lorsque j'entendis des cris résonner dans la cuisine, la foi que j'avais en mon ami se trouva quelque peu ébranlée. C'étaient des grondements sourds, dont je n'arrivais pas à croire qu'ils eussent pu sortir d'une gorge humaine; et puis il y avait la voix d'Howard qui s'élevait en protestations indignées.

— Lâchez-moi, vous dis-je! Etes-vous complètement fou? Mon vieux, mon vieux, nous vous avons sauvé! Non, vous dis-je — lâchez ma jambe. A-a-ah!

Lorsque Howard revint en titubant dans la pièce, je me précipitai à sa rencontre et le reçus dans mes bras. Il était couvert de sang de la tête aux pieds et son visage était tout pâle.

— Il est devenu fou furieux, gémit-il. Il était en train de courir partout à quatre pattes, comme un chien. Il m'a sauté dessus et m'a presque tué. Je l'ai repoussé, mais je suis bien mordu. Je l'ai frappé au visage — il a perdu connaissance. Je l'ai peut-être tué. C'est un animal — il fallait que je me défende.

Je déposai Howard sur le sofa et m'agenouillai à côté de lui, mais il repoussa mon offre d'aide.

— Ne vous occupez pas de moi! ordonna-t-il. Trouvez une corde, vite, et attachez-le. S'il revient à lui, il faudra nous battre, car nos vies seront menacées.

Ce qui suivit fut un cauchemar. Je me souviens vaguement d'être allé dans la cuisine avec une corde et d'avoir attaché le pauvre Wells à une chaise ; ensuite je nettoyai et soignai les blessures d'Howard, puis j'allumai un feu dans la cheminée. Je me rappelle aussi avoir téléphoné pour appeler le docteur. Mais tous ces incidents sont confus dans ma mémoire et je n'ai conservé aucun souvenir précis avant l'arrivée de cet homme grave, à la haute taille, au regard plein de bonté et de sympathie, une présence qui avait un pouvoir apaisant aussi fort que l'opium.

Il examina Howard, hocha la tête, puis nous expliqua que ses blessures n'étaient pas graves. Il examina Wells, mais il ne hocha pas la tête. Il expliqua lentement :

— Ses pupilles ne réagissent pas à la lumière. Il va falloir opérer immédiatement. Je vous l'avouerai franchement, je ne crois pas que nous puissions le sauver.

— Cette blessure qu'il porte à la tête, docteur, demandai-je, a-t-elle été produite par une balle ?

Le docteur fronça les sourcils.

— Elle m'intrigue, dit-il. Bien sûr qu'elle a été produite par une balle, mais elle aurait dû se refermer partiellement. Cela va jusqu'à l'intérieur du cerveau. Vous dites que vous ne savez absolument rien à ce sujet. Je vous crois mais je pense qu'il faudrait avertir tout de suite les autorités. Il faudra rechercher quelqu'un pour homicide, à moins que — il fit une pause —, à moins qu'il ne s'agisse d'une blessure qu'il se soit infligée à lui-même. Ce que vous me dites est curieux. Qu'il ait été capable d'errer pendant des heures me paraît incroyable. Et ce qui est manifeste, c'est que cette blessure a été soignée. Il n'y a pas le moindre caillot de sang.

Il se mit à marcher lentement de long en large.

— Il faut l'opérer ici — tout de suite. Il reste une faible chance. Heureusement, j'ai apporté quelques instruments. Il faut que nous débarrassions cette table et — croyez-vous que vous pourrez me tenir une lampe ?

Je fis un signe de tête affirmatif.

— Je vais essayer.

— Bien !

Le docteur s'employa à tout préparer tandis que je me demandais si je devais ou non téléphoner à la police.

— Je suis convaincu, dis-je enfin, que cette blessure est volontaire. Wells se comportait de façon très bizarre. Si vous le voulez bien, docteur...

— Oui?

— Nous garderons le silence jusqu'à ce que l'opération soit terminée. Si Wells vit, il aura été inutile d'avoir mêlé le pauvre type à une enquête policière.

Le docteur hocha la tête.

— Très bien, dit-il. Nous allons l'opérer d'abord, nous prendrons une décision ensuite.

Howard s'était mis à rire silencieusement sur son divan.

— La police, ricana-t-il tout bas. Et de quelle utilité serait-elle contre les choses du bois Mulligan?

Il y avait une qualité tout à la fois ironique et lourde de menace dans sa gaieté qui me troublait. Les horreurs que nous avions connues dans le brouillard paraissaient absurdes, impossibles même, en la présence pleine de sang-froid et devant l'esprit scientifique du docteur Smith, aussi ne voulais-je pas me souvenir d'elles.

Le docteur abandonna ses instruments pour me murmurer à l'oreille:

— Votre ami a un peu de fièvre ce qui, apparemment, le fait un peu délirer. Si vous m'apportez un verre d'eau, je lui donnerais un sédatif.

Je courus chercher un verre et un instant plus tard Howard dormait profondément.

— Voyons maintenant, dit le docteur, en me tendant la lampe. Il faut que vous la mainteniez bien droite et que vous la déplaciez quand je vous le demanderais.

La forme blanche, inconsciente, d'Henry Wells était allongée sur la table que le docteur et moi avions débarrassée et je tremblais des pieds à la tête en songeant à ce qui m'attendait.

J'allais devoir rester debout et regarder le cerveau vivant de mon pauvre ami tandis que le docteur s'acharnerait à le décortiquer.

C'est avec des doigts rapides, expérimentés que le docteur lui administra un anesthésique. J'étais bouleversé par la pensée atroce que nous étions en train de commettre un crime, qu'Henry Wells s'y serait opposé avec violence, qu'il aurait préféré mourir. C'est une chose terrible que de mutiler le cerveau d'un homme. Et pourtant, je savais que l'attitude du docteur était au-dessus de tout reproche et que l'éthique de sa profession lui faisait un devoir d'opérer.

— Nous sommes prêts, dit le docteur Smith. Baissez la lampe. Attention, maintenant!

Je vis le scalpel bouger entre ses doigts rapides et compétents. Je regardai un moment puis je détournai la tête. Ce que j'avais vu en un bref coup d'œil m'avait rendu malade et j'étais sur le point de m'évanouir. Ce n'était peut-être qu'un effet de mon imagination mais, tout en fixant le mur, j'avais eu l'impression que le docteur était prêt à s'effondrer. Il n'avait pas émis un son, mais j'étais presque certain qu'il avait fait une horrible découverte.

— Baissez la lampe, dit-il.

Sa voix était enrouée et paraissait sortir du fin fond de sa gorge.

Je baissai la lampe de quelques centimètres, sans tourner la tête. Je m'attendais à ce qu'il me fasse des reproches, qu'il m'insulte peut-être, mais il était aussi silencieux que l'homme allongé sur la table. Je savais cependant que ses doigts travaillaient toujours car je les entendais aller et venir. J'entendais ses doigts rapides et agiles aller et venir autour de la tête d'Henry Wells.

Je devins soudain conscient du tremblement qui agitait ma main. Je voulus reposer la lampe ; je sentis que je ne pouvais plus la tenir.

— Avez-vous bientôt terminé? demandai-je d'une voix chevrotante, en désespoir de cause.

— Tenez cette lampe fermement! Le docteur avait hurlé son ordre. Si vous bougez encore cette lampe, je... je ne le recoudrai pas. Je me moque absolument d'être pendu! Je ne suis pas un médecin pour les diables!

Je ne savais plus que faire. Je pouvais à peine tenir la lampe et la menace du docteur m'horrifiait.

— Faites tout ce qui est en votre possible, lui demandai-je d'une voix hystérique. Donnez-lui une chance de s'en sortir. Il était gentil et bon — autrefois!

Un moment le silence régna et je craignis qu'il n'eût pas voulu m'entendre. Je m'attendais à chaque instant à le voir rejeter son scalpel et son éponge, traverser la pièce et disparaître dans le brouillard. Ce ne fut qu'après avoir entendu ses doigts s'affairer à nouveau que je sus qu'il avait décidé d'accorder une chance, fût-ce aux damnés.

Il était plus de minuit quand le docteur m'annonça que je pouvais reposer la lampe. Je me retournai avec un cri de soulagement et me trouvai face à face avec un visage que je n'oublierai jamais. En trois quarts d'heure, le docteur avait vieilli de dix ans. Ses yeux étaient soulignés de cernes sombres et sa bouche était agitée de contractions nerveuses.

— Il ne vivra pas, dit-il. Il sera mort dans une heure. Je n'ai pas touché au cerveau. Je n'ai rien pu faire. Quand j'ai vu… où en étaient les choses… je… je… l'ai recousu aussitôt.

— Qu'avez-vous vu ? murmurai-je d'une voix faible.

Les yeux du docteur eurent un regard plein d'une crainte indicible.

— J'ai v… j'ai vu… Sa voix se brisa et tout son corps fut pris de tremblements. J'ai vu… oh, la honte brûlante de tout cela… quelque chose de malfaisant qui n'avait pas de forme, qui était informe…

Soudain, il se redressa et regarda autour de lui avec des yeux hagards.

— Ils vont venir ici pour le réclamer ! cria-t-il. Ils ont posé leur marque sur lui et ils vont venir le chercher. Vous ne devez pas rester ici. Cette maison est vouée à la destruction !

Impuissant, je le regardai s'emparer de son chapeau, de sa sacoche et traverser la pièce pour atteindre la porte. Il tira le loquet avec des doigts blanchis et tremblants et un instant sa silhouette mince se découpa contre un rectangle de vapeurs tourbillonnantes.

— Souvenez-vous que je vous ai averti ! cria-t-il encore ; puis le brouillard l'avala.

Howard était en train de s'asseoir et de se frotter les yeux.

— Un drôle de tour, ça, marmonnait-il. Me droguer exprès ! Si j'avais su que ce verre d'eau…

— Comment vous sentez-vous ? lui demandai-je, tout en le prenant par les épaules et en le secouant avec violence. Croyez-vous que vous puissiez marcher ?

— Vous me droguez et ensuite vous me demandez de marcher ! Frank, vous êtes aussi déraisonnable qu'un artiste. De quoi s'agit-il à présent ?

Je lui montrai la silhouette silencieuse étendue sur la table.

— On est plus en sécurité dans le bois Mulligan, lui dis-je. Il leur appartient, maintenant!

Howard se mit debout d'un bond et me secoua le bras.

— Que voulez-vous dire? s'écria-t-il. Que savez-vous?

— Le docteur a vu son cerveau, lui expliquai-je. Et il a vu aussi quelque chose qu'il n'a pas voulu, pas pu me décrire. Mais il m'a dit qu'elles allaient venir le chercher, et je l'ai cru.

— Il faut que nous sortions d'ici tout de suite! dit Howard. Votre docteur avait raison. Nous sommes mortellement en danger. Le bois Mulligan lui-même — mais il n'est pas nécessaire que nous retournions dans le bois. Il y a votre vedette.

— Il y a la vedette, répétai-je en écho, tandis qu'un faible espoir s'élevait en moi.

— Le brouillard est une menace mortelle, dit Howard, d'une voix sévère. Mais la mort en mer est elle-même préférable à cette horreur-ci.

La maison n'était qu'à une faible distance du bassin, aussi, moins d'une minute plus tard, Howard était assis à l'arrière de la vedette, tandis que je me battais furieusement avec le moteur. Les cornes de brume gémissaient toujours mais il n'y avait pas le moindre feu visible dans le port. Nous ne distinguions plus rien à cinquante centimètres de nos visages. Les apparitions blanches que faisait naître le brouillard étaient à peine perceptibles dans cette obscurité mais, derrière elles, régnait une nuit sans fin, sans lumière et pleine de terreur.

Howard m'adressait la parole.

— Je ne sais pourquoi, mais j'ai l'impression que la mort est en train de rôder là-bas.

— La mort rôde plutôt par ici, lui dis-je, en mettant le moteur en marche. Je crois que je peux éviter les rochers. Il y a très peu de vent et je connais le port.

— Et, bien entendu, nous aurons les cornes de brume pour nous guider, marmonna Howard. Je crois qu'il vaut mieux que nous nous dirigions vers la haute mer.

J'acquiesçai.

— La vedette ne survivrait pas à une tempête, repris-je, mais je n'ai aucune envie de rester dans le port. Si nous atteignons la haute mer nous serons probablement ramassés par un navire. Ce serait pure folie que de demeurer là où elles peuvent nous atteindre.

— Comment savoir jusqu'où elles peuvent atteindre? gémit Howard. Que représentent les distances terrestres pour ces créatures qui ont traversé l'espace? Elles envahiront toute la terre. Elles nous détruiront tous complètement...

— Nous discuterons de cela plus tard, lui criai-je, comme le moteur se remettait à tourner en rugissant. Nous allons nous éloigner d'elles autant que nous le pourrons. Peut-être n'ont-elles pas encore *appris!* Si elles subissent encore des limitations, il nous sera peut-être possible de leur échapper.

Nous avancions lentement dans la passe et le bruit de l'eau qui s'écrasait contre les bords de la vedette nous procurait un étrange apaisement. Comme je le lui avais proposé, Howard avait pris le gouvernail et faisait lentement virer le bateau.

— Restez droit comme ça! lui criai-je. Il n'y a aucun danger jusqu'à l'entrée du goulet!

Pendant quelques minutes, je restai accroupi au-dessus du moteur, tandis qu'Howard gouvernait en silence. Soudain, il se retourna vers moi et eut un mouvement de joie.

— Je crois que le brouillard se lève, dit-il.

Je fixai l'obscurité devant moi. Il était certain qu'il paraissait moins oppressant et que les spirales blanches que nous n'avions cessé d'y voir monter étaient en train de se transformer en traînées insubstantielles.

— Gardez le cap, criai-je. Nous avons de la chance. Si le brouillard se lève, nous allons voir le goulet. Ayez bien l'œil sur le phare Mulligan.

On ne saurait décrire la joie qui nous envahit quand nous aperçûmes le phare. Jaune, éclatant, il inondait l'eau de sa lumière et découpait nettement les contours des grands rochers dressés de part et d'autre du goulet.

— Laissez-moi la barre, m'écriai-je, en me portant rapidement vers lui. C'est un passage délicat, mais maintenant, nous allons nous en tirer brillamment.

Dans notre excitation, dans notre exaltation, nous avions presque oublié l'horreur que nous avions laissée derrière nous. Je tenais le gouvernail et souriais, confiant, tandis que nous filions sur l'eau noire. Les rochers se rapprochaient rapidement. Vint le moment où leur masse énorme nous domina.

— Nous y arriverons certainement ! criai-je.

Nulle réponse pourtant ne me parvint de la part d'Howard. Je l'entendis s'étrangler, puis suffoquer.

— Qu'y a-t-il ? lui demandai-je brusquement ; puis, je me retournai et le vis tassé par la terreur sur le moteur. Il me tournait le dos, mais je savais d'instinct dans quelle direction se portait son regard.

Le rivage lointain que nous avions quitté était embrasé comme par un coucher de soleil flamboyant. Le bois Mulligan brûlait. De grandes flammes jaillissaient des arbres les plus hauts et un épais rideau de fumée noire se déroulait lentement vers l'est, masquant les rares feux qui brillaient encore dans le port.

Mais ce ne fut pas la vue des flammes qui me fit pousser un cri de peur et d'horreur. Ce fut la forme qui planait au-dessus des arbres, la forme énorme et floue qui allait et venait lentement dans le ciel.

Dieu sait que je tentai de me persuader que je ne voyais rien. Je tentai de me persuader que la forme n'était qu'une ombre projetée par les flammes et je me souviens que j'étreignis le bras d'Howard pour le rassurer.

— Le bois sera complètement détruit, lui criai-je, et ces choses abominables seront détruites avec lui.

Mais quand Howard se retourna et secoua la tête, je compris que la chose vague et informe qui planait au-dessus des arbres était plus qu'une ombre.

— Si nous la voyons nettement, nous sommes perdus ! m'avertit-il, la voix vibrante de terreur. Priez qu'elle demeure floue !

Elle est plus vieille que le monde, pensai-je, *plus ancienne que toute religion. Avant l'aube de la civilisation, les hommes s'agenouillaient en adoration devant elle. Elle est le symbole originel. Elle est présente dans toutes les mythologies. Peut-être, en un passé obscur, il y a des milliers et des milliers d'années de cela, a-t-elle servi à repousser les envahisseurs. Je combattrai la forme avec un haut et terrible mystère.*

Un calme étrange m'envahit. Je savais que j'avais à

peine une minute pour agir, que bien plus que nos vies se trouvait en danger, mais je ne tremblai pas. Jc glissai calmement la main derrière le moteur et j'en tirai une certaine quantité d'étoupe.

— Howard, demandai-je, enflammez une allumette. C'est notre seul espoir. Il faut que vous enflammiez tout de suite une allumette.

Pendant ce qui me parut plusieurs éternités, Howard me dévisagea sans comprendre. Soudain, la nuit s'emplit de son rire.

— Une allumette! s'exclama-t-il, tout en riant aux éclats. Une allumette pour chauffer nos petits cerveaux! Oui, nous aurons bien besoin d'une allumette.

— Ayez confiance en moi! suppliai-je. Il le faut — c'est notre seul espoir. Frottez vite une allumette.

— Je ne comprends pas!

Howard avait retrouvé son calme, mais sa voix vibrait encore.

— J'ai pensé à quelque chose qui pourrait nous sauver. Je vous en prie, mettez-moi le feu à cette étoupe.

Lentement, il hocha la tête. Je ne lui avais rien expliqué mais je sentis qu'il avait deviné ce que je voulais faire. Il avait souvent une intuition presque surnaturelle. Les doigts tremblants, il sortit une allumette et la frotta.

— Soyez hardi, dit-il. Montrez-leur que vous n'avez pas peur. Faites le signe hardiment.

Au moment où l'étoupe prit feu, la forme se détacha au-dessus des arbres avec une netteté effrayante.

J'élevai le coton enflammé et le passai rapidement devant mon corps en suivant une ligne droite. Je le levai ensuite au niveau de mon front et l'abaissai jusqu'à mes genoux.

En un instant, Howard s'était emparé du brandon et répétait le signe. Il fit deux croix, l'une devant son corps, l'autre face à l'obscurité, en tenant la torche à bout de bras.

Je fermai les yeux un moment mais je percevais encore la présence de la forme au-dessus des arbres. Lentement, sa silhouette devint moins nette, plus énorme et plus confuse — et quand j'ouvris les yeux, elle s'était évanouie. Je ne vis plus que la forêt en flammes et les ombres que projetaient les grands arbres.

L'horreur avait disparu, mais je ne bougeai pas. Je demeurai comme une figure de pierre, les yeux rivés à l'eau noire. Il me sembla soudain que quelque chose éclatait dans ma tête. Tout tournoya en moi jusqu'au vertige et je m'effondrai contre le bord.

Je serais tombé si Howard ne m'avait saisi aux épaules.

— Nous sommes sauvés! cria-t-il. Nous en sommes venus à bout.

— J'en suis heureux, dis-je. J'étais pourtant trop épuisé pour me réjouir vraiment. Mes jambes plièrent sous moi et ma tête partit en avant. Tous les spectacles de la terre furent absorbés par une obscurité miséricordieuse.

2

Howard écrivait quand je pénétrai dans la pièce.

— Comment va cette histoire? lui demandai-je.

Il ignora un moment ma question. Puis il se retourna lentement et me fit face. Il avait les yeux cernés et sa pâleur était inquiétante.

— Elle ne va pas bien, dit-il enfin. Elle ne me satisfait pas. Il y a des problèmes qui m'échappent encore. Je n'ai pas été capable de saisir toute l'horreur de la chose du bois Mulligan.

Je m'assis et allumai une cigarette.

— Je voudrais que vous m'expliquiez cette horreur, lui dis-je. Depuis trois semaines j'attends que vous parliez. Je sais que vous possédez un certain nombre d'éléments que vous me cachez. Qu'était la chose humide et spongieuse qui a atterri sur la tête de Wells dans le bois? Pourquoi avons-nous entendu un bourdonnement tandis que nous fuyions dans le brouillard? Que signifiait la forme que nous avons vue planer au-dessus des arbres? Et pourquoi, au nom du ciel, cette horreur ne s'est-elle pas répandue partout comme nous l'avons craint? Qu'est-ce qui l'en a empêchée? Howard, que croyez-vous qu'il soit vraiment arrivé au cerveau de Wells? Son corps a-t-il été brûlé avec la ferme ou sont-elles venues le *réclamer?* Et le second corps trouvé dans le bois Mulligan — cette maigre horreur noircie, à la tête profanée — comment expliquez-vous sa présence?

(Deux jours après l'incendie, on avait découvert un squelette dans le bois Mulligan. Seuls, quelques lambeaux de chair carbonisée adhéraient encore aux ossements, mais la calotte du crâne manquait.)

Il se passa encore beaucoup de temps avant qu'Howard n'ouvrît à nouveau la bouche. Il demeura assis, tête baissée, feuilletant un bloc-notes, et tout son corps agité de tremblements. Il leva enfin les yeux. Il y brillait une lueur éperdue et ses lèvres étaient toutes blanches.

— Oui, dit-il. Nous allons parler de cette horreur ensemble. La semaine dernière je ne voulais pas en parler. Cela me paraissait trop atroce pour pouvoir être traduit par des mots. Mais je ne trouverai jamais la paix ni le repos avant de l'avoir insérée dans une histoire, tant que je ne parviendrai pas à faire sentir et voir à mes lecteurs cette épouvantable, cette indicible chose. Je ne peux pourtant l'écrire avant d'être moi-même indiscutablement convaincu que je comprends tout cela. Cela m'aidera peut-être d'en parler.

« Vous m'avez demandé ce qu'était la chose humide qui était tombée sur la tête de Wells. Je crois qu'il s'agissait d'un cerveau humain — de l'essence d'un cerveau humain, extraite par un trou, ou des trous, de la tête d'un homme. Je crois que le cerveau était extrait par d'imperceptibles degrés, puis reconstitué par l'horreur. Je crois qu'elle utilisait les cerveaux humains dans un but qui lui était propre — pour en apprendre quelque chose, peut-être. A moins qu'elle n'ait fait que jouer avec les cerveaux. Le corps noirci, mutilé du bois Mulligan? C'était celui de la première victime, un pauvre imbécile qui avait dû s'égarer parmi ces grands arbres. Je soupçonne assez les arbres de lui avoir apporté leur aide. Je crois que l'horreur pouvait leur accorder une étrange vie. De toute manière, le pauvre type avait perdu son cerveau. L'horreur le lui avait volé et jouait avec puis, par pur accident, elle l'a laissé tomber. Elle l'a fait tomber sur la tête de Wells. Wells prétendait que le long bras mince et blanc qu'il avait aperçu cherchait quelque chose qu'il avait perdu. Bien entendu, Wells n'avait pas vraiment vu le bras de manière objective mais l'horreur, qui est sans forme ni couleur, avait déjà pénétré dans son cerveau et s'était revêtue de pensée humaine.

« Quant au bourdonnement que nous avons entendu et à la forme que nous avons cru voir au-dessus de la forêt en flammes — c'était l'horreur elle-même qui tentait de se faire sentir, cherchait à briser les barrières, à entrer dans nos cerveaux et à se revêtir de nos pensées. Elle a bien failli nous avoir. Si nous avions vu le bras blanc, nous aurions été perdus. »

Howard marcha jusqu'à la fenêtre. Il tira les rideaux et contempla un moment le port encombré et les grandes constructions blanches qui se dressaient très haut devant la lune. Il ne détachait pas son regard du profil que le bas de Manhattan découpait sur le ciel. Les escarpements des hauteurs de Brooklyn se dessinaient dans l'ombre, tout à fait à ses pieds.

— Pourquoi n'ont-elles pas fait notre conquête? s'écria-t-il. Elles auraient pu nous détruire totalement. Elles auraient pu nous balayer tous de la terre — toute notre richesse, toute notre puissance se seraient effondrées devant elles.

Je frissonnai.

— Oui..., pourquoi ces horreurs ne se sont-elles pas répandues? demandai-je.

Howard haussa les épaules.

— Je l'ignore. Peut-être ont-elles découvert que les cerveaux humains étaient trop insignifiants, trop absurdes pour qu'elles s'en soucient. Peut-être avons-nous cessé de les amuser. Peut-être se sont-elles lassées de nous. Il est concevable aussi que le *signe* ait pu les détruire — ou qu'il les ait renvoyées dans l'espace. Je crois qu'elles sont déjà venues il y a des millions d'années, qu'elles ont été effrayées et chassées alors par le signe. Quand elles ont découvert que nous n'avions pas oublié l'usage du signe, il est possible qu'elles aient fui, prises de terreur. Il est certain qu'il n'y a pas eu de manifestation de leur part depuis trois semaines. Je crois qu'elles ont disparu.

— Et Henry Wells? demandai-je.

— Eh bien, on n'a pas retrouvé son corps. J'imagine qu'elles étaient allées le chercher.

— Et vous avez sincèrement l'intention de mettre cette — cette obscénité dans une histoire? Oh, mon Dieu! Toute cette affaire est si impossible, si inouïe, que je n'arrive pas à y croire. N'avons-nous pas rêvé tout cela? Sommes-nous jamais allés à Partridgeville? Sommes-nous demeurés assis dans une vieille maison et avons-nous débattu de choses effrayantes tandis que le brouillard s'élevait en spirales autour de nous? Avons-nous marché dans ce bois maudit? Les arbres étaient-ils vraiment vivants et Henry Wells courait-il sur les mains et les genoux comme un loup?

Howard alla s'asseoir en silence et retroussa sa manche. Il me tendit son bras.

— Pouvez-vous réfuter l'existence de cette cicatrice? dit-il. Ce sont les marques qu'a laissées la bête qui m'a attaqué. L'homme-bête qui était Henry Wells. Un rêve? Je me couperais tout de suite ce bras au niveau du coude si vous réussissiez à me convaincre qu'il ne s'agissait que d'un rêve.

J'allai à la fenêtre et y demeurai longtemps à regarder Manhattan. *Voilà,* pensais-je, *quelque chose de substantiel. Il est absurde d'imaginer que n'importe quoi pourrait réussir à le détruire. Il est absurde d'imaginer que l'horreur ait été vraiment aussi terrible qu'elle nous l'a semblé, à Partridgeville. Il faut que je persuade Howard de ne rien écrire à son sujet. Nous devons, l'un comme l'autre, tenter de l'oublier.*

Je revins à l'endroit où il s'était assis et posai ma main sur son épaule.

— Vous allez abandonner l'idée de l'insérer dans une histoire, n'est-ce pas? l'exhortai-je, doucement.

— Jamais! Il s'était levé et ses yeux brillaient de colère. Croyez-vous que je vais abandonner maintenant que j'ai presque réussi à la saisir? Je vais écrire une histoire qui pénétrera jusqu'au cœur le plus intime d'une horreur qui n'a ni forme ni substance mais qui est plus redoutable qu'une ville frappée de la peste au moment où les cadences du glas sonnent la fin de tout espoir. Je surpasserai Poe. Je surpasserai tous les maîtres.

— Surpassez-les donc et soyez damné par-dessus le marché, lui dis-je, d'un ton irrité. C'est sur cette pente que l'on rencontre la folie, mais il est inutile de discuter avec vous. Votre égoïsme est trop monstrueux.

Je tournai les talons et sortis rapidement de la pièce. En descendant l'escalier, il me vint à l'esprit que je m'étais ridiculisé en exprimant mes craintes mais, alors même que je descendais, je ne pouvais m'empêcher de jeter des coups d'œil pleins d'appréhension par-dessus mon épaule comme si je m'étais attendu à ce qu'un grand bloc de pierre ne tombât d'en haut et ne vînt m'écraser contre le sol. *Il devrait oublier cette horreur,* me dis-je. *Il devrait la chasser de son esprit. Il va devenir fou s'il écrit quelque chose à son sujet.*

Trois jours passèrent avant que je ne revoie Howard.

— Entrez, me dit-il, d'une voix curieusement enrouée, quand je frappai à la porte.

Je le trouvai en robe de chambre et en pantoufles et je compris, dès que je le vis, qu'il était plein d'allégresse.

— J'ai gagné, Frank ! s'écria-t-il. J'ai pu reproduire la vibrante horreur qui a mangé le cerveau du pauvre Wells.

Sans me laisser le temps de reprendre haleine, il m'avait mis entre les mains un volumineux manuscrit.

— Lisez ça, Frank, m'ordonna-t-il. Asseyez-vous tout de suite et lisez ça !

J'allai jusqu'à la fenêtre et pris place sur le canapé. Je restai là, oubliant tout ce qui n'était pas les feuilles dactylographiées placées devant moi. J'avoue que j'étais dévoré de curiosité. Je n'avais jamais douté du pouvoir d'Howard. Avec de simples mots il opérait des miracles ; des souffles venus de l'inconnu passaient sur ses pages et des choses disparues depuis avant la création de la terre revenaient se soumettre à ses ordres. Mais lui-même était-il parvenu à suggérer l'horreur que nous avions rencontrée ? Avait-il su ne serait-ce qu'indiquer la chose répugnante et rampante qui s'était attribué le cerveau d'Henry Wells ?

Je lus l'histoire d'un bout à l'autre. Je la lus lentement, tout en me cramponnant aux coussins posés près de moi, tant était violent mon dégoût. Dès que je l'eus terminé, Howard s'en empara. Il avait sans doute deviné mon désir de la déchirer en mille morceaux.

— Qu'en pensez-vous ? s'écria-t-il, plein d'une joie triomphante.

— C'est absolument atroce ! m'exclamai-je. Cela

viole des régions secrètes de l'âme qu'il faudrait ne jamais toucher.

— Mais vous me concéderez que j'ai réussi à rendre cette horreur convaincante ?

J'acquiesçai d'un signe de tête et tendis la main pour prendre mon chapeau.

— Vous l'avez rendue si convaincante que je ne puis demeurer plus longtemps ici et en discuter avec vous. Je vais aller marcher jusqu'au matin. Je vais aller marcher jusqu'à ce que je sois trop fatigué pour me soucier de quoi que ce soit, pour penser, ou pour me souvenir.

— C'est une très grande histoire ! me cria-t-il, mais je sortis dans l'escalier et quittai la maison sans lui avoir répondu.

3

Il était plus de minuit quand le téléphone sonna. Je reposai le livre que j'étais en train de lire et décrochai le récepteur.

— Allô ! qui est à l'appareil ? demandai-je.

— Frank, c'est Howard ! La voix avait un timbre étrangement aigu. Venez aussi vite que vous le pourrez. *Elles sont revenues !* Et Frank, le signe est impuissant. J'ai essayé de faire le signe, mais le bourdonnement devient de plus en plus intense et une forme vague...

La voix d'Howard s'était malheureusement perdue dans le lointain.

Je hurlai dans le récepteur :

— Courage, mon vieux ! Ne les laissez pas soupçonner que vous avez peur. Faites et refaites le signe. J'arrive tout de suite.

La voix d'Howard me parvint à nouveau, sur un ton plus enroué, cette fois :

— La forme devient de plus en plus claire. Et je ne peux rien faire ! Frank, j'ai perdu le pouvoir de faire le signe. J'ai renoncé à tous mes droits à la demande de la protection du signe. Je suis devenu un prêtre du *diable.* Cette histoire — je n'aurais pas dû écrire cette histoire.

— Montrez-leur que vous n'avez pas peur ! lui criai-je.

— Je vais essayer ! Je vais essayer ! Ah, mon Dieu ! La forme est...

Je n'attendis pas d'en entendre davantage. Je saisis en toute hâte mon chapeau et mon manteau, descendis l'escalier en courant et me ruai dans la rue. Comme j'atteignai le bord du trottoir, une faiblesse me prit. Je m'accrochai à un lampadaire pour ne pas tomber et fis des signes désespérés à un taxi qui passait. Heureusement, le chauffeur m'aperçut. La voiture s'arrêta, je m'avançai en chancelant sur la chaussée et j'y montai.

— Vite ! criai-je. Emmenez-moi au 10, Brooklyn Heights !

— Oui, monsieur. Fait froid, cette nuit, non ?

— Froid ! m'exclamai-je. Il va sûrement faire froid quand elles pénétreront. Il va sûrement faire froid quand elles se mettront à...

Le chauffeur me dévisagea avec stupéfaction.

— Ça va, monsieur, dit-il. On va vous ramener à la maison, n' vous en faites pas, monsieur. Brooklyn Heights, c'est ça que vous avez dit, monsieur ?

— Brooklyn Heights, grognai-je, et je me laissai aller contre les coussins.

Tandis que la voiture prenait de la vitesse, j'essayai de ne pas penser à l'horreur de ce qui m'attendait. Je me raccrochai désespérément aux moindres choses. *Il est concevable,* pensai-je, *qu'Howard soit pris en ce moment d'un accès de folie. Comment l'horreur l'aurait-elle découvert parmi tant de millions de gens ? Il ne peut se faire qu'*elles, *elles aient délibérément cherché à le trouver. Il ne peut se faire qu'elles l'aient délibérément choisi parmi ces multitudes. Il est trop insignifiant — tous les êtres humains sont trop insignifiants. Elles ne tenteraient jamais d'appâter des êtres humains de façon délibérée. Elles n'essayeraient jamais de façon délibérée de jeter le filet pour prendre des êtres humains — et pourtant, elles sont allées trouver Henry Wells. Mais qu'a dit Howard ? « Je suis devenu un prêtre du diable. » Pourquoi pas* leur *prêtre ? Et si Howard était devenu leur prêtre sur la terre ? Et si le fait d'écrire cette histoire avait fait de lui leur prêtre ?*

Cette pensée était un véritable cauchemar pour moi et je la repoussai avec violence. *Il va avoir le courage de leur résister,* me dis-je. *Il va leur montrer qu'il n'a pas peur.*

— On y est, monsieur. Je vous aide à entrer, monsieur ?

La voiture s'était arrêtée et je gémis quand je me rendis compte que j'étais sur le point de pénétrer dans ce qui allait peut-être me servir de tombe. Je descendis sur le trottoir et tendis au chauffeur toute la monnaie que je possédais. Il me regarda, l'air stupéfait.

— Vous me donnez beaucoup trop. Tenez, monsieur...

Je le renvoyai d'un signe de la main et montai à toute vitesse vers la terrasse de la maison. Tandis que je glissai une clé dans la serrure, je l'entendis bougonner.

— Bien l'ivrogne le plus cinglé que j'aie jamais vu ! Il me donne quatre dollars pour lui faire dix blocs, et il ne veut ni merci ni rien...

— Je suis là, Howard ! Pouvez-vous descendre ?

Pas de réponse. J'attendis peut-être dix secondes, mais pas un bruit ne me parvint de la pièce du haut.

— Je monte ! criai-je en désespoir de cause et je m'engageai dans l'escalier. Je tremblai des pieds à la tête. *Elles l'ont pris,* pensai-je. *Je suis arrivé trop tard. Peut-être ferais-je mieux de ne pas — grand Dieu, qu'est-ce que c'était que ça ?*

J'étais incroyablement terrifié. On ne pouvait se méprendre sur ce bruit. Dans la pièce du dessus, quelqu'un s'était lancé avec volubilité dans une plaidoirie et poussait de grands cris, au comble de l'angoisse. Etait-ce la voix d'Howard que j'entendais ? Je ne pouvais saisir que quelques mots. « Rampant — brr ! Rampant — brr ! Oh, ayez pitié ! Froid et clai-air. Rampant — brr ! Dieu du ciel ! »

J'atteignis le palier, et quand les supplications s'élevèrent jusqu'à n'être plus que des cris rauques, je me laissai tomber à genoux et fis sur mon corps, sur le mur près de moi, puis en l'air — le signe. Je fis le signe originel qui nous avait sauvés dans le bois Mulligan, mais cette fois, je le fis bien maladroitement, non avec du feu, mais avec des doigts qui tremblaient et s'accrochaient à des vêtements, et je le fis sans courage ni espoir, je le fis sombrement, avec la conviction que plus rien ne pouvait me sauver.

Je me relevai ensuite rapidement et achevai de monter l'escalier. Je priai pour qu'elles s'emparent de moi rapidement, que mes souffrances soient brèves, sous les étoiles.

La porte de la chambre d'Howard était entrouverte. Dans un effort prodigieux, je tendis la main et saisis le bouton. Lentement, je la repoussai vers l'intérieur.

Un instant, je ne vis que la forme immobile d'Howard, étendue sur le sol. Il était allongé sur le dos. Ses genoux étaient ramenés contre sa poitrine et il avait levé une main devant son visage, la paume tournée vers l'extérieur, comme pour éviter une vision insoutenable.

En entrant dans la pièce, j'avais délibérément baissé les yeux pour réduire mon champ de vision. Je n'apercevais que le plancher et la partie inférieure de la pièce. Je ne voulais pas lever les yeux. Je les avais tenus baissés pour me protéger, car je redoutais ce qu'il pouvait y avoir dans la pièce.

Je ne voulais pas lever les yeux, mais il y avait dans cette chambre des forces, des puissances à l'œuvre, auxquelles je ne pouvais résister. Je savais que si je portais plus haut mon regard, il était possible que l'horreur me détruisît, mais je n'avais pas le choix.

Lentement, avec difficulté, je levai les yeux et regardai de l'autre côté de la pièce. Il eût été préférable pour moi, je crois, de m'être aussitôt précipité en avant et de m'être livré à la chose qui se dressait, là, devant moi. La vision de cette terrible forme voilée de sombre s'interposera entre les plaisirs du monde et moi aussi longtemps que je serai de ce monde.

Elle s'élevait du plancher jusqu'au plafond et répandait une lumière aveuglante. Et, transpercées par les rayons, les pages de la nouvelle d'Howard tourbillonnaient dans tous les sens.

Au centre de la pièce, entre le plancher et le plafond, les pages tourbillonnaient dans tous les sens et la lumière consumait chaque feuille en la transperçant, puis descendant en spirales, ses rayons pénétraient dans le cerveau de mon pauvre ami. A l'intérieur de sa tête, la lumière se déversait en un flot continu, et au-dessus de lui, le Maître de la Lumière se déplaçait en faisant osciller sa masse tout entière. Je hurlai et me couvris les yeux des mains, mais le Maître continuait toujours à se déplacer — d'arrière en avant, d'arrière en avant. Et toujours la lumière se déversait dans le cerveau de mon ami.

Alors, de la bouche du Maître, sortit un son absolument atroce... J'avais oublié le signe que j'avais fait par trois fois, plus bas, dans l'obscurité. J'avais oublié le haut et terrible mystère en face duquel tous les envahisseurs avaient été impuissants. Mais quand je le vis se former dans la pièce, se former de manière immaculée, avec une terrible intégrité, au-dessus de la lumière qui se déversait vers le sol, je sus que j'étais sauvé.

J'éclatai en sanglots et tombai à genoux. La lumière faiblit, et le Maître se recroquevilla sous mes yeux.

Alors, des murs, du plafond, du plancher, jaillit une flamme — la flamme blanche, purificatrice qui consume, qui dévore et qui détruit à jamais.

Mais mon ami était mort.

L'HABITANT DE L'OMBRE

PAR AUGUST DERLETH

Ceux qui sont à la recherche de l'horreur hantent les lieux étrangers et lointains. Les catacombes de Ptolémée et les mausolées sculptés des pays de cauchemar leur conviennent. Ils escaladent au clair de lune les tours des châteaux en ruine des bords du Rhin ; ils parcoururent en chancelant les noirs escaliers drapés de toiles d'araignée parmi les pierres éparses des cités d'Asie au nom perdu. Les bois hantés et les monts désolés sont leurs chapelles, ils flânent autour des monolithes sinistres dressés en des îles désertes. Mais le véritable amateur de terreur, celui qui trouve la raison d'être dans la quête d'un nouveau frisson devant une abomination inouïe, préfère à tout le reste les vieilles fermes isolées des pays de forêts. Là, en effet, les plus sombres éléments d'absurdité, de solitude, de grotesque et d'ignorance se mêlent pour créer une atmosphère hideuse d'une perfection presque absolue.

H. P. LOVECRAFT.

1

Encore tout récemment, le voyageur qui visitait le centre nord du Wisconsin et qui prenait à gauche au carrefour de la grand-route de la Brulé River et de la route à péage de Chequamegon, en direction de Pashepaho, se trouvait dans une région si primitive qu'elle paraissait privée de tout contact avec l'humanité. S'il persévérait le long de cette petite route peu fréquentée, il atteignait quelques cabanes délabrées qui avaient dû être habitées autrefois, mais que la forêt avait récupérées depuis longtemps. L'endroit n'est pas un désert ; une végétation dense s'y est développée et il y persiste une aura intangible mais sinistre, une sorte d'oppression lourde de menace pour l'esprit que le voyageur le plus insouciant ressent presque immédiatement ; en effet, la route qu'il a prise devient toujours plus ardue et finit par disparaître, juste avant d'arriver à une cabane abandonnée, qui se dresse au bord d'un lac clair et bleu entouré d'arbres centenaires, l'air d'être plongés à jamais dans de sombres méditations. C'est un lieu où les seuls bruits que l'on perçoit sont les cris nocturnes des hiboux, des engoulevents, des étranges grèbes et la voix du vent dans les arbres. Mais est-ce bien toujours la voix du vent qu'on entend dans les arbres ? Qui saurait dire si la brindille qui craque trahit le passage d'un animal — ou de quelque chose de plus, de quelque créature inconnue de l'homme ?

La forêt ceinturant la cabane abandonnée du lac de Rick avait à vrai dire une étrange réputation, longtemps avant que je n'en aie moi-même entendu parler, réputation qui allait au-delà des bruits du même genre qui courent au sujet de lieux primitifs fort semblables. Il circulait de curieuses rumeurs à propos d'un être qui aurait vécu dans les profondeurs obscures de la forêt — non les habituelles et extravagantes histoires de fantômes — à propos d'une créature entre l'homme et la bête dont les autochtones disaient avec crainte qu'elle vivait aux confins de cette région et à laquelle seuls faisaient allusion les hochements de tête obstinés des quelques Indiens qui quittaient cette contrée pour le sud. La forêt avait pour le moins une réputation déplaisante et, dès avant le tournant du siècle, il courait sur elle une histoire qui aurait fait réfléchir le plus intrépide des aventuriers.

La première allusion apparaissait dans les notes d'un

missionnaire qui était allé secourir une tribu d'Indiens dont on avait signalé l'état de famine au poste de Chequamegon Bay, plus au nord. Le père Piregard avait disparu, mais les Indiens avaient plus tard rapporté ses effets : une sandale, son rosaire, un livre de prières où il avait noté quelques phrases curieuses et qu'on avait soigneusement conservé : « J'ai la conviction d'être suivi par quelque créature. J'ai pensé tout d'abord à un ours mais à présent je suis obligé de croire qu'il s'agit de quelque chose d'infiniment plus monstrueux que tout ce qui existe sur cette terre. Les ombres s'allongent et je pense que je suis pris d'un léger délire car je persiste à entendre une étrange musique et d'autres sons curieux qui ne peuvent assurément avoir aucune origine naturelle. Il y a aussi l'illusion troublante de grands pas qui font trembler la terre et j'ai déjà rencontré plusieurs fois une très large empreinte dont la forme varie... »

Le second témoignage était beaucoup plus sinistre. Lorsque le grand Bob Hiller, un des rois du bois les plus rapaces de tout le Middle West, avait commencé à empiéter sur la zone du lac de Rick, au milieu du siècle dernier, il n'avait pas manqué d'être impressionné par la richesse en pins des alentours du lac et, sans qu'elle lui ait appartenu, il avait suivi la coutume des rois du bois et y avait envoyé des hommes à lui qui travaillaient sur une coupe voisine, sa propriété celle-là, sous le prétexte qu'il ne savait pas où passait la frontière de son domaine. Treize hommes n'étaient pas revenus de cette première journée de travail à l'entrée de la zone forestière qui entourait le lac de Rick ; deux des corps n'avaient jamais été retrouvés ; quatre avaient été découverts — fait inconcevable — dans le lac, à plusieurs kilomètres de l'endroit où les hommes avaient coupé du bois ; les autres avaient été récupérés en divers points de la forêt. Hiller avait cru avoir affaire à une guerre du bois. Il avait fait arrêter le travail pour tromper l'adversaire inconnu, puis avait soudain ordonné à ses hommes de retourner travailler dans la zone interdite. Après avoir perdu cinq hommes de plus, Hiller avait abandonné et personne, depuis lors, n'avait touché à cette forêt, à l'exception d'un ou deux individus qui avaient acquis de la terre par là et s'étaient fixés dans la région.

Tous, sans exception, étaient repartis au bout d'un court laps de temps, sans guère parler, mais laissant entendre beaucoup de choses. Pourtant, la nature des allusions qu'ils faisaient à voix basse était telle qu'ils durent bientôt renoncer à donner la moindrc cxplication. Les histoires qu'ils racontaient, pleines de sous-entendus concernant quelque chose de trop horrible pour être décrit, une malfaisance millénaire qui aurait précédé tout ce dont aurait pu rêver l'archéologue le plus savant, étaient par trop incroyables. Un seul d'entre eux avait disparu et on n'avait jamais pu retrouver sa trace. Les autres avaient abandonné la forêt et étaient allés se perdre ensuite parmi leurs congénères, quelque part dans le pays — tous, sauf un métis que l'on appelais le vieux Pierre. Lui, obsédé par l'idée qu'il y avait des gîtes minéraux aux alentours de la forêt, s'en allait parfois camper à la lisière, tout en évitant avec soin de s'y aventurer.

Il était inévitable que les légendes du lac de Rick ne finissent par attirer l'attention du professeur Upton Gardner, de l'université de l'Etat. Il avait réuni les œuvres complètes de Paul Bunyan, de Wiskey Jack et les contes de Hodag, et il préparait un recueil de légendes du pays quand il tomba pour la première fois sur les contes curieux et à demi oubliés qui émanaient de la région du lac de Rick. Je devais découvrir plus tard qu'il ne leur avait d'abord accordé qu'un faible intérêt. Les légendes abondent toujours dans les régions peu fréquentées et rien n'indiquait que celles-ci avaient plus d'importance que d'autres. A dire vrai, il n'y avait pas similitude, au sens strict du mot, entre elles et les contes déjà bien connus. En effet, alors que les légendes ordinaires évoquent des apparitions fantomatiques d'hommes ou d'animaux, des trésors perdus, des croyances tribales et autres sujets du même genre, celles du lac de Rick en différaient par l'insistance avec laquelle elles traitaient de créatures exagérées — ou plutôt d'« une créature » — étant donné que nul n'avait jamais prétendu en avoir vu plus d'une, ne fût-ce que vaguement, dans l'obscurité de la forêt. Il s'agissait d'une créature mi-homme mi-bête, dont on donnait toujours à entendre que la description était inexacte puisqu'elle ne correspondait pas vraiment à l'idée que le narrateur se faisait de ce qui se cachait là-bas, près du lac. Néanmoins, le professeur Gardner se serait contenté selon toute probabilité d'ajouter ces légendes à son recueil, telles qu'il les avait entendues, s'il n'avait appris deux curieuses nouvelles — apparemment sans lien entre elles — ni effectué par hasard une troisième découverte.

Ces deux nouvelles se trouvaient l'une et l'autre dans les articles de journaux du Wisconsin, publiés à une semaine d'intervalle. Le premier était un bref compte rendu, non dénué d'ironie, intitulé : *Une Serpent de Mer dans un Lac du Wisconsin ?* Le texte en était le suivant :

« Au cours d'un vol d'essai effectué hier, au-dessus du nord du Wisconsin, le pilote Joseph X. Castelton a rapporté avoir vu un grand animal qui se baignait la nuit, dans un lac de forêt des environs de Chequamegon. Castelton qui se trouvait alors pris dans une pluie d'orage volait bas quand, voulant se rendre compte de sa position, il examina le sol au moment où un éclair l'illuminait. Il aperçut ce qui lui parût être un très grand animal sortant des eaux d'un lac en dessous de lui, qui disparut dans la forêt. Le pilote n'a rien ajouté de plus précis. Il affirme pourtant que la créature qu'il a vue n'était pas le monstre du loch Ness. » Le second article était le récit absolument fantastique de la découverte du corps du père Piregard, en bon état de conservation, à l'intérieur d'un tronc creux, au bord de la Brulé River. Pris tout d'abord pour un membre égaré de l'expédition Marquette-Joliet, le père Piregard avait été rapidement identifié. A ce témoignage, on avait joint une déclaration glaciale du président de la Société d'Histoire de l'Etat, dans laquelle il réfutait formellement l'authenticité de la découverte, n'y voyant qu'une mystification.

La découverte du professeur Gardner fut simplement que l'un de ses vieux amis était le propriétaire de la cabane abandonnée, ainsi que de la plus grande partie du rivage du lac de Rick.

La suite des événements était donc tout à fait inévitable. Le professeur Gardner rapprocha aussitôt les deux articles des légendes du lac de Rick. Cela n'aurait peut-être pas suffi à le persuader d'abandonner ses travaux sur les très nombreuses légendes du Wisconsin pour entreprendre une recherche spécifique d'un tout autre ordre mais un fait beaucoup plus stupéfiant se produisit alors qui le fit se rendre en toute hâte chez le propriétaire de la cabane abandonnée pour lui demander l'autorisation d'occuper cet endroit dans l'intérêt de la science. La cause de cet empressement était la demande faite par le conservateur du musée de l'Etat de venir le rejoindre un soir tard, dans son bureau, pour lui montrer une nouvelle pièce qui venait d'arriver. Il s'y rendit en compagnie de Laird Dorgan et ce fut Laird qui vint me trouver.

Toutefois, c'est après cette soirée que le professeur Gardner disparut.

Car il disparut effectivement. Après avoir reçu pendant trois mois quelques rapports en provenance du lac de Rick, on n'avait plus eu la moindre nouvelle de la cabane ni entendu parler le moins du monde du professeur Upton Gardner.

Laird vint me trouver un soir d'octobre dans ma chambre du club de l'université. Ses yeux bleus, pleins de franchise, étaient sombres, ses lèvres pincées et son front plissé ; il manifestait en outre un état d'excitation relative qui ne devait rien à l'alcool. Je supposai qu'il avait trop travaillé ; les premiers examens de ses classes de l'université du Wisconsin venaient juste de s'achever et Laird prenait toujours les examens au sérieux — c'était déjà ainsi du temps qu'il était étudiant mais à présent qu'il faisait partie du corps enseignant il se montrait doublement consciencieux.

Il ne s'agissait pourtant pas de cela. Le professeur Gardner avait disparu depuis un mois déjà et c'était là le sujet de sa préoccupation. Il me le dit en ces termes, puis il ajouta :

— Jack, il faut que j'aille là-bas pour voir ce que je peux faire.

— Mon vieux, si le shérif et ses hommes n'ont rien découvert, que pourrez-vous faire de mieux ? lui demandai-je.

— D'abord, j'en sais plus long qu'eux.

— Alors, pourquoi ne leur avoir rien dit ?

— Parce que ce n'est pas le genre de choses auxquelles ils prêteraient attention.

— Des légendes?

— Non.

Il me regardait avec un air méditatif, comme s'il se demandait s'il pouvait me faire confiance. Je fus soudain certain qu'il savait quelque chose et cela le préoccupait, lui tout du moins, au plus haut point. J'éprouvais, en outre, la plus curieuse sensation de prémonition et d'avertissement que j'aie jamais connue. A l'instant même, il me sembla qu'une forte tension occupait toute la pièce et que l'air était tout chargé d'électricité.

— Si je vais là-bas — pensez-vous que vous pourriez m'accompagner?

— Je pense que je pourrais m'arranger pour le faire.

— Bien.

Il fit une ou deux fois le tour de la pièce, l'air rêveur, me jetant de temps à autre un regard qui trahissait encore son doute et son incapacité à se décider.

— Voyons, Laird — asseyez-vous et détendez-vous. Ce manège de lion en cage ne vaut rien pour vos nerfs.

Il suivit mon conseil, s'assit et se couvrit le visage de ses mains, puis il frissonna. L'inquiétude me saisit ; mais il se reprit au bout de quelques secondes, se renversa dans son siège et alluma une cigarette.

— Jack, vous connaissez les légendes qui courent sur le lac de Rick?

Je lui affirmai que je les connaissais, ainsi que l'histoire de l'endroit depuis le début — ce qu'on avait pu écrire à ce sujet, tout au moins.

— Et les articles de journaux que j'avais signalés à votre attention...?

— Les articles aussi. Je m'en souvenais car Laird était venu m'entretenir de l'effet qu'ils avaient eu sur son patron.

— Le second, à propos du père Piregard, commença-t-il ; puis il hésita et s'arrêta. Toutefois, après une profonde aspiration, il poursuivit: Vous savez que Gardner et moi étions allés voir le conservateur dans son bureau, un soir du printemps dernier.

— Oui, j'étais dans l'Est, à l'époque.

— C'est vrai. Eh bien, nous étions allés là-bas. Le conservateur avait quelque chose à nous montrer. Que croyez-vous que c'était?

— Aucune idée. Qu'est-ce que c'était?

— Le cadavre dans l'arbre.

— Non!

— Ça nous a donné un sacré choc. Il était là, avec le tronc creux, exactement comme on l'avait découvert. Il avait été envoyé au musée pour y être exposé. Mais il ne l'a jamais été, bien entendu — et pour une excellente raison. Quand Gardner l'a vu, il a cru qu'il s'agissait d'un mannequin de cire. Mais ça n'en était pas un.

— Vous ne voulez pas dire qu'il s'agissait du vrai?

Laird hocha la tête.

— Je sais que c'est incroyable.

— C'est tout simplement impossible.

— Eh bien, oui, je suppose que c'est impossible. C'était pourtant comme ça. C'est pourquoi il n'a jamais été exposé — simplement sorti de l'arbre et puis enterré.

— Je ne vous suis pas très bien.

Il se pencha en avant et me dit avec le plus grand sérieux:

— Eh bien, quand il est arrivé, il avait tout à fait l'air d'avoir été parfaitement préservé, comme s'il avait été embaumé. Ce n'était pas ça. Il était gelé. Il commença à dégeler au cours de cette nuit-là. Il y avait d'ailleurs un certain nombre de choses qui indiquaient que le père Piregard n'était pas mort depuis trois siècles, comme l'histoire le prétend. Le corps commençait à se détacher en une douzaine de points — pas à tomber en poussière, rien de ce genre. Gardner a estimé qu'il n'était pas mort depuis plus de cinq ans. Où avait-il été dans l'intervalle?

Il était parfaitement sincère. Je n'y aurais pas cru, tout d'abord. Mais il y avait un sérieux si troublant chez Laird que je m'interdis de faire la moindre remarque à la légère. Si j'avais traité son histoire de plaisanterie, comme j'avais été tenté de le faire, il n'aurait plus soufflé mot et serait sorti de la pièce pour réfléchir en secret à ce problème, ce qui aurait eu Dieu sait quelles conséquences néfastes pour lui. Je ne fis donc absolument aucune réflexion pendant quelque temps.

— Vous ne me croyez pas?

— Je n'ai pas dit ça.

— Je le sens.

— Non. C'est difficile à accepter. Disons que je crois en votre sincérité.

— C'est assez honnête, fit-il gravement. Avez-vous assez foi en moi pour m'accompagner jusqu'à la cabane et tenter de découvrir ce qui peut s'y être passé ?

— Oui.

— Je crois cependant que vous ferez bien de lire ces extraits des lettres de Gardner, avant toute chose.

Il les posa sur mon bureau comme s'il m'avait lancé un défi. Il les avait recopiées sur une seule feuille de papier, et comme je m'en saisissais, il m'expliqua rapidement que ces lettres étaient celles que le professeur Gardner avait écrites de la cabane. Quand il eut terminé, je me reportai aux extraits et commençai à lire :

Je ne puis nier qu'il règne autour de la cabane, du lac, de la forêt même, une aura de malveillance, de danger imminent. Laird, vous comprendriez que c'est plus que cela si je parvenais à vous l'expliquer, mais c'est l'archéologie qui est mon domaine, non le roman. Or, il faudrait être romancier, je crois, pour parvenir à bien rendre ce que je ressens... Oui, il y a des moments où j'ai nettement l'impression que quelqu'un ou quelque chose *m'observe de la forêt ou bien du lac — cela ne semble faire aucune différence, telle que j'aimerais en saisir ; c'est tout de même suffisant pour m'inciter à réfléchir. J'ai réussi, l'autre jour, à entrer en contact avec le vieux Pierre, le métis. Il était un peu trop sous l'emprise de l'alcool, mais j'ai fait allusion devant lui à la cabane et à la forêt, il s'est fermé. Mais il avait prononcé des mots pour en parler : il l'avait appelé le Wendigo — vous connaissez cette légende, originaire en réalité du Canada français.*

Telle était la première lettre, rédigée une semaine après l'arrivée de Gardner à la cabane abandonnée des bords du lac de Rick. La seconde était remplie de détails pratiques et avait été envoyée par exprès.

Voulez-vous télégraphier à l'université Miskatonic, à Arkham dans le Massachusetts, pour demander si on peut obtenir, pour la consulter, une photocopie d'un livre connu sous le titre de Necronomicon *qui aurait été écrit par un Arabe qui signait Abdul Alhazred ? Faites également une demande au sujet des* Manuscrits Pnakotiques *et du* Livre d'Eibon ; *essayez de découvrir s'il est possible d'acquérir par l'intermédiaire d'une des librairies locales un exemplaire de* Je suis d'Ailleurs et autres histoires, *de H.P. Lovecraft, paru chez Arkham House, l'année dernière. Je crois que ces ouvrages, séparément et tous ensemble, peuvent m'aider à déterminer exactement ce qui hante cet endroit. Car* il y a *quelque chose ; ne vous leurrez pas sur ce point ; j'en suis convaincu et quand je vous aurais dit que je crois que cela est ici non depuis des années, mais depuis des siècles – peut-être même depuis avant l'apparition de l'homme –, vous comprendrez que je suis peut-être sur le point de faire de grandes découvertes.*

Aussi surprenante qu'ait pu paraître cette lettre, la troisième l'était encore davantage. Un intervalle d'une quinzaine de jours s'était d'ailleurs écoulé entre la seconde et la troisième lettre, et il était évident qu'un événement s'était produit qui avait fait perdre une partie de son sang-froid au professeur Gardner ; car la troisième lettre portait la marque, jusque dans cet extrait, d'un trouble profond.

Tout est malfaisant, ici... Je ne sais pas si c'est la Chèvre Noire aux Mille Petits ou l'Etre Sans Visage, et/ou quelque chose de plus qui chevauche le vent. Pour l'amour de Dieu... ces maudits fragments !... Quelque chose dans le lac, aussi, et la nuit, ces bruits ! Tout est calme, et puis brusquement, ces sons atroces. Et les voix !... Ou bien n'est-ce qu'un rêve ? Est-ce ma propre voix que j'entends dans l'ombre ?...

Plus j'avançais dans la lecture de ces extraits, plus je me sentais bouleversé. Certaines des implications et des allusions, tout ce qui était demeuré entre les lignes de ce que le professeur Gardner avait écrit suggérait l'existence d'une malveillance terrible, sans âge, et je sentis que s'offrait à Laird Dorgan et à moi-même une aventure si incroyable, si bizarre, si pleine de dangers extraordinaires, que nous pourrions très bien ne pas en revenir pour la raconter. Pourtant, je me doutais déjà que nous n'oserions jamais rien dire de ce que nous pourrions découvrir au lac de Rick.

— Qu'en pensez-vous? me demanda Laird avec impatience.

— J'en suis.

— Bon! Tout est prêt. J'ai même un dictaphone et suffisamment de piles pour le faire marcher. J'ai demandé au shérif du comté de Pashepaho de bien vouloir rapporter sur place les notes de Gardner et de tout remettre comme il l'avait trouvé.

— Un dictaphone? l'interrompis-je. Pourquoi faire?

— Les sons dont il parle dans les lettres — nous allons pouvoir établir ce point une fois pour toutes. S'ils se produisent bien là-bas, le dictaphone les enregistrera. S'ils ne sont que le produit de l'imagination, il ne les prendra pas. Il s'arrêta un instant, le regard très grave. Vous savez, Jack, nous ne sortirons peut-être pas vivants de cette histoire.

— Je sais.

Ce que je ne dis pas, parce que je comprenais que Laird, lui aussi, sentait les choses de la même manière, c'est que nous allions partir nous mesurer, tels deux David nains, à un adversaire dont la taille serait supérieure à celle de n'importe quel Goliath, un adversaire invisible et inconnu, qui ne portait pas de nom, tout enveloppé de légendes et de craintes, un habitant de l'ombre des bois, mais aussi de l'ombre plus profonde encore que l'esprit de l'homme, depuis qu'il est apparu, cherche à explorer.

2

Le shérif Cowan était à la cabane lorsque nous y arrivâmes. Le vieux Pierre se trouvait avec lui. Le shérif était un homme de haute taille, taciturne, visiblement de souche yankee. Bien que sa famille eût été fixée dans la région depuis quatre générations, il parlait avec un ton nasillard qui s'était sans doute transmis de père en fils. Le métis avait la peau basanée, un aspect négligé; il avait une manière bien à lui de parler peu, mais de temps à autre, il souriait ou ricanait tout bas, comme à une plaisanterie qui n'aurait appartenu qu'à lui.

— J'ai apporté du courrier qui était arrivé par exprès il y a quelque temps pour le Professeur, dit le shérif. Il y a un paquet qui vient de quelque part dans le Massachusetts, et l'autre, du Sud, du côté de Madison. J'ai pensé que ça ne valait pas la peine de les renvoyer. Alors, je les ai pris et les ai apportés avec les clés. Je ne sais pas si, vous autres, vous arriverez à grand-chose. Mes hommes et moi, on est passés à travers tous ces bois et on n'a rien vu. Pas ça.

— Vous leur dites pas tout, coupa le métis en souriant.

— Il n'y a rien d'autre à dire.

— Et cette image ?

Le shérif haussa les épaules d'un air irrité.

— Sacré nom d'un chien, Pierre, ça n'a rien à voir avec la disparition du Professeur.

— Il l'avait pourtant dessinée, pas vrai ?

Ainsi pressé, le shérif révéla que deux de ses hommes étaient tombés, au cœur des bois, sur une grande dalle, ou un pan de roche ; cette dalle était envahie par la mousse, recouverte par les herbes, mais on devinait à la surface un étrange dessin, manifestement aussi vieux que la forêt — œuvre, sans doute, de l'une des premières tribus indiennes qui soient venues se fixer dans le nord du Wisconsin, avant les Sioux Dakotah ou les Winnebago.

Le vieux Pierre grogna avec mépris.

— C'est pas un dessin indien.

Le shérif ne lui prêta pas attention et poursuivit. Le dessin représentait une sorte de créature ; mais personne ne pouvait dire ce que c'était ; ça n'était certainement pas un homme, mais d'un autre côté, ça n'avait pas l'air d'avoir un pelage, comme une bête. De plus, l'artiste inconnu avait oublié de lui donner un visage.

— Et à côté, il y avait deux choses, fit le métis.

— Ne faites pas attention à lui, nous demanda alors le shérif.

— Ces deux choses, qu'est-ce que c'était ? s'enquit Laird.

— Rien que des choses, répliqua le métis en ricanant. Eh oui ! Il n'y a pas d'autre façon de le dire — c'était pas humain, c'était pas animal, juste des choses.

Cowan était irrité. Soudain, il se fit brusque ; il ordonna au métis de se tenir tranquille, puis déclara que si nous avions besoin de lui il serait dans son bureau de Pashepaho. Il ne nous expliqua pas comment nous pourrions faire pour le joindre, étant donné que le téléphone n'était pas installé dans la cabane, mais il ne prenait visiblement pas au sérieux les nombreuses légendes qui couraient sur cette région dans laquelle nous nous étions aventurés avec tant de résolution. Le métis nous considérait avec une indifférence presque totale, lorsqu'il ne souriait pas d'un air malin, comme cela lui arrivait de temps à autre, et son regard sombre examinait nos bagages avec une curiosité et un vif intérêt. Laird croisa plusieurs fois son regard et toujours, le vieux Pierre détourna les yeux avec indolence. Le shérif parlait toujours: les notes et les dessins laissés par le disparu se trouvaient sur le bureau dans la grande pièce, qui constituait presque tout le rez-de-chaussée de la cabane, à l'endroit exact où il les avait découverts. Ils étaient la propriété de l'Etat du Wisconsin et devaient être retournés au bureau du shérif, quand nous en aurions terminé avec eux. Sur le seuil, il se retourna pour nous lancer une dernière flèche ; il nous dit qu'il espérait que nous ne resterions pas trop longtemps, étant donné que: « Bien que je ne partage pas toutes ces idées saugrenues — ça ne s'est pas révélé si sain que ça pour certains particuliers qui sont venus par ici. »

— Le métis sait ou soupçonne quelque chose, me dit Laird aussitôt après. Il nous faudra entrer en contact avec lui quand le shérif ne sera pas dans les parages.

— Gardner n'avait-il pas écrit qu'il était assez peu loquace dès qu'on en arrivait aux faits concrets?

— Exact, mais il indiquait la façon de s'en sortir. L'alcool.

Nous commençâmes à nous installer, rangeant nos provisions, mettant en place le dictaphone, préparant les choses en vue d'un séjour de deux semaines, au moins. Nos provisions étaient assez abondantes pour nous permettre de tenir tout ce temps-là et s'il nous fallait rester plus longtemps, nous pourrions nous rendre à Pashepaho pour nous réapprovisionner. En outre, Laird avait apporté deux douzaines de cylindres de dictaphone, si bien que nous en avions en quantité pour un temps indéfini, d'autant que nous n'avions l'intention de les utiliser que lorsque nous serions endormis — cela ne se produirait d'ailleurs pas souvent, car nous étions convenus que l'un de nous veillerait tandis que l'autre se reposerait. Nous n'avions pourtant pas l'optimisme de croire que nous éviterions toute défaillance, d'où la machine. Ce ne fut qu'après avoir déposé tout ce qui nous appartenait que nous nous intéressâmes aux documents que le shérif avait apportés. Nous avions déjà eu amplement l'occasion de nous rendre compte de l'atmosphère très particulière qui régnait en ce lieu.

Ce n'était pas un effet de l'imagination : il y avait une atmosphère étrange autour de la cabane et de ses environs. Ce n'était pas simplement le calme presque sinistre que l'on sentait régner, les grands pins qui se rapprochaient toujours plus de la cabane, les eaux bleues du lac, c'était quelque chose de plus : une impression d'attente presque menaçante pendant laquelle on aurait retenu sa respiration, une sorte de disposition tout à la fois distante et réservée qui étaient inquiétantes — comme ces instants où un épervier plane tout à loisir au-dessus d'une proie dont il sait qu'elle ne pourra pas échapper à ses serres. Et cette impression n'était pas fugitive. Nous l'avions ressentie presque immédiatement et elle ne fit que croître tranquillement pendant toute l'heure que nous passâmes à travailler là. On la ressentait d'ailleurs si nettement que Laird m'en parla comme d'un fait acquis depuis longtemps qu'il savait que j'acceptais moi aussi ! Il n'y avait rien pourtant, à l'origine, auquel on pouvait l'attribuer. Il existe des milliers de lacs semblables au lac de Rick dans le nord du Wisconsin et du Minnesota et si nombre d'entre eux ne sont pas situés dans des régions boisées, ceux qui s'y trouvent ne diffèrent guère par leurs aspects du lac de Rick ; aussi n'y avait-il rien dans l'apparence de ce lieu qui contribuât le moins du monde à faire naître le sentiment d'horreur qui semblait planer au-dessus de nous, avant de nous envahir. En vérité, le cadre aurait dû inspirer quelque chose de tout différent. Sous le soleil de l'après-midi, la vieille cabane, le lac, la grande forêt tout autour avaient un air retiré du monde tout à fait plaisant — un air qui contrastait avec l'intangible aura de malfaisance, la rendant d'autant plus nette et d'autant plus redoutable. L'odeur des pins, la fraîcheur de l'eau contribuaient à faire ressortir ce qu'avait de menaçant cette intangible disposition.

Nous en arrivâmes enfin à examiner les documents abandonnés sur le bureau du professeur Gardner. Les paquets expédiés par exprès contenaient, comme nous nous y attendions un exemplaire de *Je suis d'Ailleurs et autres histoires,* de H. P. Lovecraft, envoyé par les éditeurs, plus des photocopies de manuscrits et de certaines pages imprimées extraites du *Texte de R'lyeh* et du *De Vermis Mysteriis,* de Ludwig Prinn — sans doute adressés en supplément de documents transmis auparavant au professeur par le bibliothécaire de l'université Miskatonic, car nous découvrîmes parmi les papiers rapportés par le shérif un certain nombre de pages du *Necronomicon,* dans la traduction d'Olaus Wormius, outre quelques autres, tirées des *Manuscrits Pnakotiques.* Mais ce qui retint notre attention, ce ne fut pas ces pages, pour l'essentiel inintelligibles pour nous, ce furent les notes fragmentaires qu'avait laissées le professeur Gardner.

Il était évident qu'il n'avait eu le temps que de jeter sur un papier les questions et les pensées qui s'étaient présentées à son esprit et s'il était manifeste que l'élaboration en était encore succincte, il y avait pourtant dans ses écrits une évocation de terreur qui prenait des proportions gigantesques, lorsque tout ce qu'il n'avait pas noté devenait clair.

« La dalle est-elle : a) simplement une ruine ancienne ; b) un repère, comme ceux dont on use pour signaler une tombe ; c) un point focal pour Lui ? Dans le dernier cas, en partant de l'extérieur ? De dessous ? (NOTA : Rien n'indique que l'objet ait été déplacé.)

« Cthulhu ou Kthulhut. Dans le lac de Rick ? Un passage souterrain vers le lac Supérieur et l'Océan, via le Saint-Laurent ? (NOTA : Excepté le récit de l'aviateur, rien n'indique que la Chose ait le moindre rapport avec l'eau. Ce n'est probablement pas l'une des créatures de l'eau.)

« Hastur. Mais les manifestations ne semblent pas non plus avoir été celles des créatures de l'air.

« Yog-Sothoth. De la terre, certainement. -Mais il n'est pas l'Habitant de l'Ombre. (NOTA : La Chose, quelle qu'elle soit, doit être l'une des déités de la terre, même si elle se déplace à travers le temps et l'espace. Il cst possiblc qu'il y cn ait plus d'unc, dont seule la créature terrestre serait parfois visible. Ithaqua, peut-être ?)

« L'Habitant de l'Ombre. » Pourrait-il s'agir de l'Etre Aveugle, l'Etre Sans Visage ? On pourrait alors véritablement dire de lui qu'Il vit dans l'Ombre. Nyarlathotep ? Shub-Niggurath ?

« Que dire du feu ? Il doit y avoir une déité qui le représente, lui aussi. Pourtant, aucune mention. (NOTA : Il y a lieu de croire que si les Créatures de la Terre et de l'Eau s'opposent à celles de l'Air, elles s'opposent sans doute à celles du Feu également. Cependant, un certain nombre de choses tendent à prouver ici et là qu'il existe une lutte plus constante entre les Créatures de l'Air et celles de l'Eau qu'entre celles de la Terre et celles de l'Air. Abdul Alhazred est quelquefois diablement obscur. Il n'y a aucun indice quant à l'identité de Cthugha dans cette terrible note.

« Partier me dit que je suis sur une mauvaise voie. Je n'en suis pas convaincu. Quel que soit l'être qui fait de la musique, la nuit, c'est un maître diabolique de la cadence et du rythme. Et, disons-le, de la cacophonie (cf. Bierce et Chambers). »

C'était tout.

— Quel incroyable charabia ! m'exclamai-je.

Et pourtant — et pourtant, je savais d'instinct que ce n'était pas là du charabia. Il s'était passé ici des choses étranges, des choses auxquelles on ne pouvait trouver d'explication sur cette terre. Et là, de la main de Gardner, nous disposions d'un témoignage qui prouvait qu'il était parvenu à la même conclusion, et même qu'il l'avait dépassée. Quel qu'ait été l'effet produit par cette lecture, Gardner avait rédigé ses notes avec le plus grand sérieux et ne les avait destinées qu'à son seul usage, étant donné qu'on n'y discernait encore que des grandes lignes encore vagues et simplement évocatrices. Par ailleurs, ces notes avaient produit un effet surprenant sur Laird ; il était devenu tout pâle et conservait maintenant les yeux baissés comme s'il n'avait pu croire en ce qu'il avait lu.

— De quoi s'agit-il ?

— Jack — il était en relation avec Partier.

— Cela ne me dit rien.

Pourtant, au moment même où je parlais, il me revint en mémoire de quelle discrétion on avait entouré le départ du vieux professeur lorsqu'il avait quitté l'université du Wisconsin. On avait annoncé à la presse que le vieil homme s'était montré par trop libéral dans son cours d'anthropologie — c'est-à-dire qu'il avait des « tendances communisantes » —, ce que quiconque, connaissant Partier, savait être fort éloigné de la réalité. Il est vrai qu'il avait évoqué des choses étranges dans son cours, soulevé des questions horribles et interdites, et c'est pourquoi on avait estimé préférable de le mettre simplement en disponibilité. Malheureusement, Partier s'était retiré en protestant de ce ton plein de mépris qui lui était familier et il avait été difficile d'étouffer l'affaire de façon satisfaisante.

— Il vit à Wausau, maintenant, m'apprit Laird.

— Croyez-vous qu'il pourrait traduire tout ceci ?

Je compris que j'avais fait écho aux pensées de Laird.

— C'est à trois heures d'ici, en voiture. Nous copierons ces notes et si rien ne se produit — si nous ne découvrons rien, nous irons le trouver.

Si rien ne se produit !

S'il y avait eu quelque chose d'inquiétant dans l'air, tout paraissait, avec le soir, être chargé de menaces. Un certain nombre d'événements se produisirent d'ailleurs dès le milieu de la soirée avec une rapidité aussi désarmante qu'insidieuse, alors que Laird et moi étions assis devant les curieuses photocopies expédiées par l'université Miskatonic, à la place des livres et des manuscrits dont la valeur était bien trop grande pour qu'on autorisât quiconque à les sortir. La première manifestation fut si simple que, pendant quelque temps, nous ne remarquâmes ni l'un ni l'autre ce qu'elle avait d'étrange. C'était tout bonnement le bruit dans les arbres du vent qui se levait, le bruit de son chant qui s'amplifiait parmi les pins. La nuit était chaude et toutes les fenêtres de la cabane étaient ouvertes. Laird fit une remarque au sujet du vent puis il exprima sa perplexité quant aux fragments étalés devant nous. Ce n'est qu'une demi-heure plus tard seulement, alors que le bruit du vent s'était élevé au point d'atteindre les proportions d'un vent de tempête, qu'il vint à l'esprit de Laird qu'il y avait quelque chose d'étrange et qu'il leva son regard, ses yeux allant d'une fenêtre ouverte à l'autre tout en s'emplissant d'appréhension. C'est alors que, moi aussi, je pris conscience de ce qui se passait.

En dépit du tumulte du vent, pas le moindre courant d'air n'avait circulé dans la pièce, pas un des légers rideaux aux fenêtres n'avait tremblé.

D'un seul mouvement, nous sortîmes tous deux sur la grande véranda de la cabane.

Il n'y avait pas le moindre vent, pas le moindre souffle d'air sur nos mains ou sur nos visages. Rien que le bruit dans la forêt. Nous levâmes tous deux les yeux vers le point où les pins se découpaient contre des cieux qui s'étendaient jusqu'aux étoiles, nous attendant à voir leurs sommets courbés par la tempête ; mais là non plus, pas le moindre mouvement ; les pins étaient immobiles et droits ; or, ce bruit qui ressemblait à celui du vent était encore perceptible tout autour de nous. Nous demeurâmes une demi-heure sur la véranda, essayant en vain de déterminer quelle était la source du bruit — et puis, tout aussi mystérieusement qu'il avait commencé, il cessa !

Minuit approchait, à présent, et Laird se préparait à aller se coucher ; il avait peu dormi la nuit précédente et nous étions convenus que je prendrais la première veille, jusqu'à quatre heures du matin. Nous ne parlâmes guère ni l'un ni l'autre du bruit que nous avions entendu dans les pins, mais nos quelques mots indiquaient notre désir de croire en une explication naturelle du phénomène, à condition que nous parvenions à le comprendre d'une manière qui nous satisfît tous les deux. Il était inévitable, je suppose, que même placés devant les faits curieux qui avaient attiré notre attention, nous eussions cependant vivement désiré leur trouver une explication naturelle. Il est certain que la peur la plus ancienne et la plus profonde dont l'homme ait jamais été la proie est la peur de l'inconnu. Une chose qui peut être l'objet d'une rationalisation et d'une explication ne peut être redoutée. Mais il devenait d'heure en heure plus évident que nous nous trouvions en face d'une chose qui défiait toute analyse raisonnée et toute croyance, car elle relevait d'un système antérieur à l'homme primitif lui-même, et sans doute aussi, comme certaines allusions disséminées ici et là dans les pages photocopiées en provenance de l'université Miskatonic le suggéraient, antérieur à la terre elle-même. Et cette terreur qui planait toujours, cette suggestion lourde de menaces, venue d'une chose que la faible intelligence de l'homme ne parvenait pas à saisir !

Ce n'est donc pas sans émoi que je me préparai à prendre la veille. Une fois Laird monté au premier étage dans sa chambre dont la porte s'ouvrait sur une loggia avec balustrade qui surplombait la pièce où je m'étais assis, je m'installai et attendis avec une sorte d'appréhension en lisant quelques passages du livre de Lovecraft. Je ne redoutais pas ce qui pouvait arriver, mais ce que je craignais, c'est de ne pas parvenir à le comprendre. Cependant, plus les minutes passaient, plus je m'absorbais dans la lecture de *Je suis d'Ailleurs et autres histoires,* avec ses suggestions diaboliques d'une malfaisance vieille de bien des éons, d'entités coexistant avec le temps tout entier et de même étendue que l'espace lui-même, et je commençais à comprendre, ne serait-ce que de manière vague, qu'il existait une relation entre les histoires de cet écrivain fantastique et les curieuses notes que le professeur Gardner avait laissées. Le facteur le plus troublant de cette conception était de savoir que le professeur Gardner avait rédigé ses notes sans tenir compte du livre que j'étais en train de parcourir, étant donné que celui-ci n'était arrivé qu'après sa disparition. De plus, bien que les premiers documents que le professeur Gardner avait reçus de l'université Miskatonic fournissent quelques clés à ce qu'il avait écrit, tout un faisceau de témoignages se formait à présent, indiquant que le professeur avait eu accès à une autre source d'information.

Quelle était cette source ? Avait-il pu apprendre quelque chose du vieux Pierre ? C'était peu vraisemblable. Pouvait-il être allé voir Partier ? Ce n'était pas impossible, bien qu'il n'eût pas transmis cette information à Laird. Il ne fallait pas exclure, néanmoins, qu'il eût pris contact avec une autre source, non citée dans ses notes.

Alors que j'étais plongé dans cette spéculation fort absorbante, je me rendis compte que j'entendais de la musique. Elle avait pu commencer quelque temps avant que je n'en prenne conscience, mais je ne le crois pas. C'était une curieuse mélodie qui se jouait là : elle commençait sur un bercement doux et harmonieux, puis s'amplifiait peu à peu et se transformait en quelque chose de cacophonique et démoniaque, tandis que le tempo s'accélérait, bien que le tout eût constamment paru provenir d'une grande distance. Je l'écoutais avec un étonnement croissant ; je ne m'aperçus pas tout d'abord de la sensation maléfique qui m'avait envahi dès que j'ai eu mis le pied dehors et que je me fus rendu compte que la musique émanait des profondeurs de cette sombre forêt. Et puis, il faut reconnaître aussi que j'étais vivement conscient de son étrangeté ; la mélodie n'était pas de cette terre, elle était tout à fait bizarre, complètement exotique ; les instruments choisis me paraissaient être des flûtes, ou très certainement des instruments apparentés à la flûte.

Il n'y avait pas eu jusqu'alors de manifestation véritablement alarmante. Il ne s'était rien produit en dehors de la suggestion de deux incidents bien faits pour inspirer la peur. Il existait toujours, en bref, une forte possibilité qu'il y eût une explication naturelle tant au sujet du bruit du vent que de la perception de la musique. Mais soudain, brutalement, il se produisit une chose si absolument abominable, une chose si chargée d'horreur que je fus aussitôt saisi de la crainte la plus formidable que puisse connaître un homme, une abomination primitive jaillissant de l'inconnu, une chose venue d'ailleurs. Car, si j'avais nourri des doutes au sujet de ce qu'avaient voulu suggérer les notes de Gardner et les documents qui les accompagnaient, je compris d'instinct qu'ils n'étaient pas fondés, car le bruit qui venait de succéder aux accents de cette musique extraterrestre était d'une nature telle qu'il défiait toute description, et qu'il la défie d'ailleurs encore. C'était simplement un ululement atroce que ne pouvait émettre aucune bête connue de l'homme, et assurément aucun homme non plus. Il s'éleva jusqu'à un crescendo terrifiant et retomba pour laisser place à un silence plus redoutable que ce hurlement qui déchirait l'âme. Il débuta par un appel de deux notes, par deux fois répété, un son effroyable : « *Ygnaiih! Ygnaiih!* » Vint ensuite un gémissement triomphant qui sortit en vibrant de la forêt et se prolongea dans la nuit noire comme s'il avait été la voix hideuse de la tombe : « *Eh-ya-ya-ya-yahaaahaaahaaahaaa-ah-ah-ah-ngh'aaaa- ngh'aaa-ya-ya-ya...* »

Je demeurai une minute entière absolument figé sur la véranda. Je n'aurais pu émettre un son, même si ma vie en avait dépendu. La voix s'était tue, mais les arbres paraissaient encore faire écho aux syllabes effroyables. J'entendis Laird se lever, je l'entendis descendre en courant l'escalier et m'appeler, mais je ne pouvais lui répondre. Il sortit sur la véranda et vint m'empoigner par le bras.

— Dieu du ciel ! Qu'est-ce que c'était que ça ?

— Vous avez entendu.

— J'en ai assez entendu.

Nous attendîmes qu'il reprenne, mais il ne se répéta pas. La musique, elle non plus, ne se répéta pas. Nous retournâmes au salon et nous y demeurâmes, incapables l'un comme l'autre d'aller dormir.

Et pourtant, il n'y eut pas la moindre manifestation d'aucune sorte durant tout le reste de cette nuit-là.

3

Ce furent les incidents de cette première nuit qui, plus que tout autre chose, nous décidèrent à nous engager dans la voie que nous prîmes le jour suivant. Se rendant compte que nous étions trop mal informés pour comprendre ce qui se passait, Laird mit en place le dictaphone pour la seconde nuit et nous partîmes pour Wausau pour voir le professeur Partier, comptant être de retour le lendemain. Laird avait emporté la copie que nous avions faite des notes laissées par Gardner, en dépit de leur minceur.

Le professeur Partier, d'abord réticent à la perspective de nous recevoir, finit par nous admettre dans son bureau, au cœur de la ville, puis débarrassa deux sièges de leurs livres et de leurs journaux afin que nous puissions nous asseoir. Malgré son apparence de vieillard, sa longue barbe blanche et ses cheveux blancs coiffés en frange, sortant en désordre de dessous une calotte noire, il avait encore l'agilité d'un jeune homme. Mince, il avait les doigts noueux, les joues creuses, les yeux sombres et profondément enfoncés, et ses traits se fixaient le plus souvent en une expression de profond cynisme, de dédain, presque de mépris ; il ne fit aucun effort pour nous mettre à l'aise, après nous avoir offert des sièges. Il reconnut en Laird le secrétaire du professeur Gardner, dit brusquement qu'il était un homme très occupé, qu'il préparait ce qui serait sans doute son dernier livre, et qu'il nous serait obligé si nous pouvions lui spécifier l'objet de notre visite de manière aussi concise que possible.

— Que savez-vous de Cthulhu ? lui demanda Laird carrément.

La réaction du professeur fut surprenante. Ce vieillard qui avait adopté jusqu'alors une attitude pleine de supériorité et de dédain, qui s'était montré fort distant, se mit aussitôt sur ses gardes, l'esprit en éveil ; il posa le crayon qu'il tenait avec un soin exagéré, son regard ne quitta pas le visage de Laird, puis il se pencha un peu en avant, par-dessus son bureau.

— Ainsi, vous venez me trouver.

Il se mit alors à rire, du rire saccadé d'un centenaire.

— Vous venez m'interroger au sujet du Cthulhu. Pourquoi ?

Laird expliqua d'un ton sec que nous étions résolus à découvrir ce qu'il était advenu du professeur Gardner. Il en dit autant qu'il le jugea nécessaire, tandis que le vieil homme fermait les yeux, reprenait son crayon, tapotait avec sur son bureau et écoutait avec la plus grande attention, tout en venant à l'aide de Laird de temps à autre. Quand ce dernier eut achevé, le professeur Partier ouvrit lentement les yeux et son regard se porta de Laird à moi avec une expression où se lisait quelque chose qui ressemblait à de la pitié, mêlée d'un peu de peine.

— Ainsi, il a mentionné mon nom, c'est cela ? Mais je n'ai eu de contact avec lui qu'une seule fois, par téléphone. Il pinça les lèvres. Il s'est davantage référé à une controverse antérieure qu'aux découvertes qu'il avait pu faire au lac de Rick. J'aimerais à présent vous donner un petit conseil.

— C'est pour cela que nous sommes venus vous voir.

— Quittez cet endroit et oubliez tout ce qui le concerne.

Laird secoua la tête, l'air résolu.

Partier le jaugea, ses yeux sombres le défiant de s'en tenir à cette décision ; Laird, pourtant, ne faiblit pas. Il s'était lancé dans cette aventure et voulait aller jusqu'au bout.

— Ce ne sont pas des forces avec lesquelles le commun des mortels se mesure d'habitude, dit alors le vieil homme. En toute franchise, nous ne sommes pas armés pour le faire.

Il se mit alors, sans plus de préambule, à évoquer des questions si éloignées des préoccupations de ce monde qu'elles étaient presque hors de toute conception. A dire vrai, il me fallut quelque temps avant de commencer à deviner ce à quoi il faisait allusion, car l'idée qu'il développait était si vaste et si surprenante qu'il était difficile à une personne comme moi de la saisir, habitué que j'étais à mener une existence prosaïque. Peut-être était-ce dû au fait que Partier avait commencé par suggérer de manière indirecte que ce n'était pas Cthulhu et ses mignons qui hantaient le lac de Rick, mais très certainement une autre créature ; l'existence de la dalle et ce qui y était gravé indiquaient d'ailleurs clairement la nature de l'être qui vivait là de temps en temps. Le professeur Gardner, en dernière analyse, s'était bien engagé dans la bonne voie, encore qu'il ait été persuadé que Partier ne le croyait pas. Qui était l'Etre Aveugle, l'Etre Sans Visage, sinon Nyarlathotep ? Assurément, pas Shub-Niggurath, la Chèvre Noire aux Mille Chevreaux.

Laird l'interrompit à ce point pour le presser de se montrer plus explicite ; se rendant compte enfin que nous ignorions tout, le professeur se remit, toujours à sa façon oblique, un peu irritante, à nous exposer cette mythologie — mythologie d'une vie préhumaine, non seulement sur cette terre, mais dans les étoiles de l'univers tout entier.

— Nous ne savons rien, répétait-il de temps à autre. Nous ne savons rien du tout. Mais il y a certains signes, certains lieux situés à l'écart du monde. Le lac de Rick est l'un d'eux.

Il évoquait des créatures dont le nom même inspirait l'effroi — les Très Anciens qui vivaient sur Bételgeuse, à une grande distance dans l'espace et le temps, et qui avaient rejeté à travers l'espace les Grands Anciens, emmenés par Azathoth et Yog-Sothoth, et ceux-ci comptaient parmi eux la semence originelle de l'amphibie Cthulhu, et tous ceux, semblables à des chauves-souris, de la suite d'Hastur l'Indicible, et Lloigor et Zhar et Ithaqua qui marchaient sur les vents et traversaient les espaces interstellaires, et les créatures de la terre, Nyarlathotep et Shub-Niggurath — créatures malfaisantes qui cherchent toujours à prendre leur revanche sur les Très Anciens qui les ont exilés ou les ont emprisonnés — tel Cthulhu, endormi depuis bien longtemps dans le royaume océanique de R'lyeh, tel Hastur, emprisonné sur une étoile noire, proche d'Aldébaran, dans les Hyades. C'est bien longtemps avant que les êtres humains n'aient foulé la terre que se produisit le conflit entre les Très Anciens et les Grands Anciens ; or, de temps à autre, les Anciens étaient réapparus pour tenter de prendre le pouvoir et ils en avaient parfois été empêchés par l'intervention directe des Très Anciens, mais ils avaient plus souvent fait appel à des êtres humains ou à des êtres qui n'étaient pas des humains pour déclencher un conflit entre les créatures des éléments, étant donné que, comme le soulignait les notes de Gardner, ces Grands Anciens malfaisants étaient des forces élémentaires. Et chaque fois qu'ils étaient réapparus, il en était demeuré une trace profonde dans la mémoire des hommes — bien que tout ait été fait pour éliminer les preuves et faire taire les survivants.

— Or, que s'est-il passé à Innsmouth, dans le Massachusetts, par exemple ? disait-il, d'une voix tendue. Que s'est-il passé à Dunwich ? Dans les régions écartées du Vermont ? Dans la vieille maison Tuttle, sur la route à péage d'Aylesbury ? Que dire du mystérieux culte porté à Cthulhu et de l'extrême étrangeté du voyage d'exploration dont le but était d'atteindre les Montagnes Hallucinées ? Quelles étaient les créatures qui vivaient sur le plateau de Leng, caché et isolé du reste du monde ? Que penser, en outre, de Kadath, dans l'Immensité froide ? Lovecraft, lui, le savait ! Gardner et bien d'autres avant lui avaient voulu percer ces secrets, relier les événements incroyables qui avaient pu se produire ici ou là, sur la planète — mais il n'est pas du désir des Anciens que les hommes en apprennent trop. Tenez-vous pour averti !

Il prit les notes de Gardner, sans nous avoir accordé la moindre chance de dire quelque chose, puis il se mit à les étudier, après avoir chaussé des lunettes cerclées d'or qui le vieillissaient encore plus ; il continuait à parler, s'adressant plus à lui-même qu'à nous, disant que l'on pensait que les Anciens avaient obtenu dans certains domaines scientifiques des résultats supérieurs à ce que l'on avait cru possible jusqu'alors mais que, bien entendu, on ne savait rien de précis. La manière dont il mettait sans cesse l'accent sur ce point indiquait bien que seul un imbécile ou un idiot aurait pu refuser de croire à ce qu'il avançait, que des preuves existent ou non. Dans la phrase suivante, pourtant, il reconnaissait qu'il y avait un certain nombre de preuves — la plaque révoltante, bestiale, portant la représentation d'une monstruosité infernale qui marchait sur les vents au-dessus de la terre, plaque que l'on avait trouvée dans la main de Josiah Alwin, lorsque le corps de ce dernier avait été découvert sur une petite île du Pacifique, après son incroyable disparition d'une maison du Wisconsin ; les dessins exécutés par le professeur Gardner — et, plus que tout le reste sans doute, cette curieuse dalle de pierre gravée, dressée dans la forêt proche du lac de Rick.

— Cthugha, murmura-t-il alors, d'un air étonné. Je n'ai pas lu la note à laquelle il fait allusion. Et il n'y a rien dans Lovecraft. Il secoua la tête. Non, je ne sais pas.

Il leva les yeux.

— Pourriez-vous tirer quelque chose du métis, en l'effrayant un peu ?

— Nous y avons pensé, admit Laird.

— Bon, eh bien, je vous conseille d'essayer. Il paraît évident qu'il sait quelque chose — ce n'est peut-être rien, sinon une exagération à laquelle s'est complu son esprit plus ou moins primitif ; mais d'un autre côté — qui sait ?

Le professeur Partier ne put ou ne voulut nous en dire davantage. En outre, Laird répugnait à l'interroger encore, car il existait manifestement un lien terriblement troublant entre ce qu'il nous avait révélé, quelque incroyable que cela eût pu nous paraître, et ce que le professeur Gardner avait écrit.

Cette visite que nous avions faite, en dépit de ce qu'elle avait de peu concluant — ou peut-être à cause de cela —, eut un curieux effet sur nous. Ce qu'avaient de vague le résumé et les commentaires du professeur, venant s'ajouter aux témoignages fragmentaires et décousus qui nous étaient parvenus indépendamment de lui, nous fit reprendre notre sang-froid et renforça la résolution de Laird d'aller jusqu'au fond du mystère qui s'était à présent épaissi, puisqu'il s'inscrivait à l'intérieur du mystère plus grand encore qui entourait le lac de Rick et la forêt environnante.

Nous regagnâmes Pashepaho le lendemain et, par bonheur, nous rencontrâmes le vieux Pierre sur la route de la ville. Laird ralentit, fit marche arrière et se pencha pour rencontrer le regard spéculatif du vieux bonhomme.

— On vous emmène ?

— C'est pas de refus.

Le vieux Pierre monta et prit place sur le bord du siège jusqu'au moment où Laird sortit tranquillement une gourde et la lui tendit. Ses yeux se mirent à briller. Il s'en empara avec empressement et but longtemps, tandis que Laird faisait allusion à la vie que l'on menait dans les forêts du Nord et encourageait le métis à lui parler des gîtes minéraux qu'il croyait pouvoir découvrir à proximité du lac de Rick. Nous couvrîmes ainsi quelque distance, et pendant tout ce temps, le métis conserva la gourde et ne la rendit que lorsqu'elle fut presque vide. Il n'était pas ivre, au sens strict du mot, mais il était bien éméché et il ne protesta pas quand nous nous engageâmes sur la route du lac, sans nous être arrêtés pour le laisser descendre. Pourtant lorsqu'il vit la cabane et qu'il comprit où il était, il dit d'une voix empâtée que ce n'était pas là son chemin et qu'il lui fallait s'en retourner avant la tombée de la nuit.

Il serait reparti sur-le-champ si Laird ne l'avait persuadé d'entrer en lui proposant de lui offrir quelque chose.

Il lui versa d'ailleurs autant d'alcool qu'il le put et Pierre avala le tout d'un trait.

Lorsque les effets commencèrent à s'en faire sentir, Laird entreprit de l'interroger sur ce qu'il savait du mystère de la région du lac de Rick ; aussitôt, le métis devint économe de ses paroles, marmonnant qu'il ne dirait rien, qu'il n'avait rien vu, que tout cela était une erreur, tandis que ses yeux passaient de mon compagnon à moi-même. Cependant, Laird insista. Il avait vu la dalle de pierre gravée, n'est-ce pas? Oui — à regret. Accepterait-il de nous y conduire? Pierre secoua la tête avec violence. Pas maintenant. Il faisait presque nuit, il ferait nuit avant que nous ne puissions revenir.

Laird, pourtant, se montra inflexible et finalement, le métis, convaincu par l'insistance avec laquelle Laird affirmait que nous aurions regagné la cabane et même Pashepaho, si Pierre le désirait, avant la nuit, consentit à nous guider jusqu'à la dalle. Alors, en dépit de sa démarche mal assurée, il s'engagea rapidement dans les bois, suivant un sentier auquel on aurait à peine osé donner le nom de piste, tant il était peu visible, puis progressa rapidement et sans changer de rythme sur près de deux kilomètres. Brusquement, il fit halte et, après s'être placé derrière un arbre, comme s'il avait craint d'être vu, il nous indiqua d'un doigt tremblant une petite clairière entourée de grands arbres qui étaient à une distance suffisante les uns des autres pour qu'on pût apercevoir un grand pan de ciel.

— Là... C'est ça.

On ne discernait la dalle qu'en partie, car la mousse l'avait presque recouverte. Laird, cependant, ne lui portait pour le moment que peu d'intérêt ; il était manifeste que le métis était mortellement terrifié par ce lieu et qu'il ne songeait qu'à s'enfuir.

— Que diriez-vous de passer la nuit ici, Pierre? demanda Laird.

Le métis lui jeta un regard affolé.

— Moi? Mon Dieu, non!

Soudain, la voix de Laird se fit dure :

— Si vous ne nous dites pas ce que vous avez vu ici, c'est ce que nous allons faire.

Le métis n'était pas affecté par l'alcool au point de ne pouvoir imaginer ce qui pouvait se passer : Laird et moi pourrions le maîtriser et l'attacher à un arbre à l'orée de cette clairière. Il envisagea visiblement de prendre ses jambes à son cou mais il comprit vite que, dans son état, il ne parviendrait pas à courir plus vite que nous.

— Ne m'obligez pas à parler. Je suis pas censé savoir. Je ne l'ai jamais dit à personne — pas même au Professeur.

— Oui, mais nous, nous voulons savoir, répliqua Laird du même ton menaçant.

Le métis se mit à trembler ; il se retourna et fixa la dalle comme s'il s'était attendu à y voir à tout moment un être hostile se dresser et s'avancer sur lui avec l'intention de le tuer.

— Je peux pas, je peux pas, murmura-t-il.

Contraignant alors ses yeux injectés de sang à rencontrer une fois de plus ceux de Laird, il reprit à voix basse :

— Je sais pas ce que c'était. Mon Dieu ! C'était horrible. C'était une Chose — ça n'avait pas de visage et ça hurlait là au point que j'ai cru que mes tympans allaient éclater, et puis ces choses qu'étaient avec — mon Dieu !

Il frissonna et s'écarta de l'arbre pour reculer vers nous.

— Vrai de vrai ! Je l'ai vue là, un soir. Elle venait juste d'arriver, tombée du ciel qu'on aurait dit, et elle était là qui chantait et qui se lamentait et ces choses qui jouaient cette musique du diable. Je pense que j'ai dû être cinglé un moment, avant de pouvoir me sauver.

Sa voix se brisa ; il était en train de revivre très nettement, de mémoire, la scène à laquelle il avait assisté ; il fit demi-tour et s'écria d'une voix rauque :

— Partons d'ici !

Puis il partit en courant du côté où nous étions arrivés en se glissant entre les arbres.

Laird et moi nous élançâmes à sa poursuite et le rattrapâmes aisément ; Laird lui assura que nous allions le sortir de ces bois avec la voiture et qu'il serait bien au-delà de la lisière de la forêt avant que la nuit ne soit là. Laird, tout comme moi, était convaincu qu'il n'y avait rien d'imaginaire dans le récit du métis et qu'il avait vraiment dit tout ce qu'il savait. Il conserva d'ailleurs le silence tout le long du chemin qui nous ramenait de la grand-route où nous étions allés déposer le vieux Pierre après lui avoir remis cinq dollars afin qu'il puisse oublier ce qu'il avait vu sous l'effet de l'alcool, s'il préférait s'expliquer les choses de cette façon.

— Qu'en pensez-vous? me demanda Laird, lorsque nous eûmes regagné la cabane.

Je secouai la tête.

— Les plaintes de l'autre nuit. Les bruits que le professeur Gardner avait entendus — et maintenant ceci. Tout se tient — diablement, horriblement.

Il se tourna et me pria, avec dans la voix l'insistance d'un homme qui poursuit une idée fixe:

— Jack, aurez-vous le cran de venir voir cette dalle, ce soir?

— Bien sûr.

— Alors, nous irons.

Ce n'est qu'une fois dans la cabane que nous nous souvînmes du dictaphone et que Laird se prépara à passer l'enregistrement. Au moins, il n'y avait rien là, se disait-il, qui dépendît des facultés d'imagination d'un homme ; il n'y avait là, purement et simplement, que le produit d'une machine or n'importe qui, doué d'intelligence, sait bien qu'il vaut mieux se fier aux machines qu'aux hommes étant donné qu'elles n'ont ni émotivité ni imagination, qu'elles ne connaissent ni la crainte ni l'espoir. Je crois que nous comptions entendre tout au plus une répétition des sons que nous avions déjà perçus, deux soirs auparavant. Nos rêves, même les plus insensés, ne nous avaient pas préparés à ce qui nous attendait en réalité car l'enregistrement nous transporta du prosaïque à l'incroyable, de l'incroyable à l'horrible puis enfin, à une révélation cataclysmique qui nous laissa à des années-lumière des croyances convenant à des existences normales.

Cela débutait par les appels de quelques grèbes et de quelques hiboux, suivis d'une période de silence, puis venait une fois encore ce souffle qui nous était déjà familier et qui rappelait celui du vent dans les arbres ; et enfin, tout cela était suivi par l'étrange mélodie cacophonique jouée par les flûtes. On trouvait ensuite enregistrée toute une suite de sons que je retranscris ici aussi exactement que nous les entendîmes ce soir-là, au cours d'une heure inoubliable :

Ygnaiih ! Ygnaiih ! Ill-ya-ya-ya-yahaahaaahaaa-ha-ha-ha ngh' aaa-ngh' aaa-ya-ya-yaaa ! (Cela lancé d'une voix qui n'était ni humaine ni animale mais qui tenait pourtant des deux.)

Le tempo de la musique croissait alors, elle devenait plus violente et plus démoniaque.

Puissant Messager – Nyarlathotep... du monde des Sept Soleils à ce lieu sur la terre, du Bois de N'gai, d'où peut venir Celui Qui Ne Peut Etre Nommé... Il y aura en quantité des descendants de la Chèvre Noire des Bois, la Chèvre aux Mille Chevreaux (une voix étrangement humaine).

Venait alors une suite de sons curieux, comme la réponse d'un public : une succession de vibrations et de bourdonnements comparables à ceux qui courent le long des fils télégraphiques.

Iä ! Iä ! Shub-Niggurath ! Ygnaiih ! Yagnaiih ! Ill-yaa-yaa-haa-haaa-haaa ! (la voix originale, ni humaine ni animale, mais tenant pourtant des deux).

Ithaqua Te servira ô Père des millions d'êtres favorisés par le sort, et Zhar sera convoqué depuis Arcturus, sur l'ordre d'Umr At-Tawil, Gardien de la Porte... Vous vous unirez pour louer Azathoth, le Grand Cthulhu, Tsathoggua... (la voix humaine à nouveau).

Allez, sous cette forme ou sous n'importe quelle autre que vous choisirez et qui vous donnera une apparence humaine et détruisez tout ce qui peut les mener jusqu'à nous... (la voix mi-animale, mi-humaine, à nouveau).

Venait alors un interlude joué par les flûtes sur un rythme frénétique, accompagnées une fois de plus par un bruit qui semble provenir du claquement de grandes ailes.

Ygnaiih ! Y'bthnk... h'ehye-n' grkdl'lh... Iä ! Iä ! Iä ! (comme un chœur).

Les sons s'étaient échelonnés de telle manière que l'on aurait dit que ceux qui les avaient produits s'étaient déplacés à l'intérieur, puis autour de la cabane, tandis que l'intensité du dernier chœur allait en diminuant, comme si ces créatures s'étaient éloignées tout en chantant. Il y eut d'ailleurs un silence tellement long que Laird était déjà prêt à arrêter l'appareil lorsqu'une voix parla à nouveau. Mais la voix qui sortait à présent du dictaphone était une voix qui, par elle-même, allait être le point culminant de toute l'abomination accumulée pendant ce qui avait précédé. Car, quelles qu'aient été les implications des hurlements et des chants à demi animaux, le discours horriblement évocateur, dans un anglais parfait, qui sortait à présent du dictaphone allait nous paraître indiciblement atroce.

Dorgan! Laird Dorgan! M'entendez-vous?

Un murmure enroué, pressant, appelait mon compagnon, qui était assis, tout pâle maintenant, fixant l'appareil vers lequel sa main se tendait encore. Nos regards se croisèrent. Ce n'était pas l'appel, ce n'était pas tout ce qui s'était déjà passé auparavant, c'était cette voix — *car il s'agissait de la voix du professeur Upton Gardner!* Nous n'eûmes pourtant pas le temps de spéculer là-dessus, car le dictaphone poursuivait mécaniquement.

— Ecoutez-moi! Quittez ce lieu. Oubliez. Mais avant de partir, faites appel à Cthugha. Depuis des siècles, en effet, ce lieu est le point où les êtres malfaisants du cosmos ont atterri sur notre monde. Je le sais. Je suis des leurs. Ils m'ont emporté, comme ils avaient emporté Piregard et bien d'autres — tous ceux qui avaient pénétré imprudemment dans leur bois et qu'ils n'ont pas détruit sur-le-champ. Ceci est Son bois — le Bois de N'gai, le lieu terrestre où réside l'Etre Aveugle, l'Etre Sans Visage, le Hurleur de la Nuit, l'Habitant de l'Ombre, Nyarlathotep, qui ne redoute que Cthugha. Je suis allé avec lui dans les espaces stellaires. Je suis allé sur le Plateau de Leng, que tout le monde craint et fuit — à Kadath, dans l'Immensité Froide, au-delà des Portes de la Clé d'Argent, et même jusqu'à Kythamil, près d'Arcturus et de Mnar, à N'kai et au Lac de Hali, à K'nyan et dans la fameuse Carcosa, à Yaddith et à Y'ha-nthlei, près d'Innsmouth, à Yoth et à Yuggoth, de loin j'ai aperçu Zothique, depuis l'œil d'Algod. Lorsque Fomalhaut sera au-dessus des arbres, faites appel à Cthugha en vous servant de ces paroles, répétées par trois fois : *Ph'nglui mglw'nafh Cthugha Fomalhaut n'gha-ghaa naf'l thagn. Iä! Cthugha!* Quand Il sera venu, partez rapidement, de crainte d'être détruit, vous aussi. Car il convient que ce lieu maudit soit anéanti, afin que Nyarlathotep ne traverse plus les espaces interstellaires pour s'y rendre. M'entendez-vous, Dorgan ? M'entendez-vous ? Dorgan ! Laird Dorgan !

Il y eut soudain une vive protestation, suivie d'un bruit de lutte et de déchirure, comme si on avait employé la force pour entraîner Gardner, puis un silence, absolu, total !

Laird laissa l'enregistrement tourner quelques instants encore, mais il n'y avait plus rien. Finalement, il le repassa, en disant d'une voix tendue :

— Je crois que nous ferions bien de noter cela, du mieux que nous le pourrons. Vous prendrez une intervention sur deux et nous noterons tous les deux la formule qu'a dictée Gardner.

— Et si... ?

— Je reconnaîtrais sa voix n'importe où, coupa-t-il sèchement.

— Il est vivant, alors ?

Il me regarda, les yeux plissés.

— Ça, nous ne le savons pas.

— Mais sa voix !

Il secoua la tête, car les sons sortaient à nouveau de l'appareil et il nous fallait nous concentrer tous les deux sur les notes que nous prenions, ce qui se révéla d'ailleurs plus facile que nous ne l'avions cru, car les diverses interventions étaient assez espacées pour que nous puissions écrire sans trop de précipitation. Le langage utilisé dans les psalmodies et les paroles destinées à Cthugha qu'avait prononcées la voix de Gardner présentaient une difficulté, mais en repassant l'enregistrement plusieurs fois, nous parvînmes à relever l'équivalent approximatif des sons que nous avions perçus. Quand nous eûmes enfin terminé, Laird referma le dictaphone et me jeta un regard troublé, interrogateur, que le souci et l'incertitude avaient rendu grave. Je restai muet ; ce que nous avions entendu, venant s'ajouter à tout ce qui s'était déjà passé, ne nous laissait plus d'alternative. On pouvait douter des légendes, des croyances et d'autres choses du même genre — mais l'enregistrement infaillible du dictaphone était concluant, même s'il ne faisait que confirmer ce dont nous avions plus ou moins entendu parler — car il est certain qu'il n'y avait toujours rien de défini. Tout se passait comme si l'ensemble avait été si totalement extérieur à la compréhension, comme si l'intégralité avait trop indiciblement déchiré l'âme pour qu'un esprit humain ait pu y résister.

— Fomalhaut se lève presque au coucher du soleil — un peu avant, je suppose, murmura Laird, d'un ton méditatif. Il était clair que tout comme moi, il avait accepté sans discussion ce que nous avions entendu, en dehors du mystère qui en baignait encore la signification. Elle devrait se trouver au-dessus des arbres — à vingt ou trente degrés, sans doute, au-dessus de l'horizon, car elle ne passe pas assez près du zénith sous notre latitude pour être visible au-dessus de ces pins — une heure environ après la tombée de la nuit. Disons, neuf heures trente, à peu près.

— Vous n'avez pas l'intention d'essayer ça ce soir? Après tout — qu'est-ce que ça signifie? Qui est ou qu'est-ce que ce Cthugha?

— Je n'en sais pas plus que vous. Et je ne vais pas essayer ce soir. Vous avez oublié la dalle. Vous êtes toujours d'accord pour aller là-bas — après ceci?

J'acquiesçai de la tête. Je n'avais pas assez confiance en moi pour oser ouvrir la bouche, et pourtant je ne brûlais guère d'impatience à la pensée d'aller affronter l'obscurité qui régnait, telle une entité vivante, dans la forêt qui faisait un écrin au lac de Rick.

Laird jeta un coup d'œil à sa montre, puis se tourna vers moi. Ses yeux brûlaient à présent d'une sorte de résolution fiévreuse, comme s'il s'était contraint à entreprendre cette ultime démarche pour se mesurer avec l'être inconnu qui, grâce à ses manifestations, s'était approprié ces bois. S'il s'était attendu à me voir hésiter, il fut déçu ; quelle qu'ait été la peur qui m'étreignait, j'étais décidé à ne pas la laisser voir. Je me levai et sortis de la cabane à ses côtés.

4

Il est des aspects de vie occulte, qu'elle soit extérieure ou qu'elle relève des profondeurs de l'esprit, qu'il vaut mieux tenir secrets et sur lesquels il est préférable de ne pas attirer l'attention du commun des mortels. Il existe, en effet, de terribles convoitises, tapies aux recoins obscurs de la terre, d'horribles revenants qui appartiennent à une couche du subconscient, fort heureusement hors d'atteinte de la plupart des hommes — à dire vrai, il y a des aspects de la création si grotesques, si générateurs de peur, que le seul fait de les voir rendrait subitement fou celui qui les contemplerait. Par bonheur, il est impossible de faire plus qu'évoquer ce que nous découvrîmes sur la dalle de la forêt du lac de Rick, au cours de cette nuit d'octobre, car la chose était si incroyable, elle transcendait à tel point toutes les lois scientifiques connues, que les mots qui auraient convenu pour la décrire n'existent pas dans notre langage.

Quand nous arrivâmes à la ceinture d'arbres qui entourait la dalle, alors que les derniers reflets du soleil couchant s'attardaient encore au ciel d'Occident, nous examinâmes, à la lumière de la torche électrique qu'avait apportée Laird, la surface de la pierre et la gravure qu'elle comportait : c'était celle d'une énorme, d'une amorphe créature dessinée par un artiste qui avait visiblement manqué de l'imagination suffisante pour lui donner un visage, puisqu'elle n'en avait pas mais portait simplement une curieuse tête conique qui, même dans la pierre, semblait avoir une déroutante fluidité ; en outre, cette créature était représentée avec à la fois des appendices en forme de tentacules et des mains — ou des appendices semblables à des mains, et pas seulement deux, mais plusieurs ; si bien qu'elle semblait, par sa structure même, avoir tout à la fois quelque chose d'humain et quelque chose qui ne l'était pas. Auprès d'elle, on avait gravé deux silhouettes accroupies, dont la forme rappelait le poulpe ; d'une partie — de la tête sans doute, bien qu'aucune ligne n'eût été très précise — sortaient des sortes d'instruments ou quelque chose d'approchant, car ces étranges et répugnants servants semblaient en jouer.

Notre examen fut, par nécessité, hâtif car nous ne voulions pas encourir le risque d'être vu là par qui que ce fût et il est d'ailleurs possible, étant donné les circonstances, que nous nous soyons laissés emporter par notre imagination. Pourtant, je ne le pense pas. Il est difficile de le soutenir sérieusement, assis ici à mon bureau, loin dans l'espace et le temps de ce qui s'est passé là-bas ; cependant, je le maintiens. En dépit de la conscience plus aiguë et de la crainte irrationnelle de l'inconnu qui nous submergeaient l'un et l'autre, nous conservâmes résolument l'esprit libre au sujet de chacun des aspects du problème que nous avions choisi de résoudre. Si je me suis un tant soit peu écarté de la vérité au cours de ce récit, c'est certainement plus pour servir la science que l'imagination. Examinés à l'aide des simples lumières de la raison, les traits gravés sur la dalle de pierre étaient obscènes, bestiaux, terrifiants au-delà de toute mesure, et cela d'autant plus que nous les regardions en songeant aux allusions de Partier, à ce qu'avaient faiblement esquissé les notes de Gardner et les documents de l'université Miskatonic. Même si nous en avions eu le temps, il est douteux que nous eussions pu les contempler plus longuement.

Nous reculâmes jusqu'à un point assez proche du chemin qu'il nous faudrait prendre pour retourner à la cabane et pas trop éloigné de la clairière où se dressait la dalle, afin de pouvoir la surveiller nettement, tout en restant cachés en un endroit propice à une retraite sans anicroche. Nous prîmes donc position et attendîmes dans le silence frais de ce soir d'octobre, tandis qu'une obscurité stygienne nous enveloppait et que, seules, une ou deux étoiles, miraculeusement visibles entre les cimes des grands arbres, scintillaient dans le ciel.

Selon la montre de Laird, nous attendîmes exactement une heure et dix minutes avant que le bruit qui ressemblait à celui du vent ne s'élevât ; mais aussitôt, il se produisit quelque chose qui présentait tous les signes du surnaturel ; ce bruit de vent qui souffle avait en effet à peine débuté que la dalle dont nous nous étions éloignés si rapidement se mit à briller — d'une manière si indistincte, au début, qu'on aurait pu croire à une illusion, puis avec une phosphorescence dont l'intensité ne cessa de croître. Elle atteignit enfin une incandescence telle qu'on aurait cru voir une colonne de lumière se dresser jusqu'aux cieux. Et voici bien la seconde particularité étrange : la lumière suivait les contours de la dalle et montait ; elle n'était pas diffuse ou dispersée à travers la clairière ou sous le couvert, elle illuminait le ciel avec l'insistance d'un pinceau de projecteur. Au même instant, l'air lui-même parut chargé de malfaisance ; nous étions plongés dans une telle aura d'épouvante que nous ne pûmes éviter de nous en sentir pénétrés. Il était clair que, par un moyen inconnu de nous, le souffle, qui rappelait celui du vent et qui emplissait maintenant l'atmosphère, était associé au large rayon de lumière qui montait vers le ciel, *et même que ce dernier en était la cause.* En outre, l'intensité et la couleur de la lumière ne cessaient de varier, passant d'un blanc aveuglant à un vert doux, du vert à une sorte de teinte lavande. Elle avait par moments un éclat si intense qu'il nous fallait détourner la tête, mais la plupart du temps, nous pouvions la regarder sans avoir mal aux yeux.

Puis, tout aussi brutalement qu'il avait commencé, le souffle cessa, la lumière se fit diffuse et s'atténua ; alors, presque aussitôt, le curieux son qui évoquait des flûtes vint frapper nos oreilles. Il ne provenait pas des environs, mais d'en haut. Comme un seul homme, nous nous tournâmes pour scruter le ciel aussi loin que la lumière, à présent faiblissante, nous le permettait.

Ce qui se passa alors devant nos yeux, je ne saurais l'expliquer. S'agissait-il d'une chose qui tombait avec fracas, qui se laissait flotter jusqu'en bas, plutôt ? — car ces masses étaient sans formes — ou n'était-ce que le produit d'imaginations qui allaient se révéler singulièrement proches l'une de l'autre lorsque Laird et moi échangeâmes nos impressions après coup ? L'illusion que de grandes choses noires sillonnaient en descendant ce tunnel de lumière était si grande que nos yeux se portèrent à nouveau sur la dalle.

Ce que nous y vîmes nous fit hurler intérieurement et nous fit fuir ce lieu infernal.

Car là où, un instant auparavant, il n'y avait encore

rien, se trouvait maintenant une gigantesque masse protoplasmique, un être colossal dressé vers les étoiles, et dont la véritable enveloppe physique allait et venait en un flux constant; en outre, deux êtres moins imposants l'encadraient: amorphes, eux aussi, ils tenaient des chalumeaux ou des flûtes à l'aide d'appendices et jouaient une musique démoniaque qui retentissait et était reprise d'écho en écho à travers toute la forêt qui nous entourait. Mais la chose qui se dressait sur la dalle, l'Habitant de l'Ombre, était l'horreur absolue; de sa masse de chair amorphe jaillissaient à volonté sous nos yeux des tentacules, des griffes, des mains, qui se rétractaient ensuite; la masse elle-même diminuait et s'enflait sans effort, et, à l'endroit où se situait la tête et où l'on aurait dû voir se dessiner des traits, il n'y avait qu'une absence totale de visage, d'autant plus horrible qu'au moment même où nous la regardions un long ululement sortit de cet amas aveugle, lancé de la voix mi-animale et mi-humaine qui nous était si familière depuis que nous avions écouté l'enregistrement réalisé au cours de la nuit!

Nous prîmes la fuite, dis-je, si ébranlés que ce ne fut que par un suprême effort de volonté que nous pûmes nous engager dans la bonne direction. Et derrière nous, la voix s'élevait, la voix blasphématoire de Nyarlathotep, l'Etre Aveugle, l'Etre Sans Visage, le Puissant Messager, alors même que résonnaient encore dans les recoins de nos mémoires les paroles terrifiées du vieux Pierre, le métis — *C'était une Chose — ça n'avait pas de visage, et ça hurlait là, au point que j'ai cru que mes tympans allaient éclater, et puis ces choses qu'étaient avec — mon Dieu!* — Ces paroles, nous les entendions à nouveau, tandis que la voix de cette Créature de l'espace poussait des cris et lançait des mots incompréhensibles sur la musique diabolique des hideux joueurs de flûte qui composaient sa suite, qu'elle s'élevait pour ululer d'un bout à l'autre de la forêt et marquer à jamais nos mémoires!

Ygnaiih! Ygnaiih! Ill-yayayayayaaa-haaahaaahaaa-haaa-ngh' aaa-ngh' aaa-ya-ya-yaaa!

Soudain, le calme revint.

Et pourtant, aussi incroyable que cela pût paraître, la plus insondable des abominations nous attendait encore.

Nous n'étions, en effet, qu'à mi-chemin de la cabane lorsque nous nous aperçûmes en même temps que nous étions suivis ; derrière nous s'élevait un bruit hideux, un bruit atrocement suggestif de *pataugeage,* comme si l'entité amorphe avait quitté la dalle qu'en des temps lointains des adorateurs avaient dû ériger pour Lui, et qu'elle s'était lancée à notre poursuite. En proie à une épouvante abyssale, nous courûmes comme nous ne l'avions jamais fait ni l'un ni l'autre, et ce n'est qu'à proximité de la cabane que nous nous rendîmes compte que le bruit de pataugeage, le tremblement et le frémissement qui avaient agité la terre — comme si un être gigantesque l'avait foulée — avaient cessé, et qu'à leur place ne nous parvenait plus que le bruit calme de pas tranquilles.

Mais ces pas n'étaient pas les nôtres ! Et dans l'aura d'irréalité, la redoutable intrusion d'un autre monde dans lequel nous nous déplacions et respirions, la puissance évocatrice de ces pas était telle qu'elle faillit nous rendre fous !

Nous atteignîmes la cabane, allumâmes une lampe et nous nous laissâmes tomber sur des sièges pour attendre ce qui s'approchait d'un pas aussi régulier, avec aussi peu de hâte, ce qui montait les marches de la véranda, posait la main sur la poignée de la porte, l'ouvrait toute grande...

Le professeur Gardner se tenait là, devant nous !

Laird se leva d'un bond et s'écria :

— Professeur Gardner !

Le professeur sourit discrètement et s'abrita les yeux d'une main.

— Si cela ne vous fait rien, je préférerais que la lumière soit un peu baissée. J'ai passé tellement de temps dans le noir...

Laird se retourna pour accéder sans discuter à sa prière. Le professeur s'avança alors dans la pièce ; il marchait avec l'aisance et le calme d'un homme aussi sûr de lui que s'il n'avait pas disparu de la surface de la terre depuis plus de trois mois, que s'il ne nous avait pas lancé un appel frénétique la nuit précédente, que s'il...

Je jetai un coup d'œil à Laird ; sa main tenait toujours la lampe, mais ses doigts ne cherchaient plus à en baisser la mèche, ils reposaient simplement dessus, tandis qu'il fixait le sol sans le voir. Je cherchai du regard le professeur Gardner ; il était assis, la tête tournée pour éviter la lumière, les yeux clos, et un léger sourire errait sur ses lèvres ; en cet instant, il était exactement comme je me souvenais de l'avoir vu au club de l'université de Madison et il me semblait que tout ce qui s'était passé là, dans cette cabane, n'avait été qu'un mauvais rêve.

Mais ce n'était pas un rêve !

— Vous n'étiez pas là, hier soir ? s'enquit le professeur.

— Non. Mais, bien entendu, nous avions installé le dictaphone.

— Ah ! Vous avez entendu quelque chose, alors ?

— Aimeriez-vous entendre l'enregistrement, monsieur ?

— Oui, j'aimerais bien.

Laird traversa la pièce et replaça l'enregistrement dans l'appareil pour le passer une fois de plus ; nous demeurâmes assis en silence pour l'écouter ; nul ne dit mot jusqu'à la fin. Le professeur tourna alors lentement la tête.

— Qu'en dites-vous ?

— Je ne sais qu'en dire, monsieur, lui répondit Laird. Ces interventions sont trop décousues — en dehors de la vôtre. Mais il semble qu'il y ait quelque cohérence dans tout cela.

Soudain, sans avertissement, l'atmosphère de la pièce se chargea de menace ; ce ne fut qu'une impression fugitive, mais Laird y fut tout aussi sensible que moi, car il sursauta. Comme il enlevait l'enregistrement de l'appareil, le professeur reprit la parole.

— Il ne vous est pas venu à l'idée que vous aviez pu être victime d'une mystification ? Et si je vous disais que j'ai découvert qu'il était possible de produire tous les sons que vous avez enregistrés là-dessus ?

Laird le fixa une longue minute avant de répondre à voix basse que, bien entendu, le professeur Gardner avait étudié bien plus longtemps que nous les phénomènes particuliers aux bois du lac de Rick et que s'il le disait...

Un rire désagréable échappa au professeur.

— Des phénomènes entièrement naturels, mon garçon ! Il y a un gîte minéral sous cette dalle grotesque, au milieu des bois ; il donne naissance à une lumière et à des miasmes qui provoquent des hallucinations. C'est aussi simple que cela. Quant aux diverses disparitions — simple folie, défaillance humaine, rien de plus, mais avec un air de coïncidence. Je suis venu ici en nourrissant l'espoir de vérifier quelques-unes des divagations auxquelles le vieux Partier s'était laissé aller il y a bien longtemps... mais... Il sourit avec dédain, secoua la tête et tendit la main. Passez-moi cet enregistrement, Laird.

Sans hésiter, Laird tendit l'enregistrement au professeur Gardner. Le vieil homme le prit et voulut l'examiner de près, mais il se heurta le coude et, poussant un cri de douleur, le laissa tomber. Il se brisa en une douzaine de morceaux sur le plancher de la cabane.

— Oh ! s'écria le professeur. Je suis navré. Ses yeux cherchèrent Laird. Mais... étant donné que je peux vous en refaire un quand vous voudrez en utilisant ce que j'ai appris des traditions qui se sont transmises au sujet de ce lieu, d'après ce qu'a pu en dire Partier...

Il eut un mouvement d'épaules.

— Ça n'a aucune importance, dit Laird doucement.

— Prétendriez-vous que tout ce qu'il y avait dans cet enregistrement n'était que le produit de votre imagination, Professeur ? dis-je à mon tour. Y compris ce chant destiné à appeler Cthugha ?

Le regard du vieil homme se posa sur moi. Il avait un sourire sardonique.

— Cthugha ? Pensez-vous qu'il soit ou que ce soit autre chose que le produit de l'imagination de quelqu'un ? Et l'inférence — mon cher enfant, réfléchissez un peu. Vous avez clairement sous les yeux l'inférence que Cthugha vit sur Fomalhaut, à vingt-sept années-lumière d'ici, et que, si ce chant répété trois fois lorsque Fomalhaut est levée, Cthugha doit apparaître sous une forme ou sous une autre afin de rendre ce lieu désormais inhabitable pour l'homme ou pour toute autre entité venue de l'extérieur. Comment supposez-vous que ceci puisse être accompli ?

— Eh bien, mais par quelque chose qui ressemblerait à de la transmission de pensée, répliqua Laird, d'un ton obstiné. Il n'est pas déraisonnable de croire que, si nous dirigions nos pensées vers Fomalhaut, quelque chose, là-haut, pourrait les recevoir — à supposer qu'il s'y trouve de la vie. La pensée est instantanée. Et il se peut qu'à leur tour ils soient arrivés à un point de développement si grand que la dématérialisation et la rematérialisation soient chez eux aussi rapides que ma pensée.

— Mon garçon — êtes-vous sérieux ?

La voix du vieil homme trahissait son mépris.

— C'est vous qui m'avez posé une question.

— Eh bien, alors, en tant que réponse hypothétique à un problème théorique, je l'ignorerai.

— A franchement parler, repris-je, sans tenir compte d'un curieux signe de dénégation que me fit Laird de la tête, je ne crois pas que ce que nous avons vu ce soir dans la forêt soit une simple hallucination — provoquée par des miasmes provenant de la terre ou par autre chose.

L'effet qu'eut cette déclaration fut extraordinaire. On voyait bien que le professeur faisait beaucoup d'efforts pour se dominer ; ses réactions étaient exactement celles d'un savant dont la parole aurait été mise en doute dans l'une de ses classes par un crétin. Au bout de quelques instants, il se reprit et se contenta de dire :

— Alors, vous êtes allés là-bas. Je suppose qu'il est trop tard pour vous faire changer d'opinion...

— J'ai toujours été accessible à la persuasion, monsieur, et je penche pour la méthode scientifique, dit Laird.

Le professeur Gardner se couvrit les yeux de la main et nous déclara :

— Je suis fatigué. J'ai remarqué hier soir, quand je suis venu ici, que vous vous étiez installé dans ce qui avait été ma chambre, Laird — aussi prendrai-je la chambre voisine de la vôtre, en face de celle de Jack.

Il monta l'escalier comme s'il ne s'était rien passé entre la dernière fois où il avait occupé la cabane et cette fois-ci.

5

Le reste de l'histoire — et ce qui devait être le point culminant de cette nuit apocalyptique — seront vite dits.

Je ne devais pas avoir dormi plus d'une heure — il était alors une heure du matin —, quand je fus réveillé par Laird. Il se tenait près de mon lit, tout habillé, et m'ordonnait d'une voix tendue de me lever, de me vêtir, de prendre ce que j'avais pu apporter et d'être prêt à tout. Il ne voulut pas m'autoriser à allumer une lumière pour ce faire, mais comme il avait apporté une petite lampe de poche, il s'en servit un peu. A toutes mes questions, il répondit qu'il fallait attendre.

Quand j'eus terminé, il sortit de la chambre et me murmura :

— Venez.

Il se dirigea tout droit vers la chambre où le professeur Gardner s'était retiré. A la lumière de sa lampe, il était évident que le lit n'avait pas été touché ; de plus, grâce à la mince couche de poussière qui recouvrait le plancher, il était clair que le professeur Gardner avait pénétré dans la pièce, était allé jusqu'à une chaise posée près de la fenêtre et qu'il était ressorti.

— Il n'a jamais touché ce lit, vous voyez, me glissa Laird.

— Mais pourquoi ?

Laird me serra le bras très fort.

— Vous souvenez-vous de ce à quoi Partier avait fait allusion — Ce que nous avons vu dans les bois — l'amorphose protoplasmique de la chose ? Et ce qu'il y avait dans l'enregistrement ?

— Mais Gardner nous a dit... protestai-je.

Il me tourna le dos sans ajouter un mot. Je le suivis en bas, il s'arrêta près de la table où nous avions travaillé et l'éclaira d'un coup de lampe. La surprise me fit pousser un cri que Laird étouffa aussitôt. La table, en effet, était complètement vide, en dehors de l'exemplaire de *Je suis d'Ailleurs et autres histoires* et de trois numéros des *Weird Tales,* un périodique où étaient rassemblées des nouvelles qui complétaient celles du livre écrit par ce génie excentrique de Providence qu'était Lovecraft. Toutes les notes de Gardner, toutes nos annotations, les photocopies de l'université de Miskatonic — tout avait disparu !

— C'est lui qui les a prises, dit Laird. Personne d'autre n'aurait pu le faire.

— Où est-il allé ?

— Il est retourné d'où il est venu.

Il me fit face ; ses yeux brillants réfléchissaient la lumière de la lampe électrique. « Comprenez-vous ce que cela signifie, Jack ? »

Je hochai la tête.

— *Elles* savent que nous sommes allés là-bas, *elles* savent que nous les avons vues et que nous en savons trop...

— Mais comment ?

— C'est vous qui le leur avez appris.

— Moi ? Grand Dieu, mon vieux, vous êtes fou ? Comment aurais-je pu le leur apprendre ?

— Ici, dans cette cabane, ce soir — c'est vous-même qui le leur avez involontairement révélé et je crains de penser à ce qui risque de nous arriver maintenant. Il faut que nous nous sauvions.

Un instant, tous les événements des derniers jours apparurent se fondre en un mélange inintelligible. Je ne pouvais me tromper sur le ton pressant dont venait d'user Laird et, pourtant, ce qu'il suggérait était si incroyable que le fait de l'envisager ne serait-ce qu'un court moment jetait la plus grande confusion dans mes pensées.

Laird parlait à présent, sur un rythme rapide.

— Vous ne trouvez pas ça bizarre, vous — la façon dont il est revenu ? Comment il est sorti des bois *après* que nous y avons vu cette chose infernale ? Et les questions qu'il a posées — l'orientation de ces questions ? Et comment il est parvenu à casser l'enregistrement — notre unique preuve scientifique ? Et maintenant la disparition de toutes ces notes, de tout ce qui pouvait aller dans le sens d'une justification de ce qu'il appelait « les sottises de Partier » ?

— Mais s'il faut croire ce qu'il nous a dit...

Il m'interrompit avant que j'aie pu achever.

— L'un d'eux avait raison. Ou bien c'était la voix de l'enregistrement, celle qui m'appelait — ou bien c'était l'homme qui était ici ce soir.

— L'homme...

Mais ce que j'étais sur le point de dire fut interrompu par Laird qui m'imposa silence en criant d'une voix rude :

— *Ecoutez!*

De l'extérieur, des profondeurs de l'obscurité que hantait l'horreur, du refuge sur terre de l'Habitant de l'Ombre, nous parvenaient à nouveau, pour la seconde fois cette nuit-là, les accents, à la beauté étrange en dépit de leur cacophonie, de la musique qui paraissait jouée à la flûte, et qui montait et descendait, accompagnée par une sorte de ululement et par un bruit qui évoquait le claquement de grandes ailes.

— Oui, j'ai entendu, murmurais-je.

— *Ecoutez bien!*

Alors même qu'il parlait encore, je compris. Il y avait quelque chose de plus — les sons qui nous parvenaient de la forêt ne faisaient pas que monter et descendre — *ils étaient en train de se rapprocher!*

— Vous me croyez à présent? *Elles viennent nous chercher!*

Il se tourna vers moi.

— L'invocation!

— Quelle invocation? dit-je, cherchant stupidement ce qu'il voulait dire.

— L'invocation à Cthugha — vous en souvenez-vous?

— Je l'ai notée. Je l'ai là.

Un instant, je craignis que cela aussi ait pu nous être repris, mais il n'en était rien ; le papier se trouvait dans ma poche, là où je l'avais laissé. Les mains tremblantes, Laird s'en empara.

— *Ph'nglui mglw'nafh Cthugha Fomalhaut n'gha-ghaa naf'l thagn! Iä! Cthugha!* dit-il en se précipitant sur la véranda avec moi sur les talons.

Des bois nous parvint la voix bestiale de l'Habitant de l'Ombre:

— *Il-ya-ya-ya-haa-haa-haaa! Y gnaiih! Y gnaiih!*

— *Ph'nglui mglw'nafh Cthugha Fomalhaut n'gha-ghaa naf'l thagn! Iä Cthugha!* s'écria Laird pour la seconde fois.

La mêlée horrible des sons nous parvenait toujours des bois, sans rien perdre de sa puissance, puisqu'elle s'élevait maintenant à des hauteurs suprêmes d'une furie toute chargée de terreur, tandis que la voix animale de la Chose sortie de la dalle se surimposait à la musique farouche et folle des chalumeaux et au bruit de battement qui évoquait celui des ailes.

C'est alors qu'une fois encore Laird répéta les paroles primitives de l'invocation.

A l'instant où le dernier son guttural sortait de ses lèvres, nous vîmes s'engager une séquence d'événements telle que nul œil humain n'aurait jamais dû en être le témoin. Soudain, en effet, l'obscurité disparut et fit place à une lueur ambrée, lourde de menace ; simultanément, la mélodie qui paraissait être jouée par des flûtes s'interrompit, et à sa place s'élevèrent des cris de rage et de terreur. Alors apparurent des milliers de minuscules points lumineux — non seulement sur les arbres et entre eux, mais sur la terre même, sur la cabane et sur la voiture, arrêtée devant. Un instant encore, nous demeurâmes cloués sur place puis il nous vint à l'esprit que ces myriades de points lumineux étaient des *entités vivantes de flammes!* En effet dès qu'ils touchaient quelque chose, le feu y prenait. Voyant cela, Laird se précipita dans la cabane pour aller chercher ce qu'il pouvait emporter avant que l'holocauste n'ait rendu impossible notre fuite loin des bords du lac de Rick.

Il en ressortit en courant — nos sacs étaient en bas — et me dit d'une voix hachée qu'il était trop tard pour aller récupérer le dictaphone ou quoi que ce soit d'autre ; ensemble, nous nous ruâmes vers la voiture en nous protégeant légèrement les yeux de la lumière aveuglante qui nous environnait. Mais, bien que nous nous soyons abrités les yeux, il nous fut impossible de ne pas voir les grandes formes amorphes qui quittaient ce lieu maudit pour s'élever vers le ciel, ni l'être d'une taille tout aussi imposante qui planait au-dessus des arbres, tel un nuage de feu vivant. Voilà ce que nous vîmes avant que l'effrayant effort que nous dûmes fournir pour nous échapper de ces bois en flammes ne nous ait miséricordieusement obligés à oublier les autres détails de cette fuite terrible où nous manquâmes devenir fous.

Aussi horrible qu'ait pu être ce qui avait eu lieu dans l'ombre de la forêt, près du lac de Rick, il se produisit quelque chose d'encore plus cataclysmique, quelque chose de si impie et de si décisif que je ne peux m'empêcher d'en frémir et d'en trembler chaque fois que j'y songe. Au cours de cette brève ruée vers la voiture, en effet, je vis ce qui expliquait le doute de Laird, je vis ce qui l'avait incité à tenir compte de la voix de l'enregistrement et non de la chose qui était venue nous voir sous l'aspect du professeur Gardner. L'explication se trouvait là auparavant, mais je ne l'avais pas comprise ; Laird lui-même n'y avait pas tout à fait cru. Elle nous avait pourtant été fournie — nous n'avions pas su la reconnaître. « Les Anciens ne souhaitent pas qu'un simple être humain en sache trop », nous avait dit Partier. Et la voix terrifiante de l'enregistrement avait été plus claire encore dans ses allusions : *« Allez sous cette forme ou sous n'importe quelle forme que vous choisirez et qui vous donnera une apparence humaine et détruisez ce qui peut les mener jusqu'à nous... »* Détruisez ce qui peut les mener jusqu'à nous ! Notre enregistrement, les notes, les photocopies de l'université Miskatonic, oui, et même Laird et moi ! Et la Chose était sortie, et c'était Nyarlathotep, le Messager de la Nuit, l'Habitant de l'Ombre, Celui qui était sorti et qui avait regagné la forêt pour nous envoyer ses favoris. C'est Lui qui était venu des espaces interstellaires, tout comme Cthugha, l'Etre de Feu, était venu de Fomalhaut, après l'invocation qui l'avait éveillé de son sommeil long de bien des éons sous cette étoile d'ambre, invocation dont Gardner, le captif mort-vivant du terrible Nyarlathotep, avait découvert l'existence au cours de ses voyages fantastiques à travers l'espace et le temps ; et c'est Lui qui était reparti d'où Il était venu, une fois Son refuge sur la terre détruit par les favoris de Cthugha.

Je le sais et Laird le sait. Nous n'en parlons jamais.

Si nous avions eu le moindre doute, en dépit de tout ce qui s'était déjà passé, nous n'aurions pu oublier notre découverte finale, une découverte qui nous déchira l'âme, ce que nous vîmes au moment où nous nous protégions les yeux des flammes qui nous environnaient et que nous détournions nos regards de ces êtres qui se trouvaient dans les cieux, ces traces de pas qui partaient de la cabane et se dirigeaient vers la dalle infernale, tout au fond de la sombre forêt, *des pas qui s'inscrivaient dans la terre molle devant la véranda et qui avaient la forme des pas d'un homme, puis qui se transformaient un peu plus à chaque trace en une suite d'empreintes hideusement suggestives, telles qu'aurait pu en laisser une créature d'une morphologie et d'un poids incroyables, avec des variations de contours et de taille si grotesques qu'elles auraient été incompréhensibles à qui n'aurait pas vu se dresser la Chose sur la dalle — et à côté d'elles, comme déchirés et réduits en lambeaux par une force qui se serait peu à peu développée, les vêtements qui avaient autrefois appartenu au professeur Gardner et qui gisaient, abandonnés morceau par morceau le long du sentier qui menait au cœur des bois, ce sentier qu'avait emprunté la monstruosité infernale qui était sortie de la nuit, cet Habitant de l'Ombre qui nous avait rendu visite sous la forme et sous le masque du professeur Gardner !*

AU-DELÀ DU SEUIL

PAR AUGUST DERLETH

1

Cette histoire est en réalité celle de mon grand-père.

D'une certaine manière, cependant, elle appartient à toute la famille et, au-delà de ses membres, au monde entier. Or, il n'existe plus de raisons aujourd'hui de ne pas faire connaître les détails particulièrement atroces de ce qui se passa dans cette maison solitaire, au cœur des forêts du nord du Wisconsin.

Les origines de cette histoire plongent dans les brumes des temps les plus reculés, bien avant que même la famille Alwyn ne soit apparue, mais j'ignorais tout de cela, à l'époque du séjour que j'allais faire dans le Wisconsin, en réponse à une lettre de mon cousin me révélant que la santé de mon grand-père déclinait d'étrange façon. Josiah Alwyn, je ne sais pourquoi, m'avait toujours paru immortel, même lorsque j'étais enfant, et je ne l'avais pas vu changer au cours des années. C'était un vieil homme à la poitrine large, au visage lourd et plein, orné d'une moustache courte et d'une barbiche qui adoucissait ce qu'avait de dur la ligne de sa mâchoire carrée. Il avait les yeux sombres, assez petits et les sourcils broussailleux. Il portait les cheveux longs, ce qui donnait à sa tête un aspect léonin. Bien que je l'aie peu vu quand j'étais très jeune, il avait laissé une impression indélébile dans ma mémoire lors de ses courtes haltes dans la maison de campagne de ses ancêtres, près d'Arkham, dans le Massachusetts — brèves visites qu'il nous faisait quand il se rendait ou revenait des coins les plus reculés du monde : le Tibet, la Mongolie, les régions arctiques et certaines îles peu connues du Pacifique.

Je ne l'avais pas vu depuis des années lorsque je reçus cette lettre de mon cousin Frolin, qui vivait auprès de mon grand-père dans la vieille maison que ce dernier possédait au cœur de la forêt, en plein pays des lacs, au nord du Wisconsin. « Je souhaiterais que tu puisses t'arracher au Massachusetts assez longtemps pour venir jusqu'ici. Il a passé beaucoup d'eau sous bien des ponts, le vent a soufflé bien des fois et apporté bien des changements depuis ta dernière visite. A franchement te parler, je pense qu'il est nécessaire que tu te hâtes. Dans les circonstances où je me trouve, je ne sais vers qui me tourner, grand-père n'étant plus lui-même, et j'ai besoin de quelqu'un en qui on puisse avoir confiance. » A première vue, rien dans cette lettre n'indiquait une grande urgence, et pourtant on sentait que le ton était bizarrement contraint, on y devinait entre les lignes quelque chose d'invisible, d'intangible qui ne m'autorisait à faire à Frolin qu'une seule réponse — quelque chose dans sa phrase au sujet du vent, quelque chose dans la manière dont il avait écrit *grand-père n'étant plus lui-même,* quelque chose dans le besoin qu'il avait exprimé d'avoir auprès de lui *quelqu'un en qui on puisse avoir confiance.*

Il m'était facile de prendre un congé et de m'absenter de l'université Miskatonic d'Arkham où j'étais bibliothécaire adjoint pour m'en aller dans l'Ouest, en ce mois de septembre ; voilà pourquoi je suis parti. Je m'en allai, hanté par la conviction assez étrange que je devais me hâter : de Boston en avion jusqu'à Chicago, et de là, en train jusqu'au village de Harmon, au cœur de la région forestière du Wisconsin — un lieu d'une grande beauté naturelle, proche des rives du lac Supérieur, si bien que les jours où le temps le permettait, on entendait le bruit de ses eaux.

Frolin vint me chercher à la gare. Mon cousin avait

alors dépassé la trentaine mais il faisait dix ans de moins, avec ses yeux bruns au regard chaud, intense, sa bouche tendre et sensible que démentait une rigueur profonde. Il était extrêmement posé, tout en passant volontiers de la gravité à une sorte de frénésie contagieuse — « son sang irlandais », avait dit un jour mon grand-père. Je rencontrai son regard au moment où je lui serrai la main et tentai de découvrir quelque explication à l'angoisse qu'il m'avait tue. Je vis simplement qu'en effet quelque chose le tourmentait, car ses yeux le trahissaient, tout comme les eaux troublées d'un étang révèlent l'agitation du fond, même si la surface est aussi lisse qu'un miroir.

— Que se passe-t-il ? lui demandai-je lorsque je fus assis près de lui dans le coupé et que nous eûmes pénétré dans la zone où poussaient les grands pins. Grand-père est alité ?

Il secoua la tête.

— Oh, non, ça n'est pas du tout ça, Tony. Il me lança un regard curieux, un regard gêné. Tu verras. Attends, tu verras.

— De quoi s'agit-il, alors ? le pressai-je. Ta lettre avait vraiment un drôle de ton.

— C'est ce que j'espérais, fit-il gravement.

— Et pourtant, je n'ai pas réussi à trouver ce que c'était, reconnus-je. C'était quand même bien là.

— Oui, je savais que tu le sentirais. Je te l'avoue, ça a été difficile — très difficile. J'ai pensé à toi bien des fois avant de m'asseoir pour t'écrire cette lettre, crois-moi !

— Mais s'il n'est pas malade... ? Je croyais que tu avais dit qu'il n'était pas lui-même.

— Oui, oui, c'est bien ce que j'ai dit. Attends un peu, Tony, ne sois pas si impatient. Tu verras par toi-même. C'est la tête, je crois.

— La tête !

Je me sentis bouleversé et plein de regret à la pensée que la raison de mon grand-père avait pu l'abandonner ; l'idée que ce magnifique cerveau avait été pris de troubles était intolérable et je répugnais à l'entretenir.

— Sûrement pas, m'écriai-je. Frolin — de quoi diable s'agit-il ?

Une fois de plus, il tourna vers moi un regard tourmenté.

— Je ne sais pas. Mais je crois qu'il s'agit de quelque chose de terrible. S'il s'agissait seulement de grand-père. Mais il y a la musique — et puis il y a tout le reste : les sons, les odeurs et...

Il surprit le regard stupéfait que je lui jetai puis se détourna, tout en faisant un effort presque physique pour s'interrompre.

— Mais j'oubliais. Ne m'en demande pas davantage. Attends. Tu verras bien toi-même. Il eut un rire bref, un rire forcé. Peut-être que ce n'est pas le grand-père qui est en train de perdre la tête. J'y ai pensé quelquefois, d'ailleurs — non sans raisons.

Je n'ajoutai rien, mais je sentis que commençait à naître en moi une sorte de crainte et de tension et, durant un moment, je demeurai assis à côté de Frolin, ne songeant qu'à lui et au vieux Josiah Alwyn vivant ensemble dans cette antique demeure, ne prêtant plus attention aux grands pins qui croissaient alentour, au bruit du vent et à l'odeur âcre et parfumée de la fumée montant des feuilles consumées et chevauchant le vent vers un ailleurs. Le soir tombe vite dans ce pays, emprisonné qu'il est dans les pins noirs, et bien que les derniers reflets du couchant se fussent encore attardés à l'ouest, s'étalant en éventail vers le zénith en une grande vague de safran et d'améthyste, l'obscurité s'était déjà emparée de la forêt que nous traversions. De l'ombre sortaient les cris des grands-ducs et de leurs cousines, les effraies, créant une atmosphère d'enchantement fantastique dans un calme qui n'était autrement rompu que par la voix du vent ou le bruit de la voiture sur la route peu fréquentée qui menait à la maison Alwyn.

— Nous y sommes presque, dit Frolin.

Les phares de la voiture éclairèrent un pin déchiqueté, frappé par la foudre bien des années auparavant, qui demeurait pourtant debout avec deux branches desséchées tendues vers la route comme des bras noueux : un vieux repère sur lequel Frolin attira mon attention, sachant bien que je me souviendrais qu'il ne se trouvait qu'à huit centimètres de la maison.

— Si grand-père te le demande, me dit-il alors, j'aimerais bien que tu ne lui dises pas que je t'ai demandé de venir. Je ne sais pas s'il aimerait ça. Tu pourrais lui dire que tu étais dans le Middle West et que tu es monté jusqu'ici pour lui rendre visite.

Ma curiosité se trouva une fois de plus éveillée, mais je renonçai à presser Frolin plus avant.

— Il sait donc que j'arrive ?

— Oui. Je lui ai dit que tu m'avais prévenu et que j'irais t'attendre au train.

Je comprenais que si le vieil homme découvrait que Frolin m'avait appelé parce qu'il était inquiet au sujet de sa santé, il en serait contrarié et peut-être même furieux et pourtant, la requête de Frolin impliquait quelque chose de plus que cela, de plus que le simple désir d'épargner l'amour-propre de mon grand-père. A nouveau, une angoisse étrange, indéfinissable, s'empara de moi, une sensation soudaine, inexplicable, de peur.

Au milieu d'une éclaircie, la maison surgit brusquement d'entre les pins. Elle avait été construite par un oncle de mon grand-père, du temps où le Wisconsin n'était occupé que par les défricheurs, aux alentours de 1850. Cet oncle était l'un des marins de la famille Alwyn, un homme originaire d'Innsmouth, cette étrange et sombre ville de la côte du Massachusetts. C'était une construction qui manquait singulièrement de grâce, blottie contre la colline, comme une vieille femme irritable serrant contre elle ses falbalas. Elle défiait bon nombre de normes architecturales, sans cependant être tout à fait parvenue à s'affranchir des caractères superficiels de l'architecture des environs de 1850 qui sont à l'origine de ce qu'il peut y avoir de grotesque et de pompeux dans l'aspect des édifices de l'époque. Elle souffrait en outre de l'adjonction d'une large véranda dont l'un des côtés ouvrait directement sur une étable où, en des temps plus anciens, on avait installé des chevaux, puis des cabriolets et des bogheis et où on abritait, à présent, deux voitures — seul point du bâtiment qui témoignât d'un effort quelconque de transformation depuis sa construction. La maison s'élevait sur deux étages et demi au-dessus du sol ; sans doute, bien que l'obscurité ne m'eût pas permis de m'en assurer, était-elle toujours couverte du même abominable enduit brun ; et, à en juger par les lumières qui, brillaient derrière les fenêtres voilées de rideaux, mon grand-père ne s'était-il pas encore soucié de faire installer l'électricité, éventualité à laquelle j'étais bien préparé car j'avais apporté une torche électrique et des piles de rechange.

Frolin entra dans le garage, sortit de la voiture et, prenant une partie de mes bagages, traversa la véranda devant moi jusqu'à la porte d'entrée, une grande porte de chêne à panneaux, ornée d'un marteau de fer gigantesque. L'entrée était plongée dans l'obscurité, à l'exception d'une faible lueur qui filtrait par une porte entrouverte à l'autre extrémité et qui suffisait cependant pour éclairer de façon spectrale le grand escalier menant aux étages.

— Je vais d'abord te montrer ta chambre, me dit Frolin, en me précédant dans l'escalier d'un pied que l'habitude rendait sûr. Il y a une lampe électrique sur le pilastre du palier, ajouta-t-il. Si tu en as besoin. Tu connais le grand-père.

Je trouvai la lampe et l'allumai. Quand je rattrapai Frolin, il se tenait devant la porte de ma chambre qui, je le remarquai, se trouvait exactement au-dessus de l'entrée principale et était donc exposée à l'ouest, tout comme la maison elle-même.

— Il nous a interdit l'usage de toutes les pièces situées à l'est du vestibule, ici, à l'étage, m'expliqua Frolin en me fixant, comme pour me dire : Tu vois à quel point il a pu devenir bizarre ! Il attendit une remarque, mais comme je restai muet, il poursuivit : C'est pourquoi je suis installé dans la chambre voisine de la tienne et que Hough se trouve à côté de moi, dans l'angle sud-ouest. Pour l'instant, comme tu t'en es peut-être douté, Hough nous prépare quelque chose à manger.

— Et grand-père ?

— Très probablement dans son bureau. Tu te souviens sans doute de cette pièce-là ?

Je me souvenais en effet de cette curieuse pièce sans fenêtres, construite selon les directives précises de mon grand-oncle Léandre, une pièce qui occupait la plus grande partie de l'arrière de la maison, tout l'angle nord-ouest et le côté ouest sur toute sa largeur, à l'exception d'une petite partie au sud-ouest, où avait été aménagée la cuisine, cuisine d'où sortait la lumière qui filtrait dans le vestibule. Le bureau avait été creusé si loin dans le flanc de la colline qu'il n'avait pas été possible d'ouvrir de fenêtres dans le mur est, mais rien, sinon l'excentricité de l'oncle Léandre, n'expliquait que le mur nord fût demeuré aveugle. Au beau milieu du mur est, d'ailleurs, on avait inséré dans le mur même, une énorme peinture qui allait du plancher jusqu'au plafond, et qui, en largeur, atteignait près de deux mètres. Aurait-on pu découvrir dans ce tableau, sans doute exécuté par quelque ami inconnu de l'oncle Léandre, sinon par mon grand-oncle lui-même, la moindre marque de génie, ou même celle d'un talent exceptionnel, on aurait pu tolérer cet étalage, mais rien. C'était une représentation tout à fait prosaïque d'un paysage de la région du Nord, où l'on voyait le flanc d'une colline, une caverne rocheuse qui s'ouvrait au centre de la composition, un sentier à peine dessiné qui menait à la caverne, un animal peint à la manière impressionniste, qui prétendait probablement évoquer un ours, autrefois commun dans ce pays, se dirigeant vers la caverne, puis, au-dessus de tout, une chose qui faisait songer à un triste nuage perdu au milieu des sombres pins dressés alentour. Cette œuvre d'art d'un goût contestable dominait de manière totale, absolue, le bureau, en dépit des étagères de livres qui occupaient presque tous les autres murs, en dépit aussi d'une absurde collection de curiosités éparpillées un peu partout — fragments de pierre et de bois curieusement gravés, étranges souvenirs de la vie de marin de mon grand-oncle. Ce bureau était aussi dénué de vie qu'un musée et pourtant il s'accordait de manière étrange, comme une chose vivante, à mon grand-père, la peinture du mur paraissant même prendre une fraîcheur accrue, chaque fois qu'il y pénétrait.

— Je ne pense pas que quelqu'un ait jamais pu entrer dans cette pièce sans l'oublier, dis-je avec un petit sourire.

— Il y passe le plus clair de son temps. Il n'en sort presque jamais et j'imagine que, maintenant que l'hiver arrive, il n'en sortira plus que pour prendre ses repas. Il y a même installé son lit.

Je frissonnai.

— Je ne me verrais vraiment pas dormir dans cette pièce.

— Non, moi non plus. Mais tu sais, il travaille sur quelque chose et je crois sincèrement que sa raison en a été affectée.

— Un autre livre sur ses voyages, peut-être ?

Il secoua la tête.

— Non, une traduction, je crois. Quelque chose de nouveau. Il a découvert un jour des vieux papiers ayant appartenu à Léandre et, depuis, son état semble n'avoir fait qu'empirer. Il leva les sourcils et haussa les épaules. Viens, Hough doit avoir fini de préparer le dîner, maintenant. Tu pourras juger par toi-même.

Les propos énigmatiques de Frolin m'avaient amené à penser que j'allais me trouver en présence d'un vieillard desséché. Après tout, grand-père avait plus de soixante-dix ans et on ne pouvait s'attendre à ce qu'un homme de cet âge, fût-ce lui, soit éternel. Mais, autant qu'il m'était possible d'en juger, il n'avait pas du tout changé physiquement. Il était assis à table et dînait et c'était toujours le vieil homme robuste, dont la moustache et la barbe n'étaient pas blanches mais gris fer, avec encore beaucoup de noir dans ce gris ; son visage n'était pas moins plein, son teint moins coloré. Au moment où j'entrai, il mangeait de bon appétit un pilon de dinde. En m'apercevant, il haussa un peu les sourcils, éloigna le pilon de ses lèvres et m'accueillit sans plus de transport que si j'étais parti depuis une demi-heure.

— Tu as bonne mine, me dit-il.

— Et vous, donc, dis-je. Un vétéran.

Il me sourit.

— Mon garçon, je suis sur la trace de quelque chose de neuf — d'un pays encore inexploré qui n'a rien à voir avec l'Afrique, l'Asie ou les régions arctiques.

Je jetai un coup d'œil à Frolin. Il était clair que c'était là une révélation pour lui ; quoi que mon grand-père ait pu laisser échapper concernant son activité, il n'avait pas mentionné cela.

Il m'interrogea ensuite sur mon voyage dans l'Ouest et nous passâmes la fin du dîner à nous entretenir des autres membres de la famille. Je remarquai que le vieil homme revenait de façon répétée sur des parents d'Innsmouth que j'avais depuis longtemps oubliés : qu'étaient-ils devenus ? Les avais-je rencontrés ? De quoi avaient-ils l'air ? Etant donné que je ne savais pratiquement rien de ces parents d'Innsmouth, que j'avais la ferme conviction qu'ils avaient tous disparu lorsqu'une étrange catastrophe avait balayé à la mer un grand nombre d'habitants de cette ville demeurée à l'écart du monde, je ne lui fus guère d'une grande utilité. Mais le sens dans lequel allaient ces inoffensives questions ne laissa pas de m'intriguer. En tant que bibliothécaire à l'université Miskatonic, j'avais entendu parler des insinuations étranges et troublantes que l'on avait faites à propos de l'affaire d'Innsmouth ; je connaissais l'intervention de la police fédérale, et les histoires d'agents secrets qu'on avait pu répandre n'avaient jamais eu cet indispensable accent de vérité qui en aurait fait l'explication plausible des terribles incidents survenus dans cette ville. Il voulut enfin savoir si j'avais vu des photographies de ces gens, et quand je lui eus dit que non, il fut très nettement déçu.

— Sais-tu, me dit-il d'un air découragé, qu'il n'existe même pas un seul portrait de l'oncle Léandre ? Les anciens des environs d'Harmon m'ont toutefois dit, il y a des années, que c'était un homme tout à fait simple et que, pour eux, il avait quelque chose *d'une grenouille*.

Il paraissait s'être animé, tout à coup, et le rythme de ses paroles devenait plus rapide :

— As-tu la moindre idée de ce que cela peut bien vouloir dire, mon garçon ? Mais non, tu ne peux pas. Ce serait trop te demander...

Il demeura quelque temps assis en silence, buvant son café, tambourinant sur la table du bout des doigts, regardant dans le vide avec un air étrangement préoccupé, puis il se leva brusquement et sortit de la pièce, tout en nous invitant à venir le rejoindre dans son bureau lorsque nous aurions terminé.

— Qu'est-ce que tu dis de ça ? me demanda Frolin, une fois que nous fut parvenu le bruit de la porte du bureau qui se refermait.

— Curieux, dis-je. Mais je ne vois rien là d'anormal, Frolin. J'ai bien peur...

Il eut un sourire moqueur.

— Attends. Ne juge pas encore ; il y a à peine deux heures que tu es arrivé.

Notre dîner achevé, nous nous dirigeâmes vers le

bureau, laissant Hough et sa femme, qui servaient mon grand-père depuis vingt ans dans cette maison, faire la vaisselle. Le bureau n'avait pas changé, si ce n'est qu'on y avait ajouté le vieux lit double et qu'on l'avait poussé contre le mur qui séparait cette pièce de la cuisine. Il était clair que mon grand-père nous attendait, ou plutôt qu'il m'attendait, et si j'avais pensé plus tôt que mon cousin Frolin était énigmatique, il n'existe pas de mots pour décrire quelle fut la conversation que j'eus alors avec mon grand-père.

— As-tu jamais entendu parler du Wendigo? me demanda-t-il.

Je reconnus que j'avais rencontré cette légende parmi d'autres légendes indiennes de la région du Nord: elle évoquait la croyance en l'existence d'un être monstrueux, surnaturel, horrible à voir, un habitué des silences de la grande forêt.

Il voulut savoir si j'avais jamais songé qu'il puisse y avoir un lien quelconque entre la légende du Wendigo et les éléments de l'air et, comme je lui répondais par l'affirmative, il exprima sa curiosité sur la façon dont j'avais eu tout d'abord connaissance de la légende indienne, tout en précisant que le Wendigo n'avait absolument rien à voir avec sa question.

— En ma qualité de bibliothécaire, il m'arrive de rencontrer bon nombre de choses qui sortent de l'ordinaire, lui répondis-je.

— Ah, s'exclama-t-il en tendant la main vers un livre qui se trouvait près de sa chaise. Alors sans doute ce volume t'est-il familier?

J'examinai le lourd volume relié de noir, dont le titre n'était estampé en lettres d'or que sur le dos. *Je suis d'Ailleurs et autres histoires* de H. P. Lovecraft.

Je hochai la tête.

— Ce livre se trouve sur nos rayons.

— Tu l'as lu, alors?

— Oh, oui. Très intéressant.

— Tu as donc lu ce qu'il avait écrit à propos d'Innsmouth dans une étrange histoire qu'il a intitulée *le Cauchemar d'Innsmouth*. Qu'en penses-tu?

Je réfléchis rapidement et essayai de retrouver cette histoire; au bout d'un moment, elle me revint en mémoire : un conte fantastique au sujet d'horribles êtres marins, engendrés par Cthulhu, des animaux d'origine primitive qui vivaient au fond des mers.

— Ce monsieur avait beaucoup d'imagination, dis-je.

— Avait ! Il est mort ?

— Oui, il y a trois ans.

— Hélas ! Moi qui avais pensé pouvoir lui demander...

— Mais, voyons, cette littérature... commençai-je.

Il m'interrompit.

— Puisque tu ne peux me fournir d'explication sur ce qui s'est passé à Innsmouth, comment peux-tu être certain que ce récit n'est que de la littérature ?

J'avouai que je ne le pouvais pas, mais il me sembla que le vieil homme avait déjà perdu tout intérêt pour ce que je lui disais. Il sortit alors une enveloppe épaisse qui portait un grand nombre des célèbres timbres de trois *cents* de 1869 si prisés des collectionneurs, d'où il tira divers papiers que l'oncle Léandre, me dit-il, avait laissés, en recommandant qu'ils soient livrés aux flammes. Son souhait, pourtant, n'avait pas été exaucé, m'expliqua mon grand-père, et lui-même était entré en leur possession. Il me tendit quelques feuillets et me demanda ce que j'en pensais, tout en ne me lâchant pas des yeux.

Il était clair que ces feuillets avaient fait partie d'une longue lettre, presque illisible, et ils comprenaient quelques-unes des phrases les plus mal venues qu'on ait pu imaginer. En outre, nombre de ces phrases me paraissaient dénuées de sens et la page que je gardais le plus longtemps sous les yeux était pleine d'allusions que je ne compris pas. Mon œil surprit des mots comme *Ithaqua, Lloigor, Hastur*. Lorsque j'eus rendu ces pages à mon grand-père, il me vint à l'esprit que j'avais déjà vu ces mots, peu de temps auparavant. Mais je n'en dis rien. Je déclarai que je ne pouvais m'empêcher de trouver que l'oncle Léandre écrivait avec une absence de clarté bien inutile.

Mon grand-père eut un rire étouffé.

— J'aurais cru que la première chose qui allait te sauter aux yeux serait celle-là même qui avait déclenché ma propre réaction, mais non, tu n'as pas répondu à mon attente ! Il est bien manifeste, pourtant, que tout ceci n'est qu'un code !

— Mais bien sûr ! Cela expliquerait la maladresse des phrases.

Mon grand-père se permit un large sourire.

— Un code assez simple, mais bien adapté — parfaitement adapté. Je n'en ai pas encore terminé avec ça.

Il tapota l'enveloppe de l'index.

— Il semble que cela concerne cette maison et il s'y trouve un avertissement répété selon lequel il faudrait bien faire attention de ne pas franchir le seuil, de crainte d'attirer de terribles conséquences. Mon garçon, j'ai franchi et refranchi tous les seuils de cette maison des milliers de fois, sans la moindre conséquence. Il doit donc exister quelque part un seuil que je n'ai pas encore franchi.

Je ne pus m'empêcher de sourire devant son excitation.

— A supposer que l'oncle Léandre n'avait plus toute sa tête, vous vous êtes lancé dans une belle poursuite, lui dis-je.

Abruptement, l'impatience bien connue de mon grand-père reprit le dessus. D'une main, il balaya tous les papiers de son oncle ; de l'autre, il nous congédia tous les deux, et il était clair qu'en un instant Frolin et moi avions cessé d'exister pour lui.

Nous nous levâmes, prîmes congé et quittâmes la pièce. Une fois dehors, dans la demi-obscurité du vestibule, Frolin me regarda, sans mot dire, ses yeux brûlants s'attardant à chercher les miens durant une longue minute, puis il se détourna et me précéda jusqu'à l'étage où nous nous séparâmes avant de gagner chacun notre chambre.

2

L'activité nocturne du subconscient m'a toujours vivement intéressé, car il me semble que tout homme vigilant voit grâce à elle s'ouvrir devant lui des possibilités illimitées. Je suis très souvent allé me coucher avec un problème qui me tourmentait pour le trouver résolu, dans la mesure où j'étais capable de le résoudre, en me réveillant. Sur les autres activités de l'esprit pendant la nuit, je suis en revanche moins bien renseigné. Je sais que j'allai dormir ce soir-là en ayant fortement et avant tout dans l'esprit la question de savoir où j'avais déjà rencontré les mots étranges qu'avait cités l'oncle Léandre, et je sais que lorsque je m'endormis enfin, cette question n'avait toujours pas trouvé de réponse.

Pourtant, quand je m'éveillai dans le noir quelques heures plus tard, je sus aussitôt que j'avais vu ces mots, ces étranges noms propres, dans le livre de H. P. Lovecraft que j'avais lu à la Miskatonic, et ce ne fut qu'ensuite que je me rendis compte que quelqu'un frappait à la porte et m'appelait à voix basse.

— C'est Frolin. Es-tu réveillé ? Je viens te voir.

Je me levai, enfilai ma robe de chambre, puis allumai ma torche électrique. Déjà, Frolin avait pénétré dans la pièce, son corps mince tremblant un peu, à cause du froid peut-être, car l'air de la nuit de septembre qui entrait à flots par la fenêtre n'était plus celui de l'été.

— Qu'y a-t-il ?

Il s'approcha de moi, une lueur étrange dans les yeux, et me posa la main sur le bras.

— L'entends-tu ? Mon Dieu, peut-être est-ce *ma* raison à moi, après tout...

— Non, attends ! m'exclamai-je.

De l'intérieur, semblait-il, nous parvenait le son d'une musique étrangement belle. Des flûtes, pensai-je.

— C'est grand-père et sa radio, dis-je. Est-ce qu'il l'écoute souvent aussi tard que ça ?

J'hésitai à poursuivre lorsque je vis l'expression qui se peignit sur son visage.

— C'est moi qui possède le seul poste de radio de la maison. Il est dans ma chambre et il n'est pas ouvert. La pile est épuisée, de toute façon. Et puis, as-tu déjà entendu une musique comme *celle-là* à la radio ?

Je tendis l'oreille avec un intérêt renouvelé. La musique paraissait curieusement assourdie et pourtant elle continuait à nous parvenir. Je remarquai aussi qu'elle n'arrivait pas d'un point bien défini ; alors qu'elle avait semblé être jouée tout d'abord à l'extérieur, elle semblait provenir à présent de dessous la maison — un son bizarre, en forme de mélopée, d'instruments à anches et à vent.

— Un orchestre de flûtes, dis-je.

— Ou de flûtes de Pan, suggéra Frolin.

— On n'en joue plus, répliquai-je sans réfléchir.

— Pas à la radio, répondit Frolin.

Je lui jetai un bref coup d'œil ; il soutint mon regard. Il me vint alors à l'idée que son anormale gravité avait sans doute sa raison d'être, qu'il ait ou non souhaité l'exprimer. Je lui serrai le bras.

— Frolin — qu'y a-t-il? Je sens que tu es inquiet.

Il avala sa salive péniblement.

— Tony, il n'y a rien dans cette maison qui puisse produire cette musique. Elle vient de dehors.

— Mais qui peut bien se trouver dehors?

— Rien — pas un être humain.

Voilà qui était dit, enfin. C'est presque avec soulagement que j'affrontai cette question dont j'avais jusqu'alors redouté d'admettre qu'il fallût l'envisager. *Rien — pas un être humain.*

— Alors — qu'est-ce qui la produit?

— Je crois que grand-père le sait. Viens avec moi, Tony. Laisse ta lampe; nous trouverons bien notre chemin dans le noir.

Une fois dans le vestibule, je fus arrêté une fois encore par sa main qui se crispait sur mon bras.

— Tu remarques ça? me siffla-t-il. Tu remarques ça, aussi?

— L'odeur, dis-je. L'odeur vague, impulsive, de l'eau, des poissons, des grenouilles et des habitants des lieux aquatiques.

— Et maintenant?

L'odeur de l'eau avait disparu de façon tout à fait brutale et très vite, à sa place, voilà qu'un froid glacial venait de se répandre dans tout le vestibule comme une chose vivante, l'odeur indéfinissable de la neige, l'humidité si vive de l'air lors d'une chute de neige.

— Est-ce que ça t'étonne encore que je me sois inquiété? demanda Frolin.

Sans me donner le temps de lui répondre, il descendit

devant moi jusqu'à la porte du bureau de mon grand-père sous laquelle brillait un mince trait de lumière jaune. J'avais conscience à chaque pas de notre descente que la musique prenait de l'ampleur tout en restant aussi peu compréhensible, et à présent, devant la porte du bureau, il était évident que cette musique émanait de l'intérieur de la pièce et que cette étrange diversité d'odeurs en provenait, elle aussi. L'obscurité semblait pleine de menace, chargée d'une terreur imminente, sinistre, qui nous emprisonnait comme si nous avions été à l'intérieur d'une coquille, au point que Frolin, à mes côtés, se mit à trembler.

Sous le coup d'une impulsion, je levai le bras et frappai à la porte.

Il n'y eut pas de réponse de l'intérieur, mais dès que j'eus frappé, la musique s'arrêta, les étranges odeurs qui traînaient dans l'air s'évanouirent!

— Tu n'aurais pas dû faire ça! murmura Frolin. Si le...

J'essayai la poignée. Elle céda à ma pression et j'ouvris la porte.

J'ignore ce que je m'attendais à voir dans le bureau, mais ce n'était sûrement pas ce que j'y découvris. Rien n'avait changé dans la pièce, si ce n'est que mon grand-père était couché et que sa lumière brûlait. Je le fixai un instant, n'osant en croire mes yeux, tant était inimaginable le paisible spectacle que je contemplais. D'où était donc venue la musique que j'avais entendue? Et les odeurs, et les parfums dans l'air? La confusion envahit mes pensées et j'étais sur le point de me retirer, troublé par ce qu'avaient de détendus les traits de mon grand-père, quand ce dernier ouvrit la bouche.

— Entre donc, me dit-il, tout en gardant les yeux fermés. Ainsi, tu as entendu la musique, toi aussi? Je commençais à me demander si personne d'autre que moi ne l'entendait. Mongolienne, je crois. Il y a trois nuits de ça, elle était nettement indienne — de la région du Nord, encore, du Canada et de l'Alaska. Je crois que ce sont des lieux où l'on vénère encore Ithaqua. Oui, oui... et une semaine auparavant, c'étaient des notes que j'avais entendu jouer pour la dernière fois au Tibet, dans Lhassa l'interdite, il y a bien des années.

— Qui la faisait ? m'écriai-je. D'où venait-elle ?

Il ouvrit les yeux et nous considéra, debout devant lui.

— Elle provenait d'ici, je pense, dit-il, en posant la main à plat sur le manuscrit posé devant lui, les feuillets écrits par mon grand-oncle. Et ce sont les amis de Léandre qui la faisaient. La musique des sphères, mon garçon... as-tu confiance en tes sens ?

— Je l'ai entendue. Et Frolin aussi.

— Que peut en penser Hough ? murmura mon grand-père d'un ton rêveur. Il poussa un soupir. J'ai presque trouvé, je crois. Il reste à découvrir avec lequel d'entre eux Léandre communiquait.

— Lequel d'entre eux ? répétai-je. Que voulez-vous dire ?

Il ferma les yeux et, une fois encore, un sourire se joua brièvement sur ses lèvres.

— J'ai tout d'abord pensé qu'il s'agissait de Cthulhu ; Léandre, après tout, était un marin. Mais à présent... Je me demande si ce n'est pas l'une des créatures de l'air : Lloigor, peut-être... à moins que ce ne soit Ithaqua que certains Indiens, je crois, appellent le Wendigo. Il court une légende selon laquelle Ithaqua emporterait ses victimes vers de lointains espaces au-dessus de la terre — mais je m'oublie, je m'égare.

Ses yeux s'ouvrirent brusquement et je m'aperçus qu'il ne nous jetait plus qu'un regard absent.

— Il est tard, dit-il. J'ai besoin de sommeil.

— De quoi, au nom du ciel, nous parlait-il ? me demanda Frolin, une fois dans le vestibule.

— Viens avec moi, lui dis-je.

Mais une fois de retour dans ma chambre, comme Frolin attendait avec impatience que je m'explique, je ne sus plus par où commencer. Comment pouvais-je lui communiquer l'étrange savoir que recélaient les textes interdits de l'université Miskatonic ?... le *Livre d'Eibon,* si redouté, les obscurs *Manuscrits Pnakotiques,* le terrible *Texte de R'lyeh,* et celui dont on s'est toujours le plus gardé, le *Necronomicon* de l'Arabe dément, Abdul Alhazred ? Pouvais-je réussir à le convaincre si je lui parlais de toutes les choses qui se pressaient dans mon esprit depuis que j'avais entendu les étranges paroles de mon grand-père, ces souvenirs qui remontaient de très loin — ces souvenirs des puissants Anciens, créatures d'un autre âge, d'une malfaisance incroyable, divinités ayant autrefois vécu sur la terre, dans tout l'univers, tel que nous le connaissons à présent, peut-être même dans bien d'autres encore —, antiques divinités d'un bien très ancien, forces d'un mal très ancien lui aussi, ces dernières étant aujourd'hui enchaînées, mais parvenant pourtant toujours à se libérer, à se manifester de façon brève, de façon horrible dans le monde des hommes. Et leurs noms effrayants me revenaient maintenant, alors qu'avant cette heure le fil qui m'aurait mené à ces souvenirs n'avait pas été assez fort, qu'il m'avait été refusé, enfermé que j'étais dans la forteresse de mes préjugés — Cthulhu, puissant maître des eaux sur la terre ; Yog-Sothoth et Tsathoggua, vivant dans les profondeurs de la terre ; Lloigor, Hastur et Ithaqua, la Chose de la Neige, Celui qui chevauche les Vents, qui étaient les esprits élémentaires de l'air. C'était de ces créatures que mon grand-père avait parlé ; et l'inférence qu'il avait faite était trop claire pour qu'on pût n'en pas tenir compte, ou même la considérer comme sujette à d'autres interprétations — à savoir que mon grand-oncle Léandre, dont la maison, après tout, s'était jadis élevée dans la cité d'Innsmouth que l'on fuyait alors et qui, aujourd'hui, était déserte, avait été en rapport avec l'une au moins de ces créatures. Et il y avait une seconde inférence, qu'il n'avait pas faite, mais simplement suggérée dans une phrase qu'il avait prononcée plus tôt ce soir-là — c'est qu'il y avait quelque part dans la maison un seuil sinon au-delà duquel un homme n'aurait jamais osé s'avancer. Or, quel pouvait être le danger tapi de l'autre côté de ce seuil sinon le chemin permettant de remonter le temps, la voie qui permettait de retourner à cette hideuse communication qui s'était établie entre ces anciennes créatures et mon oncle Léandre !

Et pourtant, toute la portée des paroles de mon grand-père ne m'avait pas véritablement atteint. Bien qu'il en eût beaucoup dit, il en avait tu plus encore, et je ne pouvais me blâmer après coup de ne pas m'être tout à fait rendu compte que mon grand-père s'employait sans aucun doute à découvrir le seuil caché que l'oncle Léandre avait décrit de façon si hermétique… *et à le franchir!* La confusion mentale dans laquelle je me trouvais à présent, tant j'étais préoccupé par l'antique mythologie de Cthulhu, d'Ithaqua et des anciens dieux, expliquait que je n'aie pas suivi les indications évidentes qui m'avaient été fournies jusqu'à leur conclusion logique, peut-être parce que, d'instinct, je craignais d'aller aussi loin.

Je me tournai vers Frolin et lui expliquai les choses de façon aussi claire que possible. Il m'écouta avec attention, me posant quelques questions pertinentes de temps à autre, et bien qu'il eût légèrement pâli en apprenant certains détails que je ne pouvais éviter de mentionner, il ne me parut pas aussi incrédule que je m'y étais attendu. Ceci, en soi, était bien le témoignage qu'il me restait encore beaucoup à découvrir sur les occupations auxquelles se livrait mon grand-père, tout comme sur les phénomènes qui se produisaient dans la maison, bien que je ne l'eusse pas compris tout de suite. Sous peu, cependant, j'allais en apprendre davantage sur la raison profonde qui poussait Frolin à accepter aussi aisément le panorama que je n'avais pu que lui esquisser.

Comme il me posait une question, il s'interrompit et je lus dans ses yeux une expression qui révélait que son attention m'avait quitté, avait quitté la pièce et s'était portée ailleurs. Il restait assis dans l'attitude de quelqu'un qui écoute et, impressionné par son comportement, je m'efforçai à mon tour d'entendre ce qu'il entendait.

Ce n'est que la voix du vent dans les arbres qui s'élève un peu, maintenant, pensai-je. C'est une tempête qui s'annonce.

— Tu as entendu? me dit-il dans un murmure, d'une voix mal assurée.

— Non, dis-je doucement. Je n'ai entendu que le vent.

Il me jeta un regard plein de pitié et, allant à la fenêtre, me fit signe de venir le rejoindre. Je le suivis et allai me poster à côté de lui. Sans mot dire, il me montra l'obscurité qui s'était épaissie autour de la maison. Il me fallut un moment pour m'accoutumer à la nuit mais, au bout d'un certain temps, je pus voir la ligne des arbres se détacher nettement contre le ciel plein d'étoiles. C'est alors, aussitôt, que je compris.

Bien que le vent ait rugi avec un bruit de tonnerre autour de la maison, rien ne faisait bouger les arbres devant mes yeux – pas une feuille, pas une cime, pas une brindille ne se déplaçait, ne fût-ce que d'un cheveu!

– Grand Dieu ! m'écriai-je, et je reculai, m'éloignant de la fenêtre, comme pour ne pas voir ce spectacle.

– Maintenant, tu te rends compte, me dit-il en s'écartant à son tour. J'ai déjà entendu tout ceci.

Il restait là, silencieux, comme s'il avait attendu quelque chose, si bien que, moi aussi, je me mis à attendre. Le bruit du vent se faisait toujours entendre avec autant de violence ; il avait atteint une intensité si effrayante qu'on aurait dit que la vieille maison allait être arrachée au flanc du côteau et précipitée en bas de la vallée. Pour tout dire, un léger tremblement se fit sentir au moment même où cette pensée me traversait l'esprit : un frémissement étrange, comme si la maison avait *frissonné*, et les tableaux accrochés aux murs amorcèrent un mouvement faible, presque *furtif*, presque imperceptible, mais pourtant indéniablement visible. Je jetai un coup d'œil vers Frolin ; ses traits ne révélaient aucune inquiétude ; il restait debout, à écouter et à attendre, si bien que je compris que la manifestation n'était pas encore terminée. Le bruit du vent s'était changé en un hurlement terrible, infernal, et il était accompagné de notes de musique, audibles sans doute depuis quelque temps, mais qui s'étaient mêlées de manière si parfaite à sa voix que je ne les avais pas remarquées tout de suite. La musique était très comparable à celle que nous avions entendue auparavant, jouée par des pipeaux que soutenaient parfois des instruments à cordes, mais elle avait beaucoup gagné en sauvagerie à présent et elle résonnait avec un abandon terrifiant, un caractère d'indicible malfaisance. C'est alors que se produisirent deux nouvelles manifestations. La première était un bruit qui évoquait celui d'une personne en marche, quelque être gigantesque dont les pas semblaient retentir dans la pièce avec autant de force que s'ils étaient venus du cœur même du vent ; il est certain qu'ils ne provenaient pas de la maison elle-même, mais leur son avait crû de façon si nette qu'il annonçait qu'ils en approchaient. La seconde fut un brusque changement de température.

La nuit, dehors, était douce pour le mois de septembre dans le nord du Wisconsin et, à l'intérieur de la maison, il avait également fait assez bon jusqu'alors. Soudain, de façon brutale et coïncidant avec le bruit des pas qui approchaient, la température commença rapidement à baisser, si bien qu'en très peu de temps l'air fraîchit dans la pièce et Frolin et moi-même dûmes l'un et l'autre enfiler des vêtements pour ne pas en souffrir. Il ne semblait pas, pourtant, que les manifestations soient déjà parvenues au point culminant que Frolin attendait de façon si visible, car il se tenait toujours là, sans rien dire, bien que ses yeux, en croisant les miens de temps à autre, aient été assez éloquents pour trahir sa pensée. Combien de temps demeurâmes-nous ainsi à écouter les sons effrayants qui nous parvenaient du dehors avant que la fin ne survînt? Je l'ignore.

Brusquement, cependant, Frolin me serra le bras et d'une voix basse et rauque s'écria:

— Là! Les voilà! Ecoute!

La surprenante musique, changeant de rythme, était passée de façon brutale à un diminuendo, après le crescendo sauvage dans lequel elle s'était lancée auparavant ; elle avait pris à présent des accents d'une douceur presque insoutenable, où se mêlait un peu de mélancolie ; c'était une musique aussi charmante qu'elle avait été désagréable auparavant, et pourtant, la note de terreur n'en avait pas tout à fait disparu. On percevait en même temps un bruit de voix qui s'élevait en une sorte de mélopée, dont l'ampleur ne cessait de croître et qui provenait d'un point situé quelque part à l'arrière de la maison — comme s'il venait du bureau.

— Dieu du ciel! m'écriai-je en me cramponnant à Frolin. De quoi s'agit-il maintenant?

— C'est l'œuvre de grand-père. J'ignore s'il le sait ou non, mais cette chose vient chanter pour lui. Il secoua la tête et ferma très fort les yeux un instant, avant de se récrier amèrement d'une voix basse et tendue: Si seulement les maudits papiers de Léandre avaient été brûlés comme ils auraient dû l'être!

— On peut presque distinguer des paroles, fis-je, en tendant l'oreille.

Car c'étaient bien des paroles... mais non des mots

que j'aie jamais entendu prononcer auparavant : c'était une sorte de cri, atroce, primitif, menaçant, comme si une créature bestiale à la langue tronquée avait ululé des syllabes pleines d'une horreur sans nom. J'allai jusqu'à la porte et l'ouvris ; aussitôt, les sons devinrent plus nets, si bien que je me rendis compte que ce que j'avais pris pour plusieurs voix n'en était en fait qu'une seule, et pourtant, cette dernière parvenait à donner l'illusion d'un chœur. Ces paroles — ou peut-être devrais-je plutôt écrire ces *sons,* ces sons bestiaux — s'élevaient jusqu'à nous et formaient une sorte de ululement terrifiant :

— *Iä ! Iä Ithaqua ! Ithaqua cf' ayak vulgtmm. Iä ! Uhg ! Cthulhu fhtagan ! Shub-Niggurath ! Ithaqua naflfhtagn !*

Ce qui me parut incroyable, c'est que le vent avait encore augmenté au point de hurler de façon plus épouvantable encore, si bien que je croyais voir à tout moment la maison précipitée dans le vide, Frolin et moi arrachés à ces pièces, et nos corps sans défense, privés de souffle. Dans l'état de confusion où m'avaient plongé la crainte et l'étonnement, je pensai en cette minute à mon grand-père, en bas, dans son bureau, et faisant signe à Frolin, je me précipitai hors de la chambre et gagnai l'escalier, résolu, en dépit de mon épouvantable frayeur, à aller m'interposer entre le vieil homme et ce qui pouvait le menacer. Je courus jusqu'à sa porte et me jetai dessus... Or, une fois de plus, toutes les manifestations s'arrêtèrent : comme en réponse à un claquement de fouet, le silence tomba tel un drap mortuaire sur la maison, un silence qui, durant un instant, nous sembla plus atroce encore.

La porte céda, et une fois de plus, je me trouvai face à face avec mon grand-père.

Il était assis, immobile, tel que nous l'avions laissé peu de temps auparavant, mais à présent, il avait les yeux ouverts, la tête un peu penchée sur le côté, et son regard fixait l'énorme peinture du mur est.

— Pour l'amour de Dieu ! m'écriai-je. Qu'est-ce que c'était que cela ?

— J'espère le découvrir sous peu, me répondit-il avec beaucoup de dignité et de gravité.

Son absence totale de crainte apaisa dans une certaine mesure mes propres alarmes et je m'avançai un peu plus dans la pièce, avec Frolin à ma suite. Je me penchai vers le lit de mon grand-père et m'efforçai d'attirer son attention, mais il continuait à contempler la peinture avec une intensité singulière.

— Qu'êtes-vous en train de faire? lui demandai-je. Quoi que vous fassiez, cela comporte du danger.

— Mon garçon, un explorateur comme ton grand-père ne saurait être heureux s'il n'y en avait pas, me répondit-il d'un ton tranchant, comme si cela allait de soi.

Je savais qu'il disait vrai.

— Je préférerais mourir debout plutôt qu'ici, dans ce lit, poursuivit-il. Quant à ce que nous avons entendu — je ne sais pas ce que *toi,* tu as pu entendre —, c'est une chose qui, pour le moment, n'est pas encore explicable. Mais j'attire ton attention sur l'action étrange du vent.

— Il n'y avait pas de vent, dis-je. J'ai regardé.

— Oui, oui, dit-il, avec un peu d'impatience dans la voix. C'est parfaitement exact. Et pourtant, le bruit du vent était là, et toutes les voix du vent — tout à fait comme je l'ai entendu chanter en Mongolie, dans les grands espaces enneigés, au-dessus du plateau de Leng, ce plateau caché, à l'écart du monde où le peuple Tcho-Tcho adore d'étranges et anciens dieux.

Il se retourna brusquement pour me faire face et j'eus l'impression qu'il avait les yeux fiévreux.

— Je t'ai parlé, n'est-ce pas, du culte d'Ithaqua, que l'on appelle parfois Celui qui chevauche les Vents, et auquel certains donnent assurément le nom de Wendigo, tels quelques Indiens du haut Manitoba, et je t'ai dit que, selon leurs croyances, Celui qui chevauche les Vents prenait en sacrifice des êtres humains, qu'il emportait ses victimes au-dessus de la terre jusqu'en des lieux très lointains, avant de les abandonner, morts, enfin? Oh, il court des histoires, mon garçon, des légendes bizarres... et quelque chose de plus encore. Il se pencha vers moi et me dit avec une intensité pleine de violence: J'ai vu pour ma part, des choses... des choses retrouvées sur un cadavre tombé du ciel — parfaitement —, des choses que l'on ne pouvait s'être procurées au Manitoba, des choses originaires de Leng, des îles du Pacifique.

Il m'écarta d'un bras et une expression de mépris se peignit sur son visage.

— Tu ne me crois pas. Tu penses que l'imagination me joue des tours. Va-t'en, alors, retourne à ton cher sommeil, va attendre que le dernier te surprenne et passe par cette éternelle détresse qu'est la monotonie d'une existence vécue jour après jour.

— Non, dites-le-moi maintenant ! Je n'ai pas l'intention de m'en aller.

— Je te parlerai demain matin, dit-il d'un air las, en se renversant.

Je dus me contenter de cela ; il se montra insensible et rien ne put le faire changer d'avis. Je lui souhaitai encore une bonne nuit et battis en retraite dans le vestibule où Frolin m'attendait. Lentement, l'air lugubre, il hocha la tête.

— Ça va chaque fois un peu plus mal, murmura-t-il. Le vent souffle chaque fois un peu plus fort, le froid est un peu plus intense, les voix et la musique sont un peu plus nettes... et le bruit de ces terribles pas !

Il se détourna et s'engagea dans l'escalier pour regagner l'étage et, après un instant d'hésitation, je le suivis.

Au matin, mon grand-père avait, comme d'habitude, l'air de se bien porter. Quand je pénétrai dans la salle à manger, il s'adressait à Hough et répondait visiblement à une requête de ce dernier, car le vieux serviteur s'inclinait devant lui dans une attitude de respect. Hough écoutait mon grand-père lui dire que sa femme et lui pouvaient certainement prendre une semaine de congé dès aujourd'hui si la santé de Mrs Hough exigeait qu'elle se rende à Wausau pour y consulter un spécialiste. Le regard de Frolin croisa le mien : il y avait un sourire moqueur au fond de ses yeux. Il avait un peu perdu de ses couleurs et son teint avait la pâleur de qui a passé une nuit blanche, mais il mangea pourtant avec appétit. Son sourire et le bref coup d'œil qu'il avait jeté à Hough, au moment où celui-ci se retirait, disaient clairement que la nécessité qui s'était soudain imposée à Hough et à sa femme n'était que leur manière de lutter contre les manifestations qui avaient tant troublé ma première nuit dans la maison.

— Eh bien, mon garçon, me dit avec entrain mon grand-père, tu n'as plus du tout l'air hagard que tu avais la nuit dernière. Je te l'avoue, je me suis senti plein de pitié pour toi. Je crois bien que tu n'es plus aussi sceptique que tu l'étais.

Il eut un petit rire, comme si tout cela n'avait été qu'un sujet de plaisanterie. Je ne pouvais malheureusement pas prendre les choses de la même façon. Je m'assis et commençai à manger un peu, tout en lui jetant un coup d'œil de temps à autre et en attendant qu'il me donne son explication des événements de la nuit précédente. Il devint vite évident qu'il n'avait pas la moindre intention de m'éclairer, aussi me sentis-je poussé à lui demander des éclaircissements, et je le fis avec autant de gravité que possible.

— Si tout cela t'a dérangé, je le regrette, me dit-il. En fait, le seuil dont a parlé Léandre doit se trouver quelque part dans ce bureau et j'étais tout à fait certain que j'allais le découvrir, la nuit dernière, quand tu es entré en trombe dans la pièce pour la seconde fois. En outre, il est indiscutable que l'un au moins des membres de la famille a été en relation avec l'une de ces créatures

— Léandre, sans doute.

Frolin se pencha en avant.

— Est-ce que vous croyez qu'elles existent?

Mon grand-père eut un sourire agacé.

— Il devrait être évident que, quelles que soient mes capacités, j'aurais eu beaucoup de difficultés à produire tout le vacarme que vous avez entendu cette nuit.

— Oui, bien sûr, acquiesça Frolin. Mais quelque autre cause...

— Non, non... il ne reste qu'à déterminer celle dont il s'agit. Les odeurs de l'eau sont le signe de la présence de la progéniture de Cthulhu, mais les vents pourraient être Lloigor, Ithaqua ou Hastur. Les étoiles, pourtant, ne sont pas dans la bonne position pour Hastur. Aussi ne nous reste-t-il que les deux autres. Les voilà donc, ou l'un d'entre eux, qui se tiennent juste de l'autre côté du seuil. Je veux savoir ce qui se trouve de l'autre côté de ce seuil, s'il m'est permis de le découvrir.

Il paraissait incroyable que mon grand-père pût parler avec autant d'insouciance de ces créatures archaïques: la manière réaliste qu'il adoptait pour les évoquer était en soi presque aussi alarmante que les événements de la nuit. L'impression de sécurité que j'avais éprouvée en le voyant absorber son petit déjeuner s'évanouit ; je commençai une fois encore à sentir monter lentement en moi l'angoisse que j'avais éprouvée le soir précédent en venant dans cette maison, et je regrettai d'avoir cherché à en apprendre davantage.

En tout cas, si mon grand-père s'en rendit compte, il ne le montra pas. Il continua de discourir, tel un conférencier poursuivant un exposé scientifique à l'intention du public assemblé devant lui. Il est manifeste, disait-il, qu'il existe un lien entre ce qui s'est passé à Innsmouth et la créature non humaine *venue de l'extérieur*, avec laquelle Léandre Alwyn est entré en rapport. Léandre a-t-il d'abord quitté Innsmouth parce que le culte de Cthulhu y était pratiqué, parce que lui-même commençait à être affligé de cette curieuse transformation faciale qui avait affecté tant d'habitants d'Innsmouth la maudite ? — ces étranges caractéristiques des batraciens qui ont tant horrifié les enquêteurs fédéraux lorsqu'ils sont allés enquêter sur place sur l'affaire d'Innsmouth ? Peut-être que oui. Ce qui est certain, c'est que, laissant le culte de Cthulhu derrière lui, il s'en est allé vers les régions encore incultes du Wisconsin et que, d'une manière ou d'une autre, il est entré en relation avec l'une de ces antiques créatures, Lloigor ou Ithaqua — toutes étant, il convient de le remarquer, des forces élémentaires du mal. Il est évident que Léandre Alwyn a été un homme du mal.

— S'il y a la moindre vérité dans tout cela, m'écriai-je, il faut assurément respecter l'avertissement de Léandre. Abandonnez ce fol espoir que vous avez de retrouver le seuil dont il a parlé !

Mon grand-père me considéra un moment avec douceur, sans abandonner son air méditatif ; il était clair, pourtant, qu'il ne se sentait pas véritablement concerné par ma sortie.

— Maintenant que je me suis embarqué dans cette exploration, j'ai l'intention de m'y tenir. Après tout, Léandre est mort de mort naturelle.

— Mais, selon votre théorie, il était en rapport avec ces... ces choses, dis-je. Vous, vous ne l'êtes pas. Vous avez l'audace de vous aventurer dans un espace inconnu

— cela revient à ça — et vous ne faites aucun cas des horreurs qui pourraient s'y tenir.

— Quand je suis allé en Mongolie, il m'est arrivé aussi de rencontrer des horreurs. J'ai bien cru ne pas pouvoir sortir vivant de Leng. Il fit une pause pour réfléchir, puis se leva lentement. Non, j'ai bien l'intention de découvrir le seuil de Léandre. Et ce soir, quoi que tu entendes, n'essaie pas de m'interrompre. Il serait bien dommage qu'après si longtemps, je sois encore retardé davantage par la faute de ton impétuosité.

— Et une fois que vous aurez découvert le seuil, m'écriai-je. Que se passera-t-il ?

— Je ne suis pas certain de vouloir le franchir.

— On ne vous laissera peut-être pas le choix.

Il me regarda un moment en silence, me sourit doucement puis quitta la pièce.

3

Je trouve difficile, même après tant de temps, de relater les événements de cette nuit catastrophique, tant est vive la manière dont ils me reviennent à l'esprit, en dépit de ce que peut avoir de banal ce cadre de l'université Miskatonic où tant de secrets redoutables sont enfermés en des textes anciens et mal connus. Et pourtant, pour comprendre ce qui fut constaté par la suite en des lieux fort éloignés de celui-là, il faut connaître les événements qui se produisirent cette nuit-là.

Frolin et moi passâmes la plus grande partie de la journée à feuilleter les livres et les papiers de mon grand-père afin d'y contrôler certaines des légendes auxquelles il avait fait allusion dans ses conversations avec moi, ou avec Frolin avant mon arrivée. D'un bout à l'autre de ses travaux, on relevait un grand nombre de références cryptiques, mais seul l'un des récits avait quelque rapport avec ce que nous recherchions. C'était une histoire assez obscure dont l'origine était certainement légendaire : elle concernait la disparition de deux habitants de Nelson, dans le Manitoba, et d'un agent de la police montée du Nord-Ouest, puis leur découverte ultérieure ; ils semblaient avoir été lâchés du ciel, ils étaient gelés ; morts ou mourants, laissaient échapper les noms d'Ithaqua, de Celui qui chevauche les Vents, les noms de bien des endroits qui se trouvent à la surface de la terre, et portaient sur eux d'étranges objets, souvenirs de pays lointains, objets qu'on ne leur avait jamais vus entre les mains, de leur vivant. Cette histoire était incroyable mais se rattachait cependant à la mythologie si clairement retracée dans *Je suis d'Ailleurs et autres histoires,* ou rapportée de façon plus terrifiante dans les *Manuscrits Pnakotiques,* le *Texte de R'lyeh* et l'effrayant *Necronomicon.*

A part cela, nous ne trouvâmes rien d'assez tangible auquel nous aurions pu relier la question qui nous préoccupait et nous nous résignâmes à attendre la nuit.

Au déjeuner et au dîner, préparés, en l'absence des Hough, par Frolin, mon grand-père se comporta aussi normalement que de coutume et ne parla qu'une fois de son étrange exploration : il avait à présent la preuve formelle que Léandre avait peint le si laid paysage du mur est du bureau et comme il approchait de la fin du déchiffrage de la longue lettre décousue laissée par Léandre, il espérait pouvoir découvrir l'indice essentiel qui le mènerait au seuil dont parlait ce dernier et auquel il était fait maintenant des allusions de plus en plus nombreuses. Quand il se leva de table, il nous recommanda solennellement une fois encore de ne pas l'interrompre au cours de la nuit, sous peine d'encourir son plus vif déplaisir ; puis il nous quitta pour gagner le bureau dont il ne devait plus jamais ressortir debout.

— Crois-tu que tu pourras dormir ? me demanda Frolin lorsque nous fûmes seuls.

Je secouai la tête.

— Impossible. Je vais rester debout.

— Je ne crois pas qu'il aimerait que nous restions en bas, dit Frolin en fronçant légèrement le front.

— Dans ma chambre, alors. Et toi ?

— Avec toi, si cela ne t'ennuie pas. Il a l'intention d'aller jusqu'au bout et il n'y a rien que nous puissions faire tant qu'il n'aura pas besoin de nous. Il nous appellera peut-être...

J'avais l'inconfortable conviction que si mon grand-père nous appelait il serait déjà trop tard, mais je m'abstins d'exprimer mes craintes.

Les événements de cette nuit débutèrent de la même façon que la veille — par les accents de cette musique étrangement belle qui semblait jouée par des flûtes et sourdre de l'obscurité enveloppant la maison. Puis, peu de temps après, arrivèrent le vent et le froid, et cette voix qui ululait. Alors, quand une aura de malfaisance se fut appesantie sur la pièce au point que l'on y étouffait presque, un fait nouveau se produisit, quelque chose d'indicible et de terrible à la fois. Nous étions assis, Frolin et moi, dans le noir ; je ne m'étais pas soucié d'allumer ma lampe électrique car aucune lumière n'aurait pu révéler la source de ces manifestations. J'étais tourné vers la fenêtre et, quand le vent se leva, je fixai une fois encore la crête des arbres en me disant qu'assurément, que certainement, ils allaient se courber devant la grande tempête qui fondait sur eux ; mais, là encore, rien, pas le moindre mouvement, un calme absolu. Et il n'y avait pas un nuage dans le ciel ; les étoiles brillaient d'un vif éclat, les constellations de l'été descendaient vers l'ouest et inscrivaient dans le ciel la signature de l'automne. Le bruit du vent s'était élevé de façon régulière, si bien qu'il faisait rage maintenant, et pourtant rien, nul mouvement ne venait agiter la cime des arbres qui se découpait en noir sur ce fond de ciel nocturne.

Enfin, brusquement — si brusquement que durant un instant je clignai des yeux pour me convaincre qu'un rêve n'avait pas tout dérobé à ma vue —, dans une vaste zone du ciel, les étoiles disparurent ! Je me levai et pressai mon visage contre la vitre. Tout se passait comme si un nuage s'était brutalement élevé dans le ciel au point d'atteindre presque le zénith ; mais aucun nuage n'aurait pu surgir dans le ciel avec une telle rapidité. Des deux côtés de cette zone et au-dessus de nos têtes, les étoiles brillaient toujours. J'ouvris la fenêtre et me penchai afin d'essayer de suivre la sombre silhouette qui se découpait sur le fond étoilé. *C'était la silhouette de quelque grande bête, une horrible caricature humaine, qui se dressait jusqu'à un semblant de tête, très haut dans les cieux, et là où auraient dû se trouver des yeux, on ne voyait que deux étoiles qui brillaient d'un intense feu carmin!* — Mais étaient-ce bien des étoiles? Au même instant, un bruit de pas qui approchaient résonna au point que la maison frémit et trembla sous leurs vibrations, que la fureur démoniaque du vent s'éleva jusqu'à des hauteurs indescriptibles et que le ululement atteignit un degré tel que ce fut à devenir fou.

— Frolin! appelai-je d'une voix rauque.

Je le sentis venir se poster à côté de moi et un instant plus tard, il m'étreignait le bras avec force. Ainsi donc, il avait vu, lui aussi; ce n'était ni une hallucination ni un rêve — cette chose gigantesque se découpait bien sur les étoiles, et elle se déplaçait!

— Elle se déplace, murmura Frolin. Oh, mon Dieu!... elle arrive!

Il s'éloigna précipitamment de la fenêtre et je fis de même. Mais en une seconde, l'ombre avait disparu du ciel et les étoiles s'étaient remises à briller. Le vent, cependant, n'avait en rien décru, et peut-être même avait-il gagné pour le moment en sauvagerie et en violence; la maison tout entière était secouée et ébranlée tandis que le bruit menaçant des pas réveillait des échos dans la vallée devant la maison. Le froid, en outre, devint si intense que notre haleine se changea en vapeur blanche — c'était un froid comme il en règne dans l'espace.

Dans le trouble qui m'agitait, je songeai à la légende qu'avaient évoquée les travaux de mon grand-père — la légende d'*Ithaqua,* dont on lisait la signature dans ce froid et cette neige, propres aux lointaines régions du Nord. Au moment même où elle me revenait en mémoire, un effroyable chœur de ululements, un chant triomphant que paraissaient avoir entonné un millier de bouches bestiales vint tout chasser de mon esprit.

Iä! Iä Ithaqua, Ithaqua! Ai! Ai! Ai! Ithaqua cf' ayak vulgtmm vulgtlagln vulgtmm, Ithaqua fhatagn! Ugh! Iä! Iä! Ai! Ai! Ai!

Simultanément, il y eut un fracas de tonnerre et aussitôt après, mon grand-père poussa un cri atroce, un cri qui s'éleva jusqu'à n'être plus qu'un hurlement de terreur mortel, si bien que les noms qu'il aurait pu vouloir prononcer — celui de Frolin et le mien — se perdirent, refoulés dans sa gorge par la plénitude de l'horreur qui lui était révélée.

Puis, d'une manière tout aussi brutale que sa voix s'était interrompue, les autres manifestations cessèrent, laissant une fois de plus cet effroyable, ce monstrueux silence nous envelopper, comme une nuée annonciatrice de la fin des temps.

Frolin atteignit la porte de la chambre avant moi, mais je le suivis de près. Il tomba et descendit en glissant une partie de l'escalier mais il retrouva son équilibre lorsque je l'éclairai à l'aide de la lampe électrique dont je m'étais emparé en sortant ; et c'est ensemble que nous nous attaquâmes à la porte du bureau tout en appelant mon grand-père.

Nulle voix ne nous répondit, bien que le rayon de lumière jaune qui filtrait sous la porte nous eût assurés que la lampe brûlait encore.

La porte était verrouillée de l'intérieur aussi nous fallut-il la briser pour entrer.

De mon grand-père, pas la moindre trace. Mais, dans le mur est, une grande cavité béait à l'endroit même où le tableau, qui gisait maintenant sur le sol, avait été accroché — une ouverture dans le roc qui donnait sur les profondeurs de la terre —, et tout, dans la pièce portait la marque d'Ithaqua : un mince tapis de neige dont les cristaux brillaient comme des millions de petits bijoux sous la lumière jaune de la lampe de mon grand-père. Outre le tableau, seul le lit avait été dérangé — comme si mon grand-père en avait été littéralement arraché par une force prodigieuse !

Je jetai vivement les yeux vers l'endroit où le vieil homme avait placé le manuscrit de l'oncle Léandre — ce dernier avait disparu ; il n'en restait plus rien. Frolin poussa brutalement un cri et me montra du doigt la toile de l'oncle Léandre, puis l'ouverture qui béait devant nous.

— Il était là, pendant tout ce temps... le seuil.

C'est alors que je le vis à mon tour ; tout comme mon grand-père l'avait vu, mais trop tard — *car la peinture de l'oncle Léandre n'était que la représentation du site de sa maison, avant que celle-ci n'ait été construite et qu'elle l'ait été de manière à dissimuler la caverne qui s'ouvrait dans la terre au flanc de la colline, le seuil caché au sujet duquel le manuscrit de Léandre avait lancé un avertissement, le seuil au-delà duquel mon grand-père avait disparu !*

Bien qu'il reste peu de chose à ajouter à ce récit, il faut encore révéler ce qui se produisit de plus accablant dans toute cette suite d'événements bizarres. Une exploration approfondie de la caverne fut entreprise un peu plus tard par des fonctionnaires du comté et quelques hardis aventuriers venus d'Harmon ; ils s'aperçurent que l'être ou la chose, quel qu'il fût, ayant eu l'intention d'atteindre la maison en passant par la caverne, avait dû se glisser dans l'une des innombrables fissures masquées qu'ils avaient découvertes dans les collines environnantes. La nature des activités de l'oncle Léandre fut révélée, après la disparition de mon grand-père. Frolin et moi fûmes soumis à un interrogatoire serré de la part de soupçonneux fonctionnaires du comté, mais ces derniers finirent par nous laisser en paix lorsqu'il se révéla impossible de retrouver le corps de mon grand-père.

Depuis cette nuit, pourtant, certains faits ont été portés à la connaissance de tous, faits qui, à la lumière des allusions de mon grand-père et venant s'ajouter aux horribles légendes réunies dans les redoutables volumes que l'on tient au secret dans la bibliothèque de l'université Miskatonic, paraissent écrasants et, bien qu'odieux, inéluctables.

En premier lieu, il y eut la série d'empreintes gigantesques inscrites dans la terre à l'endroit où, lors de cette nuit fatale, l'ombre s'était dressée dans un ciel d'où les étoiles avaient été chassées — des dépressions d'une largeur et d'une profondeur incroyables, comme si un monstre préhistorique était passé par là, des enjambées de près d'un kilomètre, des pas qui s'en allaient plus loin que la maison et qui disparaissaient devant une fissure s'ouvrant sur la caverne secrète, des traces identiques à celles retrouvées dans la neige, au nord du Manitoba, au point où de malheureux voyageurs et un policier envoyé à leur recherche avaient disparu de la surface de la terre !

En second lieu, ce fut la découverte du carnet de mon grand-père, en même temps que d'une partie du manuscrit de l'oncle Léandre, l'un et l'autre emprisonnés dans la glace, au cœur des régions boisées et enneigées du haut Saskatchewan, jetés, selon toute vraisemblance, de très haut. Les dernières lignes écrites par mon grand-père dataient de la veille de sa disparition, à la fin du mois de septembre ; le carnet n'avait été retrouvé qu'au mois d'avril qui avait suivi. Ni Frolin ni moi n'osâmes approfondir ce qui nous venait immédiatement à l'esprit en fait d'explication de cette étrange réapparition, et c'est ensemble que nous brûlâmes l'horrible lettre et l'imparfaite traduction que mon grand-père en avait entreprise, traduction qui, en soi, alors qu'il l'élaborait, avec tous les avertissements qu'elle comportait au sujet de la terreur qui se tenait au-delà du seuil, n'avait servi qu'à faire venir *de l'extérieur,* une créature si horrible qu'aucun des auteurs de l'ancien temps, dont les terribles récits sont éparpillés un peu partout à la surface de la terre, n'en avait jamais tenté la description!

En dernier lieu, la preuve la plus concluante, la plus écrasante — la découverte, sept mois plus tard, du corps de mon grand-père, sur une petite île du Pacifique, non loin, au sud-est de Singapour, et le curieux rapport concernant l'état dans lequel il se trouvait : un état de parfaite conservation, *comme s'il avait été mis dans la glace,* car il était encore si froid que nul ne pouvait le toucher à mains nues cinq jours après qu'on l'eut retrouvé, et le fait singulier qu'il avait été découvert à demi enterré dans le sable, *comme s'il était tombé d'un avion !* Ni Frolin ni moi ne pouvions entretenir plus longtemps d'illusions ; c'était bien là la légende d'Ithaqua, celui qui emporte ses victimes jusqu'en des points lointains de la terre, à travers le temps et l'espace, avant de les abandonner derrière lui. Il existait d'ailleurs des preuves indéniables que mon grand-père était demeuré vivant pendant une partie de cet incroyable voyage : si nous avions eu le moindre doute à ce sujet, les objets retrouvés dans ses poches, les souvenirs rapportés des étranges lieux secrets où il s'était rendu, et qui nous furent adressés, constituaient un témoignage ultime tout à fait accablant — une plaque d'or, avec la présentation en miniature d'une lutte entre des êtres très anciens, portant sur l'avers des inscriptions en signes cabalistiques, plaque que le professeur Rackham de l'université

Miskatonic devait identifier comme provenant d'un endroit dont la mémoire de l'homme n'avait pas le souvenir ; un livre repoussant, écrit en langue birmane, qui révélait les atroces légendes du plateau de Leng, ce plateau caché, à l'écart du monde, ce lieu où vivait le peuple Tcho-Tcho, tant redouté ; et pour finir, *une miniature de pierre, révoltante et bestiale, d'une monstruosité affreuse, qui chevauchait les vents au-dessus de la terre !*

LE TUEUR STELLAIRE

PAR ROBERT BLOCH

1

Je suis ce que je prétends être — un écrivain fantastique. Depuis ma plus tendre enfance, je suis captivé par la séduction secrète de l'inconnu et de l'indéchiffrable. Les craintes sans nom, les rêves grotesques, les idées étranges, à demi intuitives qui hantent nos esprits ont toujours exercé sur moi un charme aussi puissant qu'inexplicable.

En littérature, j'ai suivi, avec Poe, les chemins de la mi-nuit, ou je me suis glissé, avec Machen, parmi les ombres. J'ai exploré, avec Baudelaire, les royaumes d'horrifiques étoiles, ou je me suis nourri de cette folie propre à la terre que l'on trouve dans les contes de l'antique Tradition. Un léger talent pour l'esquisse et le pastel m'incita à traduire de façon maladroite les hôtes incongrus de mes pensées nocturnes. La sombre démarche qui m'avait conduit à l'art fit que je m'intéressai aussi à l'obscur domaine de la composition musicale. Ma prédilection alla aux accents symphoniques de la *Suite des Planètes* et autres œuvres du même genre. Ma vie intérieure devint vite une fête macabre, pleine d'horreurs affreuses qui engendraient en moi des espoirs toujours déçus.

Au-dehors, mon existence, en comparaison, se déroulait de façon assez monotone. Plus le temps passait et plus j'inclinais à mener la vie d'un reclus sans grandes ressources ; une existence tranquille, faite de philosophie, au centre d'un univers de livres et de rêves.

Il faut bien qu'un homme vive de quelque chose. Etant donné ma constitution et ma tournure d'esprit, j'étais, par nature, incapable de fournir le moindre travail manuel et je demeurais tout d'abord indécis quant au choix de la vocation qui me conviendrait. La crise économique me compliquait les choses à un point presque intolérable et, pendant quelque temps, je fus près de connaître un désastre financier total. C'est alors que je décidai d'écrire.

Je me procurai une vieille machine à écrire, une rame de papier bon marché et quelques carbones. La question du sujet ne me tourmentait pas. Le meilleur champ d'exploration n'était-il pas le domaine sans limites d'une imagination pittoresque ? J'allais parler d'horreur, de peur et de cette énigme qu'est la mort ? Tout au moins, dans ma candeur première, telle était bien mon intention.

Mes premiers essais me convainquirent bientôt que j'avais échoué de façon lamentable. Tristement, misérablement, je n'atteignais pas le but que je m'étais proposé. Mes rêves d'une vivacité si grande se changeaient sur le papier en simples accumulations d'adjectifs pompeux, vides de sens, et je ne trouvais pas les mots précis qui m'auraient permis d'exprimer la merveilleuse terreur de l'inconnu. Mes premiers manuscrits n'étaient que des documents lamentables et futiles ; les rares périodiques qui publiaient ce genre de prose furent unanimes à les rejeter.

Il fallait que je vive. Lentement, mais sûrement, je commençai à adapter mon style à mes idées. J'expérimentai de façon laborieuse les mots, les locutions et la structure de la phrase. C'était tout un travail, et un travail difficile, par-dessus le marché. J'appris à peiner de la sorte. A la fin, pourtant, l'une de mes histoires fut acceptée ; puis une seconde, une troisième, une quatrième. Je sus bientôt maîtriser les ficelles les plus évidentes du métier et l'avenir me parut enfin plus souriant. C'est l'esprit rasséréné que je retournai à ma vie de songe et à mes chers livres. Mes nouvelles constituaient un assez maigre gagne-pain, mais je m'en contentai quelque temps. Pas longtemps, cependant. L'ambition, qui est toujours une illusion, fut la cause de ma perte.

Je voulus écrire une véritable histoire ; non la sorte de conte éphémère que je fournissais aux périodiques, mais une authentique œuvre d'art. La création d'un tel chef-d'œuvre devint alors mon idéal. Je n'étais pas un grand écrivain, mais cela ne tenait pas entièrement aux erreurs que je commettais en usant d'un style mécanique. C'était la faute, je le sentais, des sujets que je choisissais. Les vampires, les loups-garous, les goules, les monstres mythologiques — tout cela ne constituait qu'une matière de peu de mérite. Une imagerie commune, un traitement banal des adjectifs et un point de vue prosaïquement anthropocentrique, voilà qui nuisait avant tout à la composition d'un conte fantastique qui ait réellement de la valeur.

Il me fallait trouver de nouveaux thèmes, une matière, pour l'intrigue, qui sortent vraiment de l'ordinaire. Si seulement j'avais pu parvenir à concevoir quelque chose qui soit incroyable d'un point de vue tératologique !

J'aurais aimé pouvoir apprendre les chants que les démons chantent lorsqu'ils se précipitent entre les étoiles ou entendre les voix des anciens dieux lorsqu'ils murmurent leurs secrets au vide qui les renvoie en écho. Je me consumais du désir de connaître les terreurs de la tombe ; le baiser des vers sur ma langue, la caresse froide d'un linceul pourrissant sur mon corps. J'avais soif de savoir ce qui se cache au fond des orbites des yeux momifiés et brûlais de posséder la sagesse dont seuls les vers ont connaissance. Alors seulement je pourrais enfin écrire et mes espoirs se réaliseraient vraiment.

Je cherchai un moyen. J'entrai de façon discrète en correspondance avec des penseurs et des rêveurs isolés, un peu partout en Amérique. Il y avait un ermite des collines de l'Ouest, un savant des régions incultes du Nord, un rêveur mystique de la Nouvelle-Angleterre. C'est de ce dernier que j'appris l'existence de livres anciens qui renfermaient une étrange tradition. Il faisait allusion, avec prudence, au légendaire *Necronomicon*, et parlait avec crainte d'un certain *Livre d'Eibon,* qui était réputé surpasser le précédent par la frénésie absolue des blasphèmes. Cet homme avait lui-même étudié ces volumes où s'exprimait une terreur primitive, mais il n'avait pas voulu pousser trop loin ses recherches. Il avait entendu bien des choses étranges alors qu'enfant, il vivait à Arkham, ville hantée par la sorcellerie, où les antiques ombres ricanent et se glissent encore, fugitives, mais depuis il avait sagement fui le sombre savoir de l'Interdit.

Finalement, après bien des prières de ma part, il consentit à contrecœur à me fournir les noms de certaines personnes qu'il estimait capables de m'aider dans ma quête. C'était un écrivain tout à fait remarquable et sa renommée était grande auprès de quelques rares personnes averties, mais je savais aussi qu'il s'intéressait vivement à l'issue de toute cette affaire.

Dès que sa précieuse liste fut en ma possession, je me lançai dans une vaste campagne de correspondance afin de consulter les volumes désirés. Mes lettres furent adressées aux universités, aux bibliothèques particulières, aux voyants réputés, aux maîtres de cultes tenus soigneusement secrets et désignés de façon obscure. Mais j'étais condamné d'avance à la déception.

Les réponses que l'on me fit étaient nettement inamicales, sinon hostiles. Il était évident que ceux dont on disait qu'ils possédaient de telles connaissances étaient mécontents de voir leur secret dévoilé par un simple curieux. A la suite de ces démarches, je reçus à plusieurs reprises des lettres anonymes, pleines de menaces, et j'eus même une communication téléphonique fort inquiétante. Je m'en souciai beaucoup moins que du désappointement que j'éprouvai en me rendant compte que mes efforts avaient échoué. Les démentis, les faux-fuyants, les refus, les menaces — tout cela n'allait m'être d'aucune aide. Je devais chercher ailleurs.

Les librairies ! C'est peut-être sur quelque étagère oubliée, où tout sentirait le renfermé, que je découvrirais ce que je cherchais.

Une interminable croisade débuta alors pour moi. J'appris à accepter mes innombrables déceptions avec un calme stoïque. Nul, dans les boutiques ordinaires, ne semblait avoir entendu parler de l'effrayant *Necronomicon,* du néfaste *Livre d'Eibon* ou de l'inquiétant *Culte des Goules.*

Quand on persévère, on finit par obtenir des résultats. C'est dans une antique petite boutique de South Dearborn Street, sur des étagères poussiéreuses en apparence oubliées par le temps, que je parvins au bout de mes recherches. Là, bien calé entre deux éditions de Shakespeare vieilles d'un siècle, se dressait un grand livre noir aux plats de fer, qui portait, en lettres gravées à la main, l'inscription *De Vermis Mysteriis,* « les Mystères du Ver ».

Le propriétaire ne put me dire comment il était parvenu en sa possession. Bien des années auparavant, peut-être, ce livre s'était trouvé inclus dans une série d'exemplaires d'occasion, cédés en vrac. L'homme en ignorait manifestement la nature, car je pus l'acquérir avec un billet d'un dollar. Il me fit un paquet de cet objet de poids, tout heureux d'une vente aussi inattendue, puis il me souhaita le bonjour d'un air très satisfait.

Je m'éloignai en hâte, ma précieuse découverte sous le bras. Quelle trouvaille ! J'avais déjà entendu parler de ce livre auparavant. L'auteur en était Ludvig Prinn ; c'est lui qui avait péri sur le bûcher dressé par l'Inquisition à Bruxelles, au plus fort des procès de sorcellerie. Personnage étrange — alchimiste, nécromancien, mage réputé —, il se vantait d'être parvenu à un âge prodigieux quand, tombé enfin aux mains du bras séculier, il fut immolé par le feu. On prétendait qu'il se proclamait l'unique survivant de la malheureuse neuvième croisade, et qu'il exhibait, pour le justifier, certaines attestations fort anciennes. Il est vrai que les vieilles chroniques avaient compté un certain Ludvig Prinn au nombre des gentilshommes de la suite de Montserrat mais les incrédules ne le tenaient que pour un imposteur au cerveau dérangé qui pouvait d'ailleurs très bien descendre du guerrier ayant à l'origine porté son nom...

Ludvig attribuait sa science de la sorcellerie aux années de captivité qu'il avait passées en Syrie, parmi les magiciens et autres faiseurs de miracles, et il évoquait volontiers ses rencontres avec les Djinns et les Efrits de la mythologie orientale. On sait qu'il avait séjourné en

Egypte et il court encore des légendes parmi les derviches libyens au sujet des actes accomplis par le vieux prophète, au temps où il vivait à Alexandrie.

Ses derniers jours, en tout cas, s'écoulèrent dans les basses terres du pays flamand de sa naissance. Il s'était installé, ce qui lui convenait assez bien, au milieu des ruines d'un tombeau préromain, dans une forêt proche de Bruxelles. On disait que Ludvig y avait vécu entouré d'une foule de familiers et qu'il ne redoutait pas d'y invoquer les esprits. Les manuscrits qui sont parvenus jusqu'à nous parlent encore de lui à mots couverts comme d'un homme qu'assistaient « d'invisibles compagnons » et des « serviteurs envoyés des étoiles ». La nuit, les paysans évitaient la forêt, car ils n'aimaient pas entendre les bruits qui s'en élevaient vers la lune et ils n'éprouvaient pas le moindre désir de voir ce que l'on adorait sur les vieux autels païens en ruine dans certaines des vallées les plus obscures.

Quoi qu'il en soit, les envoyés de l'Inquisition ne virent jamais, après sa capture, les créatures auxquelles Prinn commandait. Les soldats chargés de perquisitions trouvèrent le tombeau absolument vide, bien qu'ils l'eussent retourné de fond en comble avant de le détruire. Les entités surnaturelles, les instruments et les composés extraordinaires — tout avait disparu de la manière la plus curieuse. Les fouilles effectuées dans ces sombres bois et l'examen, fait avec beaucoup d'appréhension, des étranges autels, n'avaient fourni aucune information supplémentaire. Il y avait des taches de sang frais sur les autels et il y eut également des taches de sang frais sur le chevalet, avant qu'on n'eût achevé d'appliquer la question à Prinn. Une suite de tortures particulièrement atroces ne parvint pas à arracher d'autres révélations au magicien silencieux, aussi les interrogateurs finirent-ils par se lasser et par faire jeter le vieux sorcier dans un donjon.

C'est en prison, dans l'attente de son jugement, qu'il traça les lignes noires, si pleines d'allusions abominables, du *De Vermis Mysteriis,* connu aujourd'hui sous le titre de *Mystères du Ver.* La manière dont le manuscrit fut transmis à l'extérieur, en dépit de la vigilance des gardiens, est un mystère en soi mais un an après la mort de l'auteur, il était imprimé à Cologne. Le livre fut aussitôt interdit mais quelques exemplaires en avaient déjà été distribués à des particuliers. Ceux-ci furent alors recopiés et malgré la parution d'une seconde édition par la suite, censurée et amputée, le texte latin original fut seul tenu pour acceptable. Tout au long des siècles, quelques rares privilégiés ont pu lire et méditer la tradition qu'il transmettait. Les secrets du vieil archimage ne sont connus aujourd'hui que d'initiés qui découragent toute tentative d'accroître leur renommée pour un certain nombre de raisons bien précises.

Voilà, en bref, ce que je savais de l'histoire de ce volume à l'époque où il entra en ma possession. Comme pièce de collection, je savais que ce livre était une découverte phénoménale, mais pour ce qui était de son contenu, j'étais incapable de me prononcer. Il était en latin. Comme je ne connais et ne peux traduire que quelques mots de cette docte langue, je me trouvai placé devant une barrière, face à ces pages qui sentaient le renfermé. Il était exaspérant de voir que le hasard m'avait mis entre les mains un tel trésor de sombre savoir et qu'il me manquait la clé qui m'aurait permis de l'exhumer.

Un instant, je désespérai, car je répugnais à consulter un humaniste ou un spécialiste du latin de mon entourage au sujet d'un texte si atroce et qui contenait tant de blasphèmes. Il me vint alors une idée de génie. Pourquoi ne l'emporterais-je pas dans l'Est et n'irais-je pas demander l'aide de mon ami ? Il était versé dans la connaissance des langues antiques et il était peu vraisemblable qu'il se choquât de l'horreur des révélations maléfiques de Prinn. Je lui adressai donc en toute hâte une lettre et, peu après, j'avais sa réponse. Il serait très heureux de me prêter assistance — il fallait que je vienne le voir sans plus attendre.

2

Providence est une jolie ville. La maison de mon ami était ancienne, d'un style curieux qui se rattachait au style en faveur sous le règne des rois George. Le premier étage était un triomphe du style colonial. Le second, sous d'antiques pignons qui couvraient de leur ombre une immense fenêtre, était aménagé de telle sorte que mon hôte pût y travailler.

C'est là qu'en avril dernier nous méditâmes ensemble, par une nuit sinistre qui allait être fertile en événements, près de la fenêtre ouverte qui donnait sur une mer d'azur. C'était une nuit sans lune, hagarde et pâle, car un brouillard emplissait l'atmosphère d'ombres semblables à des chauves-souris. Je vois encore toute la scène avec précision — la table imposante et les chaises à grand dossier, les rayonnages qui couvraient les murs, les manuscrits classés dans des meubles à part.

Mon ami et moi-même prîmes place à la table, le volume du mystère devant nous. Son fin profil jetait au mur une ombre troublante et son visage au teint de cendre se dérobait sous la lumière blême. L'inexplicable atmosphère de révélation funeste qui régnait était tout à fait inquiétante par sa puissance ; je sentis la présence de secrets qui attendaient d'être révélés.

Mon compagnon le discerna, lui aussi. De longues années d'expérience occulte avaient aiguisé mon intuition à un degré surnaturel. Ce n'était pas le froid qui le faisait trembler, tandis qu'il était assis là ; ce n'était pas la fièvre qui faisait luire ses yeux comme les feux de joyaux incarnats. Il savait, avant même d'avoir ouvert le volume maudit, que celui-ci était funeste. L'odeur de renfermé qui s'élevait de ces antiques pages apportait avec elle les relents de la tombe. Les bords de leurs feuillets fanés étaient vermoulus et les rats avaient rongé le cuir ; des rats qui, peut-être, avaient pour ordinaire des nourritures plus horribles.

Dans l'après-midi, j'avais raconté à mon ami l'histoire du livre. Il avait alors semblé consentir avec enthousiasme à en entreprendre aussitôt la traduction. Mais à présent, il hésitait.

Ce n'est pas raisonnable, insistait-il. Il s'agissait d'un funeste savoir — qui pouvait dire quelle tradition redoutée des démons ces pages pouvaient bien contenir et quels maux guetteraient l'ignorant qui tenterait d'en altérer le contenu ? Il n'est pas bon d'en savoir trop ; des hommes étaient morts pour avoir mis en pratique les connaissances destructrices que renfermaient ces pages. Il me supplia d'abandonner ma quête tant que le livre était encore fermé et d'aller chercher l'inspiration en des choses plus saines.

J'étais un sot. Je repoussai ses objections par de vaines et vides paroles. Je ne redoutais rien. Nous pourrions, tout au moins, jeter un coup d'œil sur le contenu de ma trouvaille. Je me mis à tourner les pages.

Le résultat fut décevant. Ce n'était, après tout, qu'un volume quelconque — des feuilles jaunies qui s'effritaient, des textes latins, composés en lourdes lettres noires. C'était tout ; il n'y avait ni illustrations ni dessins inquiétants.

Mon ami ne put résister davantage à l'attrait de ce qui ne pouvait être qu'une rare fête pour un bibliophile. L'instant d'après il jetait un regard attentif et curieux par-dessus mon épaule, murmurant de temps à autre des fragments de phrases latines. L'enthousiasme finit par le gagner. Prenant à deux mains le précieux tome, il alla s'asseoir près de la fenêtre et se mit à lire des paragraphes au hasard, en les traduisant parfois en anglais. Ses yeux brillaient d'un éclat sauvage ; son profil émacié se figeait, tandis qu'il s'absorbait dans la lecture d'incantations qui tombaient en poussière. Les phrases roulèrent dans un bruit de tonnerre en une litanie redoutable, puis elles s'affaiblirent au point de n'être plus qu'un souffle, comme sa voix se faisait aussi légère que le sifflement d'une vipère. Je ne saisissais plus, à présent, que quelques expressions, car il était si absorbé qu'il paraissait m'avoir oublié. Ce qu'il lisait concernait les charmes et les enchantements. Je me souviens qu'il y était fait des allusions à divers dieux de la divination, tels que le père Yig, le sombre Han et Byatis, à la barbe vipérine. Je tressaillis, car je connaissais ces noms de longue date, mais j'aurais tressailli plus encore, si j'avais su ce qui allait se produire.

Ce qui se préparait survint rapidement. Il se tourna soudain vers moi dans un état de grande agitation, et sa voix surexcitée monta dans l'aigu. Il me demanda si je me souvenais des légendes qui couraient au sujet de la connaissance de la sorcellerie qu'avait eue Prinn, et des histoires à propos de serviteurs invisibles qu'il faisait venir des étoiles. Je fis signe que oui, comprenant mal la cause de ce délire subit.

Il m'en fournit alors la raison. Là, dans un chapitre consacré aux familiers, il venait de trouver une oraison, ou une formule magique, celle-là même, peut-être, dont s'était servi Prinn pour appeler les serviteurs invisibles d'au-delà des étoiles! Que je veuille bien l'écouter, il allait me la lire.

Je demeurai assis là, stupide, comme un pauvre sot qui ne comprend rien. Pourquoi ne hurlai-je pas, ne tentai-je pas de fuir, n'essayai-je pas de déchirer ce monstrueux manuscrit de mes propres mains? Au lieu de cela, je restai assis, là — tandis que mon ami, d'une voix qui se brisait sous l'effet d'une excitation extraordinaire, lisait en latin une longue invocation à la sonorité sinistre.

— *Tibi, Magnum Innominandum, signa stellarum nigrarum et bufaniformis Sadoquae sigillum...*

La voix rauque poursuivit ce triste rituel qui s'éleva ensuite sur les ailes d'une hideuse et ténébreuse abomination. Les mots semblaient se tordre en l'air comme des flammes avant de pénétrer et de brûler mon âme. Tout en roulant, ces sons réveillaient des échos dans l'infini, au-delà de l'étoile la plus éloignée. Ils paraissaient franchir des portes originelles, hors de toutes dimensions, pour aller atteindre un auditeur, là-bas, et le sommer de venir sur la terre. Tout cela n'était-il qu'une illusion? Je n'eus pas le temps d'y réfléchir.

Car cette involontaire sommation reçut une réponse. La voix de mon compagnon s'était à peine tue que la terreur survint. La pièce fut envahie par le froid. Un vent qui se levait pénétra en hurlant par la fenêtre ouverte ; un vent qui n'était pas de cette terre. Il apportait de loin une protestation funeste et chevrotante. En percevant ce bruit, le visage de mon ami se couvrit d'un masque blême, tandis qu'une crainte nouvelle s'éveillait en lui. Les murs craquèrent alors et l'appui de la fenêtre s'arqua sous mes yeux ébahis. Du néant, d'au-delà de cette ouverture, nous parvint, brutal, un éclat de rire lubrique — un ricanement hystérique né d'une démence complète. Il s'éleva jusqu'à la quintessence grimaçante de tout ce qu'il peut y avoir d'horrible, sans qu'il y ait eu de bouche pour lui donner naissance.

Le reste se produisit avec une rapidité déconcertante. Mon ami se mit tout à coup à crier, alors qu'il se tenait près de la fenêtre ; à crier et à griffer l'air avec violence. A la lumière de la lampe, je vis ses traits se contracter en une grimace de folle agonie. Un instant plus tard, sans aide apparente, son corps quittait le sol et se renversait en arrière pour atteindre un angle tel qu'il ne pouvait que se briser les reins. Une seconde encore et le bruit sec et révoltant des os qui se cassaient résonnait dans la chambre. La forme humaine se balançait à présent dans les airs, les yeux vitreux, les mains paraissant étreindre quelque chose d'invisible. Une fois de plus, un rire étouffé de maniaque s'éleva, mais maintenant, c'était *à l'intérieur de la pièce* qu'il s'élevait!

Les étoiles basculèrent sous l'effet d'une rouge angoisse; le vent froid me perça les oreilles de ses cris inarticulés. Je me recroquevillai sur mon siège, le regard rivé sur la scène stupéfiante qui se déroulait dans un coin de la pièce.

Mon ami hurlait, à présent; ces cris se mêlaient à ce rire atroce et allègre qui tombait du ciel. Son corps affaissé, suspendu dans l'espace, se plia une fois de plus en arrière, le sang jaillit de son cou rompu et s'écoula, telle une fontaine couleur du rubis.

Ce sang n'atteignit jamais le sol. Il s'arrêta entre ciel et terre. Le rire cessa, faisant place à un abominable bruit de succion. Avec une horreur nouvelle, encore accrue, je me rendis compte que ce sang était aspiré et qu'il s'en allait nourrir l'entité invisible, venue de l'au-delà! Quelle pouvait donc être la créature de l'espace, invoquée de manière aussi soudaine et aussi involontaire? Quelle était donc la monstruosité vampirique que je n'arrivais pas à voir?

A cet instant, une métamorphose hideuse s'opéra. Le corps de mon compagnon se réduisit, se dessécha, perdit toute vie. Il tomba enfin sur le sol et y conserva une écœurante immobilité. Mais entre ciel et terre, une modification plus affreuse encore était en train de se produire.

Une lueur rougeâtre éclaira l'angle de la pièce, près de la fenêtre — une lueur *sanglante.* Lentement, sûrement, les contours imprécis d'une Présence m'apparurent ; les contours gonflés de sang de ce tueur stellaire, demeuré jusqu'alors invisible. Il était rouge et dégouttant ; un immense amas de gelée mouvante et palpitante ; une tache écarlate, prolongée de myriades d'appendices tentaculaires qui ne cessaient de s'agiter. Ces appendices s'achevaient par des suçoirs qui s'ouvraient et se refermaient avec un appétit de goule... La chose était tout à la fois boursouflée et obscène ; une masse sans tête, sans visage, avec la gueule affamée et les serres titanesques d'un monstre né dans les étoiles. Le sang humain dont il s'était repu révélait les contours jusque-là invisibles de cet immonde gastronome. C'était là un spectacle sur lequel un être sain d'esprit n'aurait pas dû porter les yeux.

Fort heureusement pour ma raison, la créature ne s'attarda pas davantage. Méprisant la chose morte et molle, étendue, telle une dépouille, sur le sol, elle s'orienta résolument vers la fenêtre ouverte. Une fois qu'elle l'eut franchie et qu'elle eut disparu, je pus entendre au loin son rire qui flottait sur les ailes du vent, comme elle regagnait les gouffres d'où elle était venue.

Ce fut tout. Je demeurai seul dans la pièce avec, à mes pieds, ce corps flasque et sans vie. Le livre était parti, mais il y avait des empreintes sanglantes sur le mur, de sanglants andains sur le sol, le visage de mon pauvre ami qui n'était plus qu'une sanglante tête de mort à l'expression malicieuse et méchante, tournée vers les étoiles.

Longtemps je restai assis, seul et silencieux, avant de mettre le feu à cette pièce et à tout ce qu'elle contenait. Après quoi, je partis, en riant, car je savais que les flammes allaient effacer toute trace de ce qui demeurait. J'étais arrivé dans l'après-midi, nul ne me connaissait et nul n'était là pour me voir partir car je quittai les lieux avant que les flammes rouges n'aient été aperçues. Je marchai d'un pas mal assuré pendant des heures le long des rues qui serpentaient, secoué par un rire stupide qui me montait aux lèvres chaque fois que je levai les yeux vers les étoiles qui brûlent et couvent toujours tout du regard, les étoiles qui me surveillaient, furtivement, au travers des voiles d'un brouillard hanté.

Au bout d'un long moment, j'étais assez calme pour monter dans un train. Je suis resté calme tout au long du voyage de retour, calme aussi, tout le temps qu'il m'a fallu pour rédiger cette longue missive. J'ai même conservé ce calme lorsque j'ai lu ce qui concernait l'étrange mort accidentelle de mon ami, survenue au cours de l'incendie qui avait détruit sa demeure.

C'est seulement la nuit, lorsque les étoiles scintillent, que les rêves reviennent me poursuivre dans un gigantesque labyrinthe de terreurs frénétiques. Je prends des drogues, dans le vain espoir de chasser ces mauvais, ces malicieux souvenirs qui me narguent encore dans les songes. Mais je ne m'en soucie pas vraiment, car je ne resterai plus ici très longtemps.

J'ai le curieux soupçon que je vais revoir le tueur stellaire. Je crois qu'il reviendra bientôt, sans qu'il soit besoin de le convoquer à nouveau, et je sens que, quand il viendra, il fera en sorte de me retrouver pour m'emporter vers les ténèbres où se trouve mon ami. Parfois, j'en arrive presque à désirer la venue de ce jour, car c'est alors que j'apprendrai enfin une fois pour toutes ce que sont les *Mystères du Ver*.

TABLE DES MATIÈRES

Achevé d'imprimer en septembre 2000
sur les presses de l'Imprimerie Bussière
à Saint-Amand (Cher)

POCKET - 12, avenue d'Italie - 75627 Paris Cedex 13
Tél. : 01-44-16-05-00

— N° d'imp. 2073. —
Dépôt légal : octobre 1989.

Imprimé en France